06/2500

Über 40 Jahre
Heyne Science Fiction
& Fantasy

2500 Bände
Das Gesamt-Programm

SCIENCE FICTION

Herausgegeben
von Wolfgang Jeschke

Ein vollständiges Verzeichnis aller
im HEYNE VERLAG erschienen STAR TREK-Romane
finden Sie am Schluß des Bandes.

MICHAEL JAN FRIEDMAN

STAR TREK VOYAGER™

IHRE KLINGONISCHE SEELE

TAG DER EHRE 3

Roman

Star Trek®
Voyager™
Band 15

Deutsche Erstausgabe

WILHELM HEYNE VERLAG
MÜNCHEN

HEYNE SCIENCE FICTION & FANTASY
Band 06/5815

Titel der amerikanischen Originalausgabe
HER KLINGON SOUL
Aus dem amerikanischen Englisch von
ANDREAS BRANDHORST

Umwelthinweis:
Dieses Buch wurde auf chlor- und säurefreiem Papier gedruckt

Redaktion: Rainer-Michael Rahn

Erstausgabe by Pocket Books/Simon & Schuster, Inc., New York

http://www.heyne.de
Printed in Germany 1999
Umschlagbild: Pocket Books/Simon & Schuster, New York
Umschlaggestaltung: Atelier Ingrid Schütz, München
Technische Betreuung: M. Spinola
Satz: Schaber Satz- und Datentechnik, Wels
Druck und Bindung: Ebner Ulm

ISBN 3-453-15652-8

Estelle Mass gewidmet.
Für ihren Esprit
und ihre Großzügigkeit.

1

B'Elanna Torres' Dienst war schon seit zwanzig Minuten zu Ende, als sie den Maschinenraum verließ und sich auf den Weg zum Speisesaal machte. Ihre Hoffnungen erfüllten sich – sie hatte es tatsächlich geschafft, den Betrieb beim Schichtwechsel zu meiden. Leer erstreckte sich der Korridor vor ihr.

So weit, so gut. Wenn sie anderen Leuten aus dem Weg ging, gelang es ihr vielleicht, diesen Tag mit einem Minimum an Schmerz hinter sich zu bringen.

»Lieutenant?« erklang eine Stimme hinter ihr.

O nein, dachte die Chefingenieurin und warf einen unwilligen Blick über die Schulter.

Sie erkannte Paisner aus der Abteilung Stellare Kartographie. Der bärtige Mann lächelte so herzlich wie nie zuvor.

»Ich wünsche Ihnen ...«

»Ja«, unterbrach B'Elanna ihn. »Danke.«

Bevor er etwas hinzufügen konnte, duckte sich Torres in einen Seitengang. Und sie sah erst dann zurück, als sie sicher sein konnte, daß der Abstand zu Paisner groß genug geworden war.

Das Pech schien sie zu verfolgen: Als sie sich einem Turbolift näherte, glitt die Tür auf, und zwei Besatzungsmitglieder traten aus der Transportkapsel. B'Elanna sah Trexis, einen untersetzten Bajoraner, der wie sie selbst zum Maquis gehört hatte. Morganstern begleitete ihn, eine attraktive Rothaarige, die das Biolabor leitete.

»Lieutenant …«, grüßte Trexis. »Einen guten …«

»Ja«, kam ihm B'Elanna zuvor. »Danke. Wir sehen uns später.«

Sie ging schneller und ließ das Paar hinter sich zurück, um weiteren Glückwünschen zu entkommen. Bei der nächsten Abzweigung entschied sie sich für einen weiteren Seitenkorridor.

Die Chefingenieurin fluchte innerlich. Dies war schwerer, als sie befürchtet hatte.

Kurz darauf erreichte sie einen anderen Turbolift und betrat ihn. »Speisesaal«, wies sie den Computer an und lehnte sich an die Wand. Unmittelbar vor dem Schließen der Tür kam noch jemand herein.

Es handelte sich um Wu, der ebenfalls im Maschinenraum arbeitete. Er freute sich ganz offensichtlich über die Begegnung mit Torres.

»Lieutenant …«, sagte er, als die Tür zuglitt.

»Mister Wu …«, erwiderte B'Elanna. Sie vermied es, den Blick auf ihren Kollegen zu richten, starrte stattdessen an die Decke. Eine leichte Vibration wies darauf hin, daß sich die Transportkapsel bewegte.

»Ich habe nicht damit gerechnet, Sie heute zu sehen«, sagte Wu. »Nun, ich möchte die Gelegenheit nutzen, um Ihnen alles Gute zu wünschen und …«

»Einen Augenblick.« B'Elanna wandte sich ihm zu. »Warum sind Sie nicht im Maschinenraum?«

Wu blinzelte überrascht. »Ich habe heute meinen freien Tag.«

Die Chefingenieurin musterte ihn. »Sind Sie sicher? Ich könnte schwören, Ihren Namen auf dem Dienstplan gelesen zu haben.«

Er dachte kurz nach. »Da liegt sicher ein Irrtum vor. Ich weiß ganz genau …«

Die Tür des Turbolifts öffnete sich. »Bestimmt haben

Sie recht – heute ist *tatsächlich* Ihr freier Tag«, sagte B'Elanna rasch. »Bitte entschuldigen Sie.«

Sie verließ den Turbolift, um sich nicht noch mehr anhören zu müssen. Im Korridor wandte sie sich nach links und sah die Tür des Speisesaals. *Nur noch ein kleines Stück*, dachte B'Elanna. Wenn sie dort ganz allein saß und ein ausreichend finsteres Gesicht schnitt, so brauchte sie vielleicht keine weiteren Glückwünsche entgegenzunehmen.

Sie wollte gerade eintreten, als sich die Tür öffnete und ihr sechs Besatzungsmitglieder entgegentraten. Der Weg war versperrt – um an diesem Hindernis vorbeizugelangen, hätte sie mehrere Personen beiseite stoßen müssen.

»Lieutenant Torres«, sagte jemand.

»Genau die Frau, der ich heute begegnen wollte«, meinte jemand anders.

»Heute ist Ihr großer Tag, nicht wahr?« ertönte eine dritte Stimme.

B'Elanna wäre am liebsten in die nächste EPS-Röhre gekrochen, um dort zu sterben.

Als der Erste Offizier Chakotay den hell erleuchteten Speisesaal der *Voyager* betrat, suchte er nicht nach B'Elanna Torres.

Es gab keinen Grund für Chakotay, zu diesem Zeitpunkt nach ihr Ausschau zu halten. Immerhin funktionierten die technischen Systeme der *Voyager* einwandfrei, und es gab keinen Notfall, der B'Elannas besondere Fachkenntnis erforderte.

Wie dem auch sei: Es fiel schwer, B'Elanna Torres nicht sofort zu bemerken, obwohl sich viele andere uniformierte Personen im Speisesaal aufhielten. Immerhin war sie zur einen Hälfte Mensch und zur anderen Klingonin. Dadurch fiel sie sofort auf. An Bord des Raumschiffs – und sogar im ganzen Delta-Quadranten – gab es niemanden sonst wie sie.

Erstaunlicherweise saß sie abseits der anderen Besatzungsmitglieder. Die Chefingenieurin hatte in einer Ecke Platz genommen und blickte aus dem Fenster, kehrte dem Eingang und damit auch Chakotay den Rücken zu.

Allein.

Zwar blieb dem Ersten Offizier ihr Gesicht verborgen, aber er vermutete, daß es mit ihrer Stimmung derzeit nicht zum Besten stand. Wer sich absonderte, platzte nicht gerade vor Glück.

Während der Zeit beim Maquis war Chakotay B'Elannas vorgesetzter Offizier gewesen und wußte daher, wie launisch und unbeständig sie sein konnte. Allerdings hatte sie seine Gesellschaft nie als störend empfunden, nicht einmal dann, wenn ihre Stimmung einen Tiefpunkt erreichte. Ganz im Gegenteil: Sie freute sich immer über seine Präsenz.

Hoffentlich ist das auch diesmal der Fall, dachte Chakotay. Er wünschte sich Gelegenheit, B'Elanna zu helfen. Es war schon schlimm genug, daß eine lebenslange Reise sie alle von der Heimat trennte. Doch bei dieser Reise ganz allein zu sein – niemand hatte es verdient, eine solche Bürde tragen zu müssen.

Er schritt durch den Speiseraum und näherte sich B'Elannas Platz. Doch bevor er die Chefingenieurin erreichen konnte, trat jemand anders an sie heran: Neelix, der talaxianische Koch und inoffizielle ›Moraloffizier‹ der *Voyager*. Er trug einen großen Topf aus Metall. Chakotay brauchte nicht viel Phantasie, um sich den Inhalt vorzustellen: Bestimmt befand sich in dem Behälter irgendeine exotische ›Spezialität‹, die Neelix aus diversen Kräutern verschiedener Welten zusammengebraut hatte.

Andererseits ... Chakotay spürte, daß diesmal irgend etwas anders war. Normalerweise servierte Neelix seine kulinarischen Kreationen immer mit großem Eifer, aber jetzt gab es in seinem Verhalten auch noch …

Abscheu.

»Bitte sehr«, sagte der Talaxianer und rang sich ein Lächeln ab.

B'Elanna sah zu ihm auf, und eine Sekunde später glitt ihr Blick zum Topf. Sie wirkte verwirrt und verblüfft.

»Bitte sehr *was*?« fragte sie.

»Eine Mischung aus traditionellen klingonischen Speisen«, erwiderte der Talaxianer und schauderte unwillkürlich, als er den Topf auf den Tisch stellte. »Schlangenwürmer, Targherz und Rekog-Blutpastete. Alles frisch aus dem Replikator. Ich lasse es hier auf dem Tisch, und Sie …« Er schnitt eine Grimasse. »… bedienen sich selbst.«

Die Chefingenieurin schien überrascht zu sein, als sie den Inhalt des Topfes betrachtete. Chakotay erreichte den Tisch und warf ebenfalls einen Blick ins Innere des Behälters.

Er kannte die klingonische Küche nicht besonders gut und konnte daher nur darüber spekulieren, was sich Neelix diesmal hatte einfallen lassen. Ein Teil des Topfes enthielt etwas, das nach einem Haufen kleiner Schlangen aussah, und dicht daneben lag eine Art Organ.

Weder das eine noch das andere war gekocht. Selbst Chakotay wußte, daß die meisten klingonischen Delikatessen roh serviert wurden – sogar lebend, wenn sich das bewerkstelligen ließ. *Nicht unbedingt mein Bier,* dachte der Erste Offizier. Selbst Sushi begegnete er mit Unbehagen.

B'Elanna sah Neelix erstaunt an. »Sie haben Ihre Replikatorrationen für dies hier benutzt?« fragte sie.

Der Talaxianer nickte stolz. »Ja. Dazu fühlte ich mich verpflichtet. Immerhin habe ich Mr. Tuvok mit einer Plomeeksuppe überrascht, und die Devlin-Zwillinge mit Ananaspizza, doch bisher konnte ich mich noch nicht an klingonischen Dingen versuchen. Dann hörte ich von Ihrem wundervollen Feiertag und …« Er zuckte mit den Achseln. »Ich konnte nicht widerstehen. Bon appetit, Lieutenant.« Er beugte sich ein wenig vor. »Das bedeutet ›Hauen Sie ordentlich rein‹ auf Französisch.«

B'Elanna schüttelte den Kopf. »Das kann ich nicht essen.« Sie schob den Topf zur Seite.

Einige Sekunden lang fehlten dem Talaxianer die Worte. »Ich … ich verstehe nicht«, brachte er dann hervor. »Ich habe mich ausgiebig mit Ihrem kulturellen Hintergrund beschäftigt und könnte *schwören*, daß man diese Speisen so und nicht anders serviert.«

Die Chefingenieurin stand auf. »Es geht hier nicht um die Art des Servierens«, sagte sie kühl und unverblümt. »Ich esse keine klingonischen Speisen. Falls Sie es bisher noch nicht bemerkt haben sollten: Ich bin keine typische Klingonin.«

Damit ging B'Elanna fort, ließ Neelix und den Topf hinter sich zurück. Der Talaxianer wandte sich an Chakotay – andere Personen befanden sich nicht in der Nähe.

»Ich wollte sie nicht beleidigen«, erklärte Neelix hilflos. Mit offensichtlicher Enttäuschung sah er Torres nach. »Ich weiß, daß sie so etwas noch nie zuvor gegessen hat, aber bisher dachte ich, Mangel an Gelegenheit sei der Grund. Ich wußte nicht, daß sie …«

Der Erste Offizier legte dem Talaxianer die Hand auf die Schulter. »Schon gut. Sie haben es gut gemeint.«

Neelix betrachtete die zuckenden Schlangenwürmer und das pulsierende Targherz im Topf. »Es wundert mich kaum, daß sie an diesen Dingen keinen Gefallen findet.«

Chakotay runzelte die Stirn. Er hielt B'Elannas Verhalten für falsch. Was auch immer sie belastete – sie hatte kein Recht, ihre schlechte Laune am Koch auszulassen.

Als die Chefingenieurin den Speisesaal verließ, traf Chakotay eine Entscheidung. »Bitte entschuldigen Sie mich«, sagte er und folgte Torres.

Fähnrich Harry Kim blickte auf die Instrumententafel des Shuttles. Der Monitor rechts von ihm zeigte den Asteroidengürtel so, wie er von den Sensoren wahrgenommen wurde: grüne Punkte und Flecken, von unterschiedlicher Größe und Form.

Es gab einen Weg durch das Fleckengewirr, aber keinen einfachen. Der Flugtunnel wand sich hin und her, beschrieb scharfe Kurven. Mit Warp sieben schien es unmöglich zu sein, jenen Kurs exakt genug zu fliegen.

»Sie schaffen es«, sagte der Pilot.

Kim sah zu Tom Paris, der neben ihm saß. Paris wirkte wie immer entspannt, lässig und zuversichtlich. »Wieso sollte die Sache diesmal anders ablaufen als beim letztenmal?« fragte der Fähnrich.

»Ich spür's einfach«, erwiderte Paris und warf einen Blick auf seine eigenen Instrumente. »Konzentrieren Sie sich jetzt, Harry. Die Asteroiden kommen schnell näher.«

Das stimmte – nur noch einige wenige Sekunden trennten das Shuttle vom Asteroidengürtel. Kim atmete tief durch. Bei einer so hohen Geschwindigkeit boten die Schilde keinen Schutz mehr. Die erste Kollision würde ihr kleines Raumschiff in ein Wrack verwandeln – falls überhaupt etwas davon übrigblieb.

»Zehn Sekunden«, verkündete Paris. »Neun. Acht. Sieben …«

»Schon gut, ich weiß Bescheid«, sagte der Fähnrich.

Und dann ließ er sich allein vom Instinkt leiten. Der erste Asteroid erschien auf der Backbordseite, und Kim steuerte das Shuttle so dicht wie möglich an ihm vorbei. Dadurch kam er in eine gute Ausgangsposition für die nächste Kursänderung, die nötig war, um dem zweiten großen Felsbrocken im All auszuweichen.

Der dritte erforderte einen abrupten Sturzflug, der vierte ein Manöver, das ebenso plötzlich nach oben führte. Beim fünften und sechsten genügten geringfügige Kursänderungen. Der Fähnrich brachte dies alles ohne große Probleme hinter sich.

Aber es war auch gar nicht diese erste Sequenz, die ihm so sehr zu schaffen machte. Richtig ernst wurde es bei der nächsten. Kim biß die Zähne zusammen.

Hart nach Steuerbord, um einem weiteren Asteroiden auszuweichen, dem größten bisher. Und dann das Shuttle zur anderen Seite kippen lassen. Nach Steuerbord, und noch einmal. Und dann wieder nach Backbord und nach oben.

Jeder Kurswechsel ließ das Shuttle erzittern, doch strukturelle Schäden blieben aus. Was noch wichtiger war: Es kam nicht zu Kollisionen, und die Distanz sank nicht ein einziges Mal unters Sicherheitsminimum.

Und dann gab es voraus nur noch zwei Asteroiden, Seite an Seite, wenige Meter voneinander entfernt. Zwei Asteroiden – und dahinter leeres All, ohne weitere Hindernisse.

Kim konzentrierte sich noch mehr und drehte das kleine Raumschiff um neunzig Grad – er wollte es durch die schmale Lücke zwischen den beiden Felsmassen steuern.

Du schaffst es, dachte er.

Paris sprach diesen Gedanken laut aus. »Sie schaffen es. Sie …«

Der Lieutenant kam nicht dazu, den Satz zu beenden. Eine kaum merkliche Erschütterung brachte das Shuttle aus der vertikalen Position, und dadurch streifte es einen Asteroiden. Es prallte ab und stieß gegen den anderen Felsbrocken.

Der Fähnrich hörte, wie Tom fluchte. Eine halbe Sekunde später explodierte das kleine Raumschiff in einem Chaos aus Donner und grellem Licht.

Kim schloß die Augen und schnitt eine Grimasse. Kurz darauf spürte er, wie ihm Paris auf die Schulter klopfte, und er hob die Lider wieder. Das Holodeck-Gitter umgab sie, schien den Fähnrich voller Spott an sein Versagen zu erinnern. Diesen Eindruck gewann er jedenfalls.

»Sie haben den alten Fehler wiederholt«, sagte Paris. »Zuviel Schub bei den Steuerbord-Manövrierdüsen.«

Normalerweise zeigte Kim seinen Ärger nicht. Diesmal machte er eine Ausnahme.

»Ich wollte einer Kränkung vorbeugen«, erwiderte er. »Ich *dachte*, diesmal sei alles in Ordnung.«

Paris brummte. »Wenn tatsächlich alles in Ordnung gewesen wäre, befänden wir uns jetzt an Bord eines Shuttles und würden zur Feier des Tages eine Flasche Sekt öffnen. Statt dessen stehen wir auf einem leeren Holodeck, was bedeutet: Das Shuttle ist zerstört, und wir sind tot.«

Der Fähnrich preßte die Lippen zusammen und wandte sich ab. Ein- oder zweimal zu versagen... Damit wäre er problemlos fertig geworden. Aber er hatte gerade seinen *siebten* Versuch hinter sich, und das Ergebnis bestand erneut aus einem zerstörten – wenn auch simulierten – Shuttle.

»Wissen Sie was?« fragte er schließlich.

»Ja?« entgegnete Paris.

»Ich hab die Nase voll von diesem Programm«, meinte Kim und zuckte kurz mit den Schultern.

»Wahrscheinlich hat's überhaupt keinen Sinn. Ich bezweifle, ob sich irgendwann einmal eine solche Situation ergibt. Wie viele Asteroidengürtel haben wir gesehen, seit es uns in den Delta-Quadranten verschlug? Zwei oder drei?«

Paris musterte ihn ernst. »Ich verstehe. Im Zweifelsfall ziehe man sich zurück. Oder besser noch: Man laufe weg.«

Im jungen Fähnrich versteifte sich etwas. »Ich laufe *nicht* weg«, betonte er. »Ich gebe nur zu, an meine Grenzen gestoßen zu sein. Nicht jeder kann ein so guter Pilot werden wie Sie.«

Paris lächelte. »Harry, ich verlange nicht von Ihnen, ein ebenso guter Pilot zu sein wie ich. Es geht mir nur darum, Sie so gut wie möglich vorzubereiten. Vergessen Sie nicht, daß wir uns in einem völlig fremden Raumbereich befinden. Niemand weiß, was uns hier erwartet. Ein Grund mehr, um gewappnet zu sein.«

Kim gestand sich ein, daß er gern imstande gewesen wäre, das Manöver erfolgreich hinter sich zu bringen – und nicht nur, um Paris' Erwartungen zu genügen. Es nervte ihn immer mehr, daß es ein Flugmanöver gab, zu dem er nicht in der Lage war.

»Um ganz offen zu sein...«, sagte Paris nach einer Weile. »Ich weihe Sie jetzt in ein kleines Geheimnis ein. Nein, das stimmt nicht ganz. Eigentlich ist es ein ziemlich großes Geheimnis.«

Harry sah ihn an. »Ich bin ganz Ohr.«

»Die Steuerbord-Manövrierdüsen sind eigentlich gar nicht das Problem«, sagte der Lieutenant. »Sie haben deshalb solche Schwierigkeiten, weil Sie davor zurückschrecken, den Bankrott zu riskieren.«

»Den Bankrott zu riskieren?« wiederholte Kim. »Was soll das denn heißen? Glauben Sie, ich beende das Manöver nicht, weil es mir an Mumm mangelt?«

Paris verzog das Gesicht. »Ich würde es nicht auf diese Weise ausdrücken, aber …«

»Darauf läuft es hinaus?« vergewisserte sich Kim. »Sie glauben, daß ich die Sache vermassele, weil ich nicht mutig genug bin?«

»Ihnen liegt zuviel am Endresultat«, erklärte Paris. »Wenn man ein Raumschiff fliegt, ob groß oder klein, ob simuliert oder echt, so kommt es vor allem darauf an, locker zu bleiben. Scheren Sie sich nicht darum, was passiert. Ich meine: Die Möglichkeit des Mißerfolgs darf Ihnen nicht einmal in den *Sinn* kommen. Und wenn Sie trotzdem Pech haben … Nun, so was passiert selbst den Besten von uns. Zumindest haben Sie alles versucht.«

Kims Ärger verwandelte sich allmählich in Zorn. »Auch vorhin habe ich alles versucht. Allerdings hat es nichts genützt.«

Paris schüttelte den Kopf. »Sie glauben nur, alles versucht zu haben. Hören Sie auf, besorgt zu sein. Denken Sie nicht einmal. *Dann* sehen wir vielleicht, was Harry Kim wirklich auf dem Kasten hat.« Er klopfte dem Fähnrich erneut auf die Schulter. »Seien Sie ruhig etwas waghalsig, Harry.«

Der Fähnrich hob die Arme und ließ sie wieder sinken. »Na schön, na schön. Wir probieren es noch einmal. Und diesmal versuche ich, nicht zu denken.« Er seufzte tief. »Was auch immer das bedeutet.«

Paris zwinkerte. »Das ist die richtige Einstellung.« Er sah zur Decke hoch. »Computer, starte Programm Paris Beta …«

Plötzlich erklang eine andere Stimme auf dem Holodeck. »Hier spricht Captain Janeway. Ich bitte die Führungsoffiziere unverzüglich ins Aussichtszimmer. Janeway Ende.«

Kim spürte vor allem Erleichterung, und das schien Paris nicht zu entgehen.

»Ich bin noch nicht fertig mit Ihnen«, sagte der Lieutenant. »Noch lange nicht.«

»He«, erwiderte der Fähnrich, »ich bin ebenso enttäuscht wie Sie. Mir wäre nichts lieber, als mich noch einmal den Herausforderungen des Programms zu stellen.«

»Oh, klar.« Paris rollte mit den Augen. »Und genauso versessen ist Tuvok darauf, tanzen zu lernen.«

Der Korridor beschrieb eine Kurve, und dadurch geriet die Chefingenieurin Torres außer Sicht. Chakotay ging schneller und rief ihren Namen.

»B'Elanna!«

Einige Sekunden später schloß er zu ihr auf. Torres war stehengeblieben, als sie ihren Namen hörte. Oder lag es daran, daß *er* ihn gerufen hatte?

»Was ist?« fragte sie.

Chakotay erkannte sofort, daß B'Elanna nichts an einem Gespräch mit ihm lag. Und wenn schon. Er würde trotzdem mit ihr reden.

»Was ist, *Sir*«, erwiderte er.

Die Chefingenieurin schnitt eine finstere Miene. »Was ist, Sir«, wiederholte sie.

Der Erste Offizier drehte den Kopf von einer Seite zur anderen und stellte fest, daß sich niemand in der Nähe befand. Was er zu sagen hatte, war nicht unbedingt für die Öffentlichkeit bestimmt.

»Sie sind sehr unhöflich zu Neelix gewesen. Er wollte Ihnen nur eine Freude machen, und Sie haben ihm die kalte Schulter gezeigt. Ich möchte den Grund dafür wissen.«

»Eigentlich betrifft das doch nur Neelix und mich, oder?« fragte Torres. »Oder habe ich den Befehl, alles zu essen, was er mir vorsetzt?«

Chakotay seufzte. »Na schön. Vergessen Sie, daß ich Ihr Vorgesetzter bin. Ich spreche als Freund zu

Ihnen – der Vorfall im Speisesaal erschien mir sehr peinlich.«

B'Elanna bleckte die Zähne und schien eine scharfe Antwort geben zu wollen. Doch dann überlegte sie es sich anders.

»Nun gut«, sagte sie und wandte den Blick ab, als ihr Ärger verrauchte. »Meine Reaktion war vielleicht nicht angemessen. Aber Sie wissen ja, was ich von klingonischen Dingen halte. Und dazu gehören auch entsprechende Speisen.«

Chakotay wußte tatsächlich darüber Bescheid. Er hatte beim Maquis genug Zeit mit B'Elanna verbracht, um die ganze Geschichte zu kennen. Ihre klingonische Mutter und ihr terranischer Vater hatten sich getrennt, als sie noch ganz klein gewesen war, was bedeutete, daß sie ihren Vater eigentlich gar nicht kannte.

Zusammen mit ihrer Mutter hatte B'Elanna in einer fast ganz aus Menschen bestehenden Kolonie gelebt, in der sie wegen ihrer klingonischen Merkmale auffiel. Schon damals war sie bestrebt gewesen, ihre menschlichen Eigenschaften hervorzuheben, um sich in die Gemeinschaft zu integrieren.

Der Wunsch, akzeptiert zu werden, begleitete Torres bis zur Starfleet-Akademie, wo sie besondere Leistungen auf dem Gebiet der Wissenschaften zeigte. Allerdings machte sich dort auch ihre klingonische Natur bemerkbar und kam unter anderem im Umgang mit den Lehrern zum Ausdruck. Schließlich blieb B'Elanna nichts anderes übrig, als das Studium abzubrechen.

Doch vor einigen Monaten hatte B'Elanna Gelegenheit bekommen, ihr klingonisches Erbe aus einem neuen Blickwinkel zu sehen. Nach der Entführung durch die Vidiianer wurde sie in zwei Selbsthälften aufgespalten, die eine klingonisch, die andere menschlich. Beide Teilpersonen wiesen positive und negative

Eigenschaften auf – und beide blieben ohne die andere unvollständig.

Um den Entführern zu entkommen, mußten B'Elannas Selbsthälften zusammenarbeiten und ein Ganzes bilden. Die menschliche Hälfte lernte dabei die Vorteile der klingonischen Ich-Aspekte schätzen, die ihren Mut und ihre Entschlossenheit stärkten.

Der Erste Offizier musterte sein Protegé. »Das kaufe ich Ihnen nicht ab«, sagte er. »Als Sie in der Krankenstation saßen, nach der Ankündigung des Doktors, Sie wieder mit der klingonischen DNS zu verschmelzen ...«

»Ich sprach davon, daß ich ohne sie unvollständig bin«, erinnerte sich die Chefingenieurin. »Ich wies darauf hin, daß ich mein klingonisches Selbst bewundere, wegen seiner Kraft und Tapferkeit.«

»Genau«, bestätigte Chakotay. »Sie meinten, sich nie mit der klingonischen Wildheit anfreunden zu können, aber Sie schienen wenigstens fähig zu sein, sich damit abzufinden.«

B'Elanna Torres hob und senkte die Schulter. »Und?«

»Warum sind Sie im Speisesaal Neelix gegenüber so grob gewesen? Er meinte es gut – wie immer. Und Sie behandelten ihn so, als hätte er Sie beleidigt.«

Torres seufzte. »Na schön. Vielleicht steckt mehr dahinter.« Sie zögerte kurz. »Vielleicht liegt es an dem verdammten Feiertag.«

Zuerst wußte Chakotay nicht, was B'Elanna meinte. Dann fiel ihm ein, daß Neelix ebenfalls einen solchen Tag erwähnt hatte. »Feiertag?« wiederholte er.

Torres runzelte die Stirn. »Ja. Der Tag der Ehre. Er geht auf einen Zwischenfall vor hundert Jahren zurück. Damals riskierte ein Starfleet-Captain namens Kirk sein Leben, um einige Klingonen zu retten. Seitdem wird dieser Tag im Klingonischen Imperium gefeiert.«

Chakotay brummte. Er hatte natürlich von Kirk gehört – die Abenteuer jenes Mannes waren Pflichtlektüre an der Starfleet-Akademie. Und jetzt entsann er sich auch daran, irgendwo davon gelesen zu haben, daß Kirk einmal Klingonen gerettet hatte.

»Warum stellt dieser Tag eine Belastung für Sie dar?« fragte Chakotay.

B'Elanna sah ihn an. »Er wäre auch eine Belastung für Sie, wenn Sie Ihr ganzes Leben damit verbracht hätten, einen Teil Ihres eigenen Selbst zu verleugnen. Der Tag der Ehre hat mich immer daran erinnert, daß ich mich von allen anderen unterscheide, daß ich ein Außenseiter bleibe, ganz gleich, was ich auch unternehme.«

Chakotay musterte die Chefingenieurin und begann zu verstehen.

»Damit noch nicht genug«, fuhr B'Elanna fort. »Meine Mutter wollte immer, daß ich den Tag der Ehre damit verbringe, über seine Bedeutung nachzudenken. Häufig habe ich die erste Gelegenheit genutzt, um fortzulaufen, und immer hatte ich Pech dabei. Anders ausgedrückt: Meistens geschah etwas Gräßliches. Als Sechsjährige fiel ich außerhalb der Kolonie in ein tiefes Loch. Man schickte eine Suchgruppe aus, die mich erst nach Sonnenuntergang fand, als die Temperatur weit unter den Gefrierpunkt gesunken war.«

Chakotay schnitt eine Grimasse, als er sich das vorstellte. »Keine besonders angenehme Kindheitserinnerung, nehme ich an.«

»Es kam noch schlimmer«, sagte B'Elanna. »Als Achtjährige spielte ich an Kontrollen einer Sensorphalanx herum, als mich niemand beobachtete. Ich veränderte den Einstellwinkel eines einzigen Datenkollektors – kaum der Rede wert, oder? Woher sollte ich wissen, daß ein beschädigtes Schiff einen Notruf sendete, den wir aufgrund des verstellten Kollektors nicht empfangen konnten?«

Der Erste Offizier ächzte leise. »Wurde die Crew gerettet?«

B'Elanna nickte. »Ja, aber erst nach einer ganzen Weile – als jemand die falsche Einstellung des Datenkollektors bemerkte und sie korrigierte. Meine Mutter zog mir damals ordentlich die Ohren lang.«

Inzwischen verstand der Erste Offizier, doch B'Elanna war noch nicht fertig.

»Als Neunjährige schloß ich mich versehentlich in einem Lagerraum ein«, sagte sie. »Im Alter von elf Jahren verlor ich fast ein Bein, als ich in einen Container fiel. Im Alter von dreizehn Jahren mußte ich erleben, wie der Junge, den ich mochte ...«

Sie unterbrach sich plötzlich und spürte, wie ihre Wangen glühten.

»Was geschah mit dem Jungen?« fragte Chakotay.

»Nichts weiter«, brummte Torres. »Ist Ihnen klar, was ich meine? Dieser Feiertag hat mir immer Probleme bereitet. Aber die Leute scheinen ständig bestrebt zu sein, mir den Tag der Ehre gewissermaßen aufzudrängen, als sei er etwas, auf das man stolz sein kann. Wenn ich ...«

Eine Stimme drang aus den Interkom-Lautsprechern. Chakotay erkannte sie sofort, noch bevor sie sich identifizierte.

»Hier spricht Captain Janeway. Ich bitte die Führungsoffiziere unverzüglich ins Aussichtszimmer. Janeway Ende.«

Der Erste Offizier sah die Chefingenieurin an. Die Ablenkung schien B'Elanna zu erleichtern.

»Ich schätze, wir müssen unser Gespräch zu einem anderen Zeitpunkt fortsetzen«, sagte Chakotay.

»Ja«, bestätigte Torres, als sie zum nächsten Turbolift gingen.

B'Elanna und Chakotay erreichten den Aussichtsraum als letzte. Als die Chefingenieurin Platz nahm, fühlte sie kurz die Blicke der anderen auf sich ruhen.

Die Miene des Sicherheitsoffiziers Tuvok blieb so unbewegt wie immer. Kein Wunder: Er war Vulkanier, und sein Volk hatte es schon vor Jahrhunderten gelernt, die Emotionen zu beherrschen. Was auch immer Tuvok derzeit empfand – er verbarg seine Gefühle, wahrscheinlich sogar vor sich selbst, vermutete B'Elanna.

Der Pilot Tom Paris lächelte kurz. In gewisser Weise stellte er das Gegenteil von Tuvok dar, indem er seine menschlichen Eigenheiten und Fehler ganz deutlich zeigte. Derzeit wirkte er kühl und sachlich.

Neben Paris saß Harry Kim, ein junger Fähnrich, für den gerade der erste Einsatz im All begonnen hatte, als die *Voyager* in den viele tausend Lichtjahre entfernten Delta-Quadranten versetzt wurde. Wie immer erweckte er den Eindruck, sich ganz auf das aktuelle Problem konzentrieren zu wollen, worin auch immer es bestand.

Neelix gehörte ebenfalls zu den Anwesenden. Er war nicht nur Koch und Moraloffizier, sondern auch so etwas wie ein Reiseführer, denn er kannte sich im Delta-Quadranten aus. Als Händler hatte er viele Welten besucht und wußte um die Gefahren, die in diesen unerforschten Raumbereichen drohten.

Der Talaxianer kam nicht auf B'Elannas seltsames Verhalten im Speisesaal zu sprechen. Allerdings sah er auch nicht zu ihr auf, und deshalb ließ sich kaum feststellen, ob er noch einen Groll gegen sie hegte.

Am oberen Ende des Tisches saß Captain Janeway, wie immer in eine Aura der Ruhe gehüllt. Als Kommandantin der *Voyager* repräsentierte sie Starfleet im Delta-Quadranten. Es gehörte zu ihren *Pflichten*, die Ruhe zu bewahren.

B'Elanna war froh darüber, daß Janeway gerade jetzt eine Besprechung anberaumt hatte. Vielleicht erhielt die Chefingenieurin dadurch eine Aufgabe, mit der sie sich beschäftigen konnte. Und wenn sie *sehr viel* Glück hatte, ging der Tag der Ehre vorbei, ohne daß sie viel über ihn nachdenken mußte.

Janeway musterte die Offiziere der Reihe nach. »Danke dafür, daß Sie sofort gekommen sind. Dies wird nicht lange dauern.« Sie lehnte sich zurück. »Die Fernbereichsensoren haben einen nicht sehr weit entfernten Planeten der Klasse M entdeckt. Es besteht die Möglichkeit, daß es dort Pflanzen von jener Art gibt, die wir gut gebrauchen können.«

»Ausgezeichnet«, sagte Neelix. »Unsere Vorräte werden allmählich knapp – schon wieder.« Die beiden letzten Worte murmelte er nur, aber alle verstanden sie und ihre Bedeutung.

Die *Voyager* verfügte über begrenzte Energie und Rohstoffe, und daher konnten ihre Replikatoren nicht eingesetzt werden, um große Mengen an Lebensmitteln zu produzieren. Die Versorgung der Crew hing zu einem großen Teil von natürlicher Nahrung ab, und jene wenigen Dinge, die in der aeroponischen Anlage heranwuchsen, genügten nicht. Die Flora fremder Planeten wurde dringend als Nachschubquelle benötigt.

»Wir schicken drei aus jeweils zwei Personen bestehende Erkundungsgruppen«, sagte Janeway. »Jede Gruppe nimmt sich einen anderen Bereich vor, untersucht die lokalen Pflanzen und kümmert sich um ihren Transport, falls sie sich für unsere Zwecke eignen.«

Die Kommandantin beugte sich vor. »Irgendwelche Fragen?«

B'Elanna versuchte vergeblich, sich eine einfallen zu lassen, die keiner Zeitverschwendung gleichkam. Auch die anderen schwiegen.

Janeway nickte. »Sie können gehen.« Ihr Blick glitt zu Torres. »Übrigens, B'Elanna: Ich wünsche Ihnen einen guten Tag der Ehre.«

Die Chefingenieurin spürte, wie sie erbleichte. Irgendwie gelang es ihr, ein knappes »Danke, Ma'am« hervorzubringen.

Sie sah kurz zu Chakotay, bevor sie den Aussichtsraum rasch verließ – bevor jemand anders Glückwünsche aussprechen konnte.

2

Janeway kehrte zusammen mit Chakotay auf die Brücke zurück. »Sie hört es nicht gern?« fragte sie.

»Offenbar nicht«, erwiderte der Erste Offizier.

Janeway runzelte die Stirn. »Das sollte ich mir besser merken.« Sie überlegte kurz. »Halten Sie es für angebracht, daß ich mich…«

»Daß Sie sich entschuldigen?« Chakotay schüttelte den Kopf. »Nein, ich glaube, dadurch würde alles nur noch schlimmer.«

Die Kommandantin seufzte, schritt zum Befehlsstand und konzentrierte sich wieder auf die Angelegenheiten des Schiffes.

Neelix' Bemerkung beim kurzen Treffen im Aussichtsraum kam einer Untertreibung gleich. Ihre Vorräte wurden nicht allmählich knapp – sie gingen zur Neige, und zwar schnell.

Dadurch gewann die Mission auf dem georteten Planeten zusätzliche Bedeutung. Inzwischen hätte er eigentlich in visueller Reichweite sein sollen…

»Visuelle Reichweite«, sagte Tuvok. Er stand an seinem üblichen Platz, das Gesicht so ausdruckslos wie immer.

Die Kommandantin lächelte. Von Vulkaniern hieß es, daß sie die Gedanken anderer Personen nur während einer Mentalverschmelzung lesen konnten, doch Tuvok schien genau zu wissen, was sich hinter Janeways Stirn abspielte.

»Sehen wir uns die Welt an«, sagte sie.

Das Bild auf dem Hauptschirm wechselte und zeigte den Planeten der Klasse M. Das Ausmaß der Vergrößerung wies Janeway darauf hin, daß jene Welt ein wenig kleiner war als die Erde, dafür aber wesentlich größere Kontinente hatte.

Sie wandte sich an Paris, der die Navigationskontrollen bediente. »Geschätzte Zeit bis zum Orbitalmanöver?«

»Eine Stunde und vierzig Minuten«, erwiderte der Pilot.

Janeway nickte. »Danke, Lieutenant.«

Die Aussicht, hundert Minuten warten zu müssen, gefiel ihr nicht sonderlich, aber selbst beim Warptransfer kamen sie nicht unbegrenzt schnell voran. Janeway nahm im Kommandosessel Platz und faßte sich in Geduld.

Im Gegensatz zu anderen Raumschiffkommandanten hielt Janeway nichts davon, während ihrer Anwesenheit auf der Brücke private Gespräche zu verbieten. Sie empfand es durchaus als angenehm, wenn um sie herum geplaudert wurde – solange es niemanden von seinen beziehungsweise ihren Pflichten ablenkte.

Tuvok nahm an solchen Gesprächen nie teil. Aber das erwartete man auch gar nicht von ihm. Paris hingegen fand Gefallen daran, seine Kollegen aufzuziehen, auch den Vulkanier. Doch die bevorzugte Zielscheibe für seinen gutmütigen Spott war Fähnrich Kim.

Während der letzten Monate hatte sich das Band der Freundschaft zwischen ihnen verfestigt. Womit auch immer Paris ihn zu provozieren versuchte: Kim runzelte höchstens die Stirn und verzichtete immer auf eine scharfe Antwort.

Aber heute wandte sich Paris nicht mit einer einzigen Stichelei an Kim, und das erstaunte Janeway. Hatte der Pilot den Fähnrich einmal zu oft auf den Arm genommen?

Früher oder später bekam sie bestimmt eine Antwort auf diese Frage. An Bord der *Voyager* geschah kaum etwas, von dem sie nicht schließlich erfuhr.

B'Elanna wartete ganz bewußt bis nach der Mittagszeit – sie wollte einigermaßen sicher sein können, daß sich niemand im Speisesaal aufhielt. Sie fand ihn tatsächlich leer vor, abgesehen von einer Person, die hinter dem Tresen aufräumte.

Die Chefingenieurin räusperte sich demonstrativ, um den Koch nicht zu erschrecken. Neelix sah kurz auf, zögerte und setzte seine Arbeit dann wortlos fort.

B'Elanna verschränkte die Arme und seufzte. Der Talaxianer schien nicht bestrebt zu sein, ihr diese Angelegenheit zu erleichtern.

»Hören Sie«, begann Torres, »ich bedauere mein Verhalten Ihnen gegenüber. Es gab nicht den geringsten Grund dafür. Ich möchte mich in aller Form dafür entschuldigen.«

Damit war es heraus. Doch es kam nicht zur erhofften Reaktion. Neelix räumte auch weiterhin hinter dem Tresen auf, wobei er sich nicht die Mühe machte, leise zu sein. Nach wie vor verzichtete er auf eine Antwort.

B'Elanna biß sich auf die Lippe. Sie hatte es versucht, oder? Sie hatte sich entschuldigt. Wenn der Talaxianer das nicht für ausreichend hielt, so konnte sie kaum etwas daran ändern, oder?

Sie beschloß, der ersten Entschuldigung eine zweite folgen zu lassen. »Na schön. Vielleicht habe ich das Schweigen verdient. Ich wollte nur sagen, daß es mir leid tut. Wirklich.«

Auch diesmal blieb eine Antwort aus. Töpfe und

Teller klapperten, vielleicht noch etwas lauter als vorher.

B'Elanna starrte zu Boden und nahm ihre ganze Kraft zusammen. Es fiel ihr sehr schwer, die nächsten Worte zu formulieren.

»Ich weiß, daß Sie mir eine Freude bereiten wollten. Und ich weiß auch, daß ich mich Ihnen gegenüber wie ein verzogenes Kind benommen habe. Sie sind keineswegs verpflichtet, jemals wieder ein Gespräch mit mir zu führen. Allerdings würde ich mich sehr freuen, wenn Sie wieder mit mir reden. Nicht nur deshalb, weil ich Ihre Gesellschaft zu schätzen weiß, sondern auch, weil ich nicht ständig durch Ihr Schweigen daran erinnert werden möchte, was für ein Trottel ich gewesen bin.«

Das Klappern ging weiter. Neelix schien noch immer nicht bereit zu sein, eine Antwort zu geben. B'Elanna gelangte zu dem Schuß, bei ihm nicht weiterzukommen, ganz gleich, was sie auch versuchte.

Sie wollte sich schon geschlagen geben und den Speisesaal unverrichteter Dinge verlassen, als sich Neelix erneut aufrichtete. Diesmal hielt er einen Teller in den Händen.

»Wenn Sie auch *dies* ablehnen, bin ich Ihnen wirklich böse«, sagte er.

B'Elanna warf einen Blick auf die Spezialität. »Käse-Quesadillas mit Salsa verde?«

Der Talaxianer nickte und schien sehr mit sich selbst zufrieden zu sein. »Eine traditionelle Mahlzeit soweit es die menschliche Seite Ihrer Herkunft betrifft. Damit möchte ich Ihnen mitteilen, daß ich Ihre Reaktion auf mein erstes Angebot verstehe. Hier. Langen Sie ordentlich zu, bevor das Essen kalt wird und der Käse gerinnt.«

Die Chefingenieurin lächelte, als sie den Teller entgegennahm. »Nun, was soll ich sagen? Danke, Neelix. Äh, möchten Sie ebenfalls davon probieren?«

»Ich habe bereits gespeist«, sagte er. »Aber ich leiste Ihnen gern Gesellschaft. Es gefällt mir, anderen Leuten beim Essen zuzusehen.«

Auf dem Weg zum nächsten Tisch blickte B'Elanna noch einmal auf die Quesadillas hinab und mußte sich sehr beherrschen, um keine Grimasse zu schneiden. Auch von mexikanischen Spezialitäten hielt sie nicht besonders viel, aber unter den gegenwärtigen Umständen blieb ihr nichts anderes übrig, als sie zu essen – sonst riskierte sie, Neelix' Freundschaft zu verlieren.

Ich wünsche dir einen guten Tag der Ehre, dachte sie. Wie sehr sie diesen klingonischen Feiertag verabscheute!

Aufgrund der Neugier, die sie Paris und Kim entgegenbrachte, verging die Zeit schnell für Janeway. In subjektiver Hinsicht brauchte sie nicht lange zu warten, bis die *Voyager* das Sonnensystem mit dem Planeten der Klasse M erreichte.

»Auf Impulsgeschwindigkeit gehen«, wies sie den Piloten an.

»Gehe auf Impulsgeschwindigkeit«, bestätigte Paris.

Janeway erhob sich, als könnte sie den fremden Planeten dadurch besser sehen. Die geringere Entfernung ermöglichte es den Sensoren, viel mehr Daten zu ermitteln als vorher.

»Anzeichen für intelligentes Leben?« fragte die Kommandantin.

Der Vulkanier prüfte die Anzeigen seiner Instrumente und schüttelte dann den Kopf. »Nein. Bei der geringen Fauna lassen sich nur rudimentäre Ansätze von Intelligenz feststellen.«

Captain Janeway nickte. »Verstehe. Könnte die Fauna Ihrer Meinung nach eine Gefahr für uns darstellen?«

Wieder sah Tuvok auf die Displays seiner Konsole. »Es gibt natürlich Raubtiere, aber alles bewegt sich im Rahmen des Gewöhnlichen.«

»Was ist mit den Bedingungen auf der Oberfläche?« fragte Janeway. »Strahlung? Giftige Gase? Geothermische Aktivität?«

»Nichts von Bedeutung«, erwiderte der Vulkanier. »Zumindest vom Sicherheitsstandpunkt aus gesehen.«

Die Kommandantin näherte sich Tuvok. »Haben Sie bereits vielversprechende Einsatzorte für die Landegruppen lokalisiert?«

Der Sicherheitsoffizier antwortete nicht sofort, was seinem vulkanischem Wesen entsprach: Er sprach erst dann Empfehlungen aus, wenn er alle Daten sorgfältig analysiert hatte.

»Hier«, sagte er schließlich. Ein Monitor vor ihm zeigte die beiden Hemisphären des Planeten. Tuvok deutete auf eine Stelle, an der die Sensoren eine Ansammlung von Blättern – von bestimmten Blättern – geortet hatten.

Es handelte sich nicht um die Art von Pflanze, die sie brauchten, um ihre Nahrungsmittelvorräte aufzustocken – jene spezielle Flora kam nicht häufig genug vor, um von den Sensoren registriert zu werden. Aber inzwischen wußten sie aus Erfahrung, daß die gesuchte Vegetation in der Nähe von den Pflanzen gedieh, die Tuvok entdeckt hatte.

Der Vulkanier streckte die Hand aus. »Und hier.« Der betreffende Ort befand sich in der zweiten Hemisphäre. »Und schließlich hier.« Tuvok zeigte auf eine weitere Stelle.

Janeway nickte. »Einverstanden. Obwohl… Beim dritten Ort gibt es Bereiche, die von den Sensoren nicht sondiert werden können.« Sie sah genauer hin. »Vermutlich aufgrund von Erzansammlungen. Das könnte die Kommunikation erschweren.«

Und die Kommunikation war wichtig – immerhin schickten sie sich an, eine völlig unbekannte Welt zu besuchen. Andererseits: Es schien keine nennenswerten Gefahren auf jenem Planeten zu geben, und unter solchen Umständen war Janeway bereit, ein geringes Risiko einzugehen.

Bei anderen Welten hatte sie der Sicherheit ihrer Crew den Vorrang gegeben und beschlossen, den Flug fortzusetzen, ohne jemanden in einen möglicherweise sehr gefährlichen Erkundungseinsatz zu schicken. Hier lag der Fall glücklicherweise anders.

»Stellen Sie die Landegruppen zusammen«, wies sie Tuvok an. »Sie sollen auf den Planeten geschickt werden, sobald wir in den Orbit schwenken.«

Der Vulkanier nickte. »Aye, Captain.«

Er verließ die Brücke, und ein anderer Offizier nahm seinen Platz an der taktischen Station ein. Glatte Routine, die von Effizienz kündete, stellte Janeway zufrieden fest. Mit ein wenig Glück brachten sie die bevorstehende Mission ebenso problemlos hinter sich.

B'Elanna betrat die Transporterplattform, und Kim begleitete sie. Er rückte den Schulterriemen mit dem daran befestigten Tricorder zurecht, wandte sich dann an die Chefingenieurin und zwinkerte.

»Alles klar, Maquis?« fragte er.

Sie nickte und lächelte kurz. »Alles klar, Starfleet.«

Es war ein privater Scherz, der an ihre Erfahrungen auf dem Planeten des Beschützers erinnerte, kurz nach dem Transfer in den Delta-Quadranten. Damals hatten sie Seite an Seite das Bewußtsein in einem weißen, von grellem Licht erfüllten Labor wiedererlangt, ohne sich zu kennen. Zu jenem Zeitpunkt teilten sie das Wissen, die einzigen vertrauten Elemente in einer völlig fremden Umgebung zu sein.

B'Elanna war zuerst argwöhnisch und feindselig gewesen. Seit damals hatten sie gelernt, nicht nur miteinander zurechtzukommen, sondern sich aufeinander zu verlassen. Inzwischen hätte B'Elanna nicht gezögert, Harry Kim ihr Leben anzuvertrauen.

Derzeit stand ihnen nichts weiter bevor als eine Routinemission. Die anderen Landegruppen hatten sich bereits ohne irgendeinen Zwischenfall transferiert. Es gab also keinen Grund anzunehmen, daß sie diesmal auf ihr Vertrauen zurückgreifen mußten, um in einer gefährlichen Umgebung zu überleben. Es ging einzig und allein darum, Daten zu sammeln.

B'Elanna war sehr dankbar dafür, daß Kim nicht ein einziges Mal den Tag der Ehre erwähnt hatte.

Die Transportertechnikerin – eine junge Blondine namens Burleson – lächelte, als sie den kurzen Wortwechsel hörte. Sie justierte die Kontrollen. »Halten Sie sich in Bereitschaft.«

»Wir sind bereit«, sagte Kim.

Burleson berührte einige letzte Schaltflächen. »Energie.«

Als Kind hatte sich B'Elanna oft gefragt, was man beim Beamen spürte, wie es sich *anfühlte*. Inzwischen war sie erwachsen und hatte zahllose Transfers hinter sich. Sie kannte die Antwort auf jene Frage.

Man spürte *nichts*.

Im einen Augenblick stand sie im matt erhellten Transporterraum, und im nächsten befand sie sich an einem ganz anderen Ort.

Vor ihr erstreckte sich eine hügelige Landschaft unter einer großen, orangefarbenen Sonne. B'Elanna sah die Ortungsdaten der Sensoren sofort bestätigt: Üppige Vegetation umgab sie. Die dominante Pflanze schien ein Gewächs mit blauen Ranken zu sein, die nicht dicker waren als ihr kleiner Finger.

Kim aktivierte seinen Tricorder und begann mit

einer ersten Analyse. »Giftig. Und selbst wenn das nicht der Fall wäre: Die Pflanze enthält keine Nährstoffe von der Art, die wir benötigen.«

B'Elanna versuchte es mit einer anderen Pflanze. Zwar erwies sie sich als nicht giftig, aber auch ihr fehlten wichtige Nährstoffe. Ähnlich sah es bei den nächsten Gewächsen aus, die sie untersuchte.

Ihre Enttäuschung wuchs. Offenbar war das auch beim Fähnrich der Fall, denn er preßte immer wieder die Lippen zusammen.

»Ich schlage vor, wir erweitern den Scan«, sagte die Chefingenieurin.

Kim nickte. B'Elanna justierte ihren Tricorder darauf, alle Pflanzen im Umkreis von einem Kilometer zu sondieren. Der Fähnrich folgte ihrem Beispiel.

»Noch immer nichts«, sagte er kurze Zeit später. »Augenblick... Vielleicht gibt es hier *doch* etwas, das wir gebrauchen können.«

B'Elanna sah es ebenfalls. »In der Richtung.« Sie streckte den Arm aus. »Die ermittelten Daten deuten auf ein Gewächs hin, das sich vielleicht für den Verzehr eignet. Die Entfernung ist zu groß, um ganz sicher zu sein.«

»Sehen wir uns die Sache aus der Nähe an«, meinte Kim.

Sie steckten ihre Tricorder an die Gürtel und schritten in die Richtung, in die B'Elanna zuvor gezeigt hatte. Es war eine recht angenehme Wanderung, mit dem warmen Sonnenschein im Gesicht und einer sanften Brise, die dafür sorgte, daß sich die blauen Ranken um sie herum hin und her neigten.

Harry Kim verzichtete noch immer darauf, den Tag der Ehre zu erwähnen. Statt dessen sprachen sie über den Boden, über Luft und Temperatur, darüber, wie sehr sie sich eine Rückkehr in den Alpha-Quadranten wünschten.

Der Tag der Ehre wurde nicht ein einziges Mal erwähnt.

Es gab auch noch etwas anderes, über das sie nicht sprachen – etwas, das Kim belastete, obwohl er versuchte, sich nichts anmerken zu lassen. Aus Respekt ihm gegenüber ließ B'Elanna jenes Thema unerwähnt.

Nach einer Weile erreichten sie den Ort, an dem die Sondierungssignale der Tricorder eßbare Pflanzen entdeckt hatten. Dort fanden sie den Eingang zu einer Höhle in einem steilen Hang.

Das betreffende Gewächs sah wie Kohl mit orangefarbenen und weißen Streifen aus, und es schien nicht besonders viel davon zu geben. Doch als sie einen Blick in die Höhle warfen, sahen sie mehr Pflanzen dieser Art – und auch noch einige andere, die sich vielleicht für ihre Zwecke eigneten.

Leider konnten B'Elanna und Kim die genauen Ausmaße der Höhle nicht feststellen. Offenbar gab es hier viel von dem Erz, das Kommunikations- und Sondierungssignale blockierte.

»Wir sollten uns im Innern der Höhle umsehen«, sagte B'Elanna.

Kim nickte. »Aber zuerst teilen wir dem Captain mit, was wir vorhaben.« Er klopfte auf seinen Insignienkommunikator. »Kim an Janeway.«

Statisches Knistern drang aus dem Lautsprecher des kleinen Kommunikationsgeräts, aber die Stimme der Kommandantin war trotzdem deutlich zu verstehen. »Hier Janeway. Ich höre, Fähnrich.«

»Wir haben eßbare Vegetation entdeckt, Captain«, erwiderte Kim. »Aber offenbar wächst sie vorzugsweise im Dunkeln. Genauer gesagt: in einer Höhle, die wir gerade gefunden haben.«

»In einer Höhle, die Sie gern erforschen würden«, ließ sich die Kommandantin vernehmen. »Wobei Sie natürlich alle notwendigen Vorsichtsmaßnahmen ergreifen.«

»Natürlich«, warf B'Elanna ein.

Janeway lachte leise. »Na schön. Aber bleiben Sie nicht zu lange in der Kaverne. In exakt fünfzehn Minuten erwarte ich einen Bericht von Ihnen.«

»In Ordnung«, sagte der Fähnrich. »Kim Ende.«

Er wandte sich an die Chefingenieurin und deutete zum Höhleneingang. »Los geht's.«

B'Elanna holte eine kleine Lampe hervor und leuchtete in die Finsternis. Einige Sekunden später duckte sie sich und betrat die Kaverne.

Schon nach kurzer Zeit stellten sie fest, daß die Höhle wesentlich größer war, als es von außen den Anschein hatte. Sie wurde breiter und höher, führte tiefer in den Berg hinein. An Boden und Wänden wuchsen mehr nutzbare Pflanzen.

»Dieser Ort kommt einer großen Speisekammer gleich«, sagte Kim und lächelte. »Neelix wird sich freuen.«

»Ja«, entgegnete B'Elanna. »Ich nehme mir die linke Seite vor. Untersuchen Sie die rechte.«

»Einverstanden.«

Sie folgten dem Verlauf der Höhle, drangen immer tiefer in sie vor. Der orangefarbene und weiße ›Kohl‹ wich einem großen, flauschigen und scharlachroten Gewächs, und es folgten Pflanzen, die zum größten Teil aus kleinen, purpurnen Knollen bestanden.

Alles war eßbar und wies einen hohen Anteil an Vitaminen und Mineralien auf. Die Frage des Geschmacks wollte B'Elanna Neelix' Kochkünsten überlassen.

Vielleicht kann ich mit dieser Entdeckung den Schaden wiedergutmachen, den ich heute morgen bei ihm angerichtet habe, dachte sie.

Die Chefingenieurin war so sehr damit beschäftigt,

die Pflanzen in der Höhle zu untersuchen, daß sie Kims Blick zunächst gar nicht bemerkte. Schließlich räusperte er sich, und das weckte ihre Aufmerksamkeit.

»Was auf dem Herzen, Starfleet?«

»Nun, da Sie mich schon fragen ...«

O nein, fuhr es B'Elanna durch den Sinn. *Ich kann dem verdammten Tag der Ehre nicht einmal* hier *entkommen.*

»Sie sind eine sehr gute Pilotin, soweit ich weiß«, sagte der Fähnrich. »Damals, als Sie beim Maquis waren, meine ich.«

B'Elanna lächelte erleichtert. »Ja, ich denke schon. Nun, wir konnten alle gut fliegen. Die Umstände verlangten es von uns.« Sie neigte den Kopf ein wenig zur Seite. »Warum fragen Sie?«

Kim seufzte. »Tom hat ein Holodeck-Programm für mich vorbereitet. Wir sind dabei in einem Shuttle unterwegs, das durch einen Asteroidengürtel geflogen werden muß ...«

Er beschrieb die Einzelheiten und wies darauf hin, daß ihm das letzte Hindernis die größten Schwierigkeiten bereitete. »Ich kriege den Dreh einfach nicht raus«, gestand er und zuckte mit den Schultern. »Vielleicht haben Sie irgendeinen Tip für mich.«

B'Elanna fuhr damit fort, die Pflanzen zu katalogisieren. »Sie könnten die Manövrierdüsen früher einsetzen und Gegenschub geben, wenn sich das Shuttle zu weit dreht. Bei mir hat das geklappt.«

Kim schüttelte kummervoll den Kopf. »Ich hab's versucht, ohne Erfolg. Ich ...«

Der Fähnrich unterbrach sich, als er ein Knirschen hörte. Offenbar kam das Geräusch aus der Richtung des Höhleneingangs.

Kim richtete einen besorgten Blick auf B'Elanna. Die Chefingenieurin schluckte und schaltete ihre Lampe aus – jähe Dunkelheit umgab sie. Als Kim sein Licht ebenfalls löschte, steckte Torres ihren Tricorder an den Gürtel und holte den Phaser hervor.

Vermutlich übertrieb sie es mit der Vorsicht. Immerhin gab es auf dieser Welt auch Tiere – eins von ihnen hatte wahrscheinlich einen Stein gelöst. Und wenn doch mehr dahintersteckte? B'Elanna hielt es in jedem Fall für besser, auf Nummer Sicher zu gehen.

Auch Kim nahm seinen Phaser zur Hand. Sie spitzten beide die Ohren, doch alles blieb still. B'Elanna entspannte sich ein wenig.

Plötzlich zuckte ein hellblauer Strahl durch die Finsternis, verfehlte das Gesicht der Chefingenieurin nur um wenige Zentimeter und blendete sie. Andere Geräusche erklangen nun, offenbar von hastigen Schritten hervorgerufen. Torres preßte den Rücken an die Wand der Höhle und blinzelte mehrmals, um die bunten Schlieren vor ihren Augen zu vertreiben. Dann hob sie ihre Waffe und erwiderte das Feuer.

Hellblaue Energiestrahlen – gewissermaßen eine Visitenkarte der Kazon. B'Elanna fluchte lautlos.

Kim stand an der gegenüberliegenden Höhlenwand, kaum mehr als ein Schemen. Sicher war er zum gleichen Schluß gelangt. Und wenn sie es tatsächlich mit Kazon zu tun hatten … Dann durften sie keine Gnade erwarten, nur Feindschaft, Grausamkeit und Tod.

Ein weiterer energetischer Blitz raste durch die Dunkelheit, schuf ein seltsames Muster aus Licht und Schatten. Ein dritter Strahl folgte, dann ein vierter. Sie alle verfehlten das Ziel. In ihrem grellen Schein bemerkte B'Elanna mehrere seltsam gekleidete Gestalten, die hinter einigen Felsen hervorspähten. Der exotische Kopfschmuck bot einen eindeutigen Hinweis.

Kazon, kein Zweifel. B'Elanna klopfte auf ihren Insignienkommunikator. »Torres an Janeway. Wir haben hier ein Problem, Captain.«

Einige Sekunden verstrichen.

»Torres an Janeway«, wiederholte die Chefingenieurin.

Keine Antwort. Lag es an den nahen Erzvorkommen, die eine undurchdringliche Barriere für die Kommunikationssignale bildeten? Oder verhinderten die Kazon irgendwie, daß sich B'Elanna mit dem Schiff in Verbindung setzen konnte?

Eigentlich spielte es kaum eine Rolle. Wichtig war nur eins: Sie durften nicht mit Hilfe von der *Voyager* rechnen.

Wir sind auf uns allein gestellt, dachte die Chefingenieurin.

Sie biß die Zähne zusammen, stieß sich von der Höhlenwand ab und schoß in Richtung der Angreifer. Der rubinrote Phaserstrahl erfaßte einen Kazon und ließ ihn mit einem leisen Ächzen zu Boden sinken.

Ein Glückstreffer, glaubte B'Elanna.

Für ein oder zwei Sekunden schöpfte sie neue Zuversicht – bis eine ganze Gruppe aus Kazon mit lautem Gebrüll in die Höhle stürmten. Gleich mehrere blaue Energiestrahlen gleißten durch die Dunkelheit.

B'Elanna fühlte sich wie von einem Hammerschlag am Bauch getroffen, und sie schnappte unwillkürlich nach Luft. Sie taumelte und fiel, spürte unmittelbar darauf einen zweiten wuchtigen Treffer an der Schulter, dann noch einen dritten.

Mit aller Kraft versuchte sie, bei Bewußtsein zu bleiben, den Phaser zu heben und das Feuer zu erwidern. Doch sie verlor den Kampf gegen die Schwäche, die sich immer mehr in ihr ausbreitete. Eine andere Art von Dunkelheit wogte heran, und ihre Gedanken zerfaserten.

3

Captain?«

Janeway drehte sich um und sah DuChamps an, den dunkelhaarigen und untersetzten ehemaligen Maquisarden, der Tuvok an der taktischen Station vertrat.

»Ja?« fragte sie.

DuChamps runzelte die Stirn und schüttelte den Kopf, als er die Anzeigen der Instrumente überprüfte. »Die Sensoren orten ein unbekanntes Raumschiff«, sagte er. »Es ist mit voller Impulskraft hierher unterwegs. Die Entfernung beträgt noch drei Millionen Kilometer und wird schnell geringer.«

Die Kommandantin seufzte. Tuvok hätte ein fremdes Schiff im Anflug schon bei einer Distanz von sechs Millionen Kilometern bemerkt und sofort eine Möglichkeit gefunden, es zu identifizieren.

Aber derzeit mußte sie auf den Vulkanier verzichten. Er befand sich zusammen mit Paris an einem der Erkundungsorte auf dem Planeten.

»Ich habe das Schiff identifiziert«, verkündete DuChamps schließlich.

»Ist es bis auf visuelle Reichweite heran?« fragte Janeway.

»Aye, Ma'am«, erwiderte der Lieutenant.

Das Bild auf dem Hauptschirm wechselte und bot den viel zu vertrauten Anblick eines mit voller Impulskraft fliegenden Kampfschiffs der Kazon. Janeway begriff sofort, daß sich Schwierigkeiten anbahnten.

»Transporterraum«, sagte sie, ohne den Blick vom

Projektionsfeld abzuwenden. »Holen Sie die Einsatzgruppen zurück, und zwar *sofort*.«

Dann wandte sie sich erneut an DuChamps. »Schilde senken.« Andernfalls ließ sich überhaupt kein Transfer durchführen.

Janeway dachte an Torres und Kim – hoffentlich gelang es, auch sie zu transferieren.

Der Lieutenant nickte. »Schilde gesenkt, Captain.«

Janeway spürte, wie ihre Anspannung wuchs, während sie das Schiff der Kazon beobachtete. Wenn es jetzt das Feuer eröffnete … Ohne ihre Schilde war die *Voyager* ungeschützt.

»Schutzschirme reaktivieren«, sagte die Kommandantin, als sie nicht länger warten konnte.

DuChamps kam der Aufforderung sofort nach. »Schilde sind wieder stabil.«

Die Kommandantin beobachtete, wie das Kazon-Schiff langsamer wurde und in einen Parkorbit schwenkte. Nichts deutete auf feindliche Absichten hin, aber Janeway kannte die Kazon gut genug, um sich keinen falschen Hoffnungen hinzugeben.

»Wie ist der Status des Kazon-Schiffes?« fragte sie DuChamps.

»Es führt kein Angriffsmanöver durch«, antwortete der Lieutenant. »Es hat die Schilde ebenfalls aktiviert, aber es wird keine Energie in die Waffensysteme geleitet.«

Die Kazon konnten sich nicht auf den Planeten beamen, um dort jemanden zu bedrohen – falls dort tatsächlich Besatzungsmitglieder der *Voyager* zurückgeblieben waren. Im ganzen Delta-Quadranten verfügte nur das Starfleet-Schiff über Transportertechnik – und dabei sollte es auch bleiben, wenn es nach Janeway ging.

»Versuchen Sie, einen Kom-Kontakt herzustellen«, forderte sie DuChamps auf und öffnete einen internen

Kommunikationskanal. »Janeway an Transporterraum. Wie ist die Situation?«

»Wir konnten zwei der drei Landegruppen retransferieren«, meldete Burleson. »Doch es ließ sich kein Transferfokus auf Torres und Kim ausrichten.«

Weil sie sich in der verdammten Höhle befinden, dachte die Kommandantin.

»Janeway an Torres«, sagte sie laut.

Keine Antwort. Die nahen Erzvorkommen ließen sich von den Kommunikationssignalen nicht durchdringen.

Allerdings bestand auch die Möglichkeit, daß es für Torres' und Kims Schweigen einen anderen Grund gab. Die Höhle mochte eingestürzt sein. Oder …

»Die Kazon reagieren nicht auf unsere Versuche, eine Kom-Verbindung mit ihnen herzustellen«, sagte DuChamps.

Janeway biß sich auf die Lippe. »Versuchen Sie es weiterhin.«

Der Hauptschirm zeigte, daß das Kazon-Schiff seine gegenwärtige Position hielt. Aber bestimmt war es aus einem guten Grund gekommen – den Kazon an Bord ging es wohl kaum darum, den Anblick der *Voyager* zu genießen.

Die Sache gefiel Janeway ganz und gar nicht.

Als sie darüber nachdachte, was sie unternehmen sollte, öffnete sich mit einem leisen Zischen die Tür des Turbolifts. Tuvok und Paris betreten die Brücke, nahmen sofort wieder ihre üblichen Plätze ein.

Die Kommandantin nickte den beiden Offizieren zu und freute sich darüber, sie gesund und munter zu sehen. Wenn es zu einer Konfrontation mit den Kazon kam, brauchte sie ihre besten Leute.

Erleichtert und ermutigt wandte sie sich wieder dem Hauptschirm zu. Beim Kazon-Schiff blieb noch immer alles ruhig.

»Wie ist unsere Lage?« fragte der Vulkanier und blickte auf die Displays der taktischen Station.

»Torres und Kim sind noch immer auf dem Planeten«, sagte Janeway. »Es läßt sich kein Kontakt zu ihnen herstellen. Was die Kazon betrifft... Sie verhalten sich uns gegenüber nicht feindselig, aber sie sind auch nicht bereit, mit uns zu reden.«

Paris sah sie an. »Wenn Sie an eine Suchgruppe denken... Ich bin bereit, auf den Planeten zurückzukehren.«

Janeway runzelte die Stirn. »Nicht so eilig, Lieutenant.«

Nun, möglicherweise blieb ihnen gar nichts anderes übrig, als eine Suchgruppe loszuschicken. Die Frage lautete: Waren Torres und Kim in eine Falle getappt? Und wenn das zutraf: Hatte es einen Sinn, weitere Leben aufs Spiel zu setzen?

Die Kommandantin dachte noch darüber nach, als Tuvok ihren Namen nannte. Sie glaubte, eine gewisse Anspannung in seiner Stimme zu hören, und drehte sich rasch zu ihm um.

»Ja?« fragte sie.

»Ein Raumschiff startet von der Oberfläche des Planeten«, sagte der Vulkanier. »Sein Konstruktionsmuster entspricht dem von Kazon-Schiffen, aber es ist kleiner als alle uns bekannten Kazon-Raumer.«

»Auf den Schirm«, ordnete Janeway an.

Erneut wechselte das Bild im Projektionsfeld des Hauptschirms. Es zeigte nicht mehr das große Kazon-Schiff, sondern ein wesentlich kleineres Gefährt. Bis vor wenigen Sekunden hatte es sich auf dem Planeten verborgen, und jetzt verließ es ihn, strebte dem All entgegen.

Wenn es sich bisher versteckt hatte... Konnte es dafür einen anderen Grund geben als den, eine Landegruppe der *Voyager* in die Falle zu locken? Und gab es für den Start eine andere Erklärung als das Bestreben, zum Kazon-Mutterschiff im Orbit zurückzukehren?

»Richten Sie einen Traktorstrahl auf das kleinere Schiff«, sagte Janeway. »Es darf den größeren Raumer nicht erreichen.«

Bevor Tuvok den Befehl ausführen konnte, verließ das größere Schiff seine bisherige Position, und zwar mit eindeutigen Absichten.

»Das Shuttle soll vor uns abgeschirmt werden«, stellte Janeway fest. »Kompensieren, Mr. Paris.«

»Aye, Captain«, bestätigte der Pilot und steuerte die *Voyager* in Richtung des aufsteigenden Shuttles.

Aber es war bereits zu spät, wie Janeway schon nach wenigen Sekunden begriff. Und selbst wenn ihnen noch genug Zeit geblieben wäre – der große Kazon-Raumer eröffnete nun das Feuer.

Die *Voyager* schüttelte sich. »Kapazität der Schilde um zweiundzwanzig Prozent gesunken«, meldete Tuvok.

»Was ist mit dem Traktorstrahl?« fragte die Kommandantin.

»Ich kann ihn nicht ausrichten«, erwiderte der Vulkanier, während seine Finger über die Kontrollen huschten.

Und dann kam der Einsatz des Traktorstrahls überhaupt nicht mehr in Frage, weil das kleinere Schiff hinter dem größeren verschwand.

»Wir müssen an dem großen Raumer vorbei«, sagte Janeway. »Schnell, bevor wir das Shuttle verlieren.«

Paris gab sich alle Mühe, doch als sie die andere Seite des Kazon-Kampfschiffes erreichten, befand sich das Shuttle bereits in seinem Innern.

Janeway fluchte leise. Sie wollte Torres und Kim nicht einfach so aufgeben.

»Zielerfassung für Phaser und Photonentorpedos«, sagte sie. »Feuer!«

Phaserstrahlen rasten dem großen Raumer entgegen. Photonentorpedos folgten ihnen und explodierten. Doch die Schilde der Kazon hielten.

Einen Augenblick später beschleunigte das große Schiff und leitete einen Warptransit ein. Janeway reagierte sofort.

»Verfolgung aufnehmen«, wies sie Paris an.

»Aye, Ma'am«, bestätigte er.

Die *Voyager* wurde schneller und erreichte kurz darauf ihre Höchstgeschwindigkeit – die gerade ausreichte, um das Kazon-Schiff nicht entkommen zu lassen.

Janeway trat an die Seite des Piloten. »Können wir noch etwas mehr Leistung aus dem Triebwerk herausholen?« fragte sie.

Paris schüttelte den Kopf. »Nicht ohne eine automatische Sicherheitsdeaktivierung zu riskieren.«

Die Kommandantin spielte kurz mit dem Gedanken, es trotzdem zu wagen, doch dann nahm sie Abstand von dieser Idee. Derzeit mußte sie sich damit zufriedengeben, die weitere Entwicklung der Dinge abzuwarten – dadurch bewahrte sie ihren Handlungsspielraum.

»Na schön, verfolgen Sie das Kazon-Schiff auch weiterhin«, wies sie Paris an. »Lassen Sie es nicht entkommen.«

Teeg'l, Dritter Maje der weithin bekannten und gefürchteten Kazon-Ogla, blickte über die Schultern des Navigators hinauf zu den Monitoren. Unglücklicherweise sorgten die Sensorstörfelder dafür, daß die Displays nahezu nutzlos blieben.

Die gleichen Kraftfelder hatten es Teeg'ls Schiff gestattet, bisher unentdeckt zu bleiben – zweifellos ein großer Vorteil. Doch jetzt hinderten sie den Dritten Maje daran festzustellen, wann sie aufbrechen konnten, ohne Entdeckung befürchten zu müssen.

Der Navigator namens Shan'ak blickte zu ihm auf. »Ich erwarte Ihre Befehle, Dritter Maje.«

Teeg'l runzelte die Stirn und rief sich seine Anweisungen ins Gedächtnis zurück. Er war mit einer wichtigen Mission beauftragt – die erste seit seiner Beförderung zum Dritten Maje. Ihm durften keine Fehler unterlaufen.

»Wieviel Zeit ist vergangen, seit wir die Höhle verlassen haben?« fragte er.

Der Navigator sah auf ein Chronometer. »Zweiundsiebzig kleine Zyklen.«

Die Falten fraßen sich tiefer in Teeg'ls Stirn. »Das genügt nicht. Unser Schiff könnte sich noch immer im Orbit befinden und auf jenes Shuttle warten, das wir als Köder verwenden. Und wenn das der Fall ist, befindet sich auch die *Voyager* noch in der Umlaufbahn.«

Der Dritte Maje warf einen kurzen Blick zur Tür hinter ihm. Jenseits davon bewachten seine Leute die Gefangenen von der *Voyager*. Bisher war alles nach Plan gelaufen, zumindest von *seinem* Standpunkt aus gesehen. Es konnte sicher nicht schaden, wenn sie sich noch etwas länger in Geduld faßten.

»Wir warten«, entschied Teeg'l.

Shan'ak nickte. »Wie Sie wünschen, Dritter Maje.«

B'Elanna erwachte, richtete sich ruckartig auf und beobachtete ihre Umgebung. Sie befand sich in einer Art Frachtraum, der recht dunkel war und fünf Seiten aufzuweisen schien. Eine der fünf Wände bestand aus einer undurchsichtigen, gelb glühenden energetischen Barriere.

Sie glaubte zu spüren, daß sich dieser Ort bewegte. Jenseits der Wände schien Wind zu flüstern.

Kim lag nur einen Meter entfernt und stöhnte, als er wieder zu sich kam. An seinem Kinn zeigte sich ein purpurner Fleck.

Ihnen beiden fehlten die Insignienkommunikatoren. Vermutlich waren die kleinen Kom-Geräte zerstört worden.

»Harry …« B'Elanna kroch zu dem Fähnrich und rüttelte ihn an der Schulter. »Wachen Sie auf.«

Kim hob die Lider, als er ihre Stimme hörte. Einige Sekunden lang sah er an ihr vorbei und versuchte, die neue Umgebung zu identifizieren.

»Wo sind wir?« fragte er und setzte sich auf.

Torres schüttelte den Kopf. »Keine Ahnung. Aber vermutlich haben uns die Kazon gefangengenommen. Ich erinnere mich noch daran, daß viele von ihnen in die Höhle stürmten.«

Kim nickte. »Ich habe gesehen, wie Sie mehrmals von Energiestrahlen getroffen wurden.« Er richtete einen ernsten Blick auf die Chefingenieurin. »Ich hielt Sie für tot – und ich zweifelte kaum daran, daß es auch mich erwischen würde. Deshalb stürmte ich den Kazon entgegen, in der Hoffnung, daß sie angesichts der geringen Entfernung nicht mehr schießen würden, aus Furcht davor, sich gegenseitig zu treffen.«

»Und?« fragte B'Elanna.

Kim schnitt eine Grimasse und tastete nach dem großen Fleck am Kinn. »Die Kazon haben tatsächlich nicht mehr geschossen. Aber einer von ihnen fand eine neue Verwendung für seinen Strahler.«

»Er schlug Sie damit nieder«, vermutete B'Elanna.

»Ja«, bestätigte der Fähnrich. »Und *dann* schoß er auf mich.«

Torres seufzte. »Und jetzt sind wir hier. *Und* wir leben noch.« Sie sah sich erneut um. »Ich frage mich, warum man uns nicht umgebracht hat.«

»Aus einem ganz einfachen Grund«, erklang eine Stimme. Sie schien von der anderen Seite der energetischen Barriere zu kommen.

Kurz darauf knisterte das Schirmfeld und löste sich

auf. Drei hochgewachsene und kräftig gebaute Kazon kamen im Korridor dahinter zum Vorschein. B'Elanna stand auf und musterte sie.

Die Finsternis in der Höhle hatte Einzelheiten verborgen, aber jetzt erkannte Torres die typische Kleidung der Kazon-Ogla, der ersten Kazon-Sekte, der die *Voyager* im Delta-Quadranten begegnet war. Doch eigentlich spielte es kaum eine Rolle, um welche Sekte es sich handelte. *Alle* Kazon haßten die *Voyager* und ihre Crew.

Zwei der drei Männer hielten Strahler in den Händen. Der dritte und stämmigste betrat den Frachtraum und lächelte grimmig.

»Ja, aus einem ganz einfachen Grund«, betonte er noch einmal. »Sie haben etwas, das wir möchten. Geben Sie es uns – dann lassen wir Sie frei.«

»So einfach ist das«, meinte Kim.

»So einfach ist das«, wiederholte der Kazon. »Wir würden zwar großen Gefallen daran finden, Sie zu foltern und zu töten, aber auf dieses Vergnügen verzichten wir, wenn Sie Kooperationsbereitschaft zeigen. Sie haben das Wort von Teeg'l, Dritter Maje der Ogla.«

»Und woher sollen wir wissen, daß Sie Ihr Wort halten?« fragte B'Elanna.

Der Kazon zuckte mit den Schultern. »Ich schätze, Ihnen bleibt nichts anderes übrig, als darauf zu vertrauen.«

Die Chefingenieurin schnitt eine finstere Miene. »Was wollen Sie?«

»Ich glaube, Sie kennen die Antwort bereits«, erwiderte der Kazon. »Immerhin zeigen wir nicht zum erstenmal Interesse an Ihrer Transportertechnik. Bisher haben Sie es abgelehnt, jene Technik mit uns zu teilen – obwohl sie von großem Nutzen für unsere Sekte wäre.«

»Sie könnten damit über alle anderen Sekten dominieren«, sagte Kim.

Der Kazon nickte. »Und auch über andere Feinde.«

B'Elanna sah dem Krieger in die Augen. »Ihnen sollte klar sein, daß wir Ihnen Ihren Wunsch nicht erfüllen können«

»Ganz im Gegenteil«, knurrte Teeg'l, und das Lächeln verschwand aus seinem Gesicht. »Ich weiß, daß Sie dazu in der Lage sind. Sie verfügen über das notwendige Wissen. Was fehlt, ist die Entscheidung, es uns zur Verfügung zu stellen.«

»Wir haben einen Eid geleistet«, sagte B'Elanna. »Er verpflichtet uns, solche Technik mit niemandem zu teilen, weder mit Freund noch mit Feind. Es ist unser wichtigstes Prinzip.«

Der Kazon kniff die Augen zusammen. »Treiben Sie keine Spielchen mit mir, Lieutenant. In diesem Bereich des Alls sind Sie ganz allein. Sie wollen Ihre Technik niemand anders zur Verfügung stellen, weil Sie fürchten, dadurch militärische Vorteile zu verlieren.« Er lächelte erneut, dünn und humorlos. »Das ist der Hauptgrund, obwohl es noch andere geben mag.«

Das stimmt nicht, dachte B'Elanna. Aber sie sah keinen Sinn darin, über diesen Punkt zu streiten.

»Vielleicht hoffen Sie, von Ihren Freunden gefunden zu werden«, fuhr Teeg'l fort. »Vielleicht glauben Sie, nur eine Zeitlang durchhalten zu müssen – bis zu Ihrer Befreiung. Nun, da muß ich Sie enttäuschen. Ihre Gefangennahme ist nicht das Ergebnis einer günstigen Gelegenheit, die wir ausnutzten. Sie sind vielmehr in eine gut vorbereitete Falle gegangen.«

»In eine Falle?« wiederholte B'Elanna.

Sie wollte, daß der Kazon auch weiterhin redete. Je mehr sie von ihm erfuhren, desto größer wurde die Chance, einen Ausweg zu finden.

»Ja«, sagte Teeg'l. »Die Ogla beobachten Ihren Flug

durch den Quadranten schon seit einigen Monaten, und dabei haben wir festgestellt, welche Planeten Ihre Aufmerksamkeit wecken und aus welchem Grund. Als wir herausfanden, was Sie suchen und in welcher Richtung Sie unterwegs sind, hielten wir Ausschau nach dem nächsten attraktiven Planeten auf Ihrem Weg.«

»Auf diese Weise haben Sie uns erwischt«, spekulierte Kim.

Der Kazon runzelte die Stirn. »Nicht sofort. Auf zwei anderen Welten bereiteten wir Fallen vor, aber Sie änderten den Kurs. Dies ist unser dritter Versuch, und dabei lief alles nach Plan.«

»Und worin besteht dieser Plan?« fragte Torres ein wenig zu scharf.

»In einem Täuschungsmanöver«, antwortete Teeg'l, ohne B'Elannas Aggressivität Beachtung zu schenken. »Während Sie und Ihre Gefährten auf dem Planeten weilten, traf ein Kazon-Kreuzer ein. Ihr Captain fragte sich natürlich, was das bedeuten mochte, und zur Sicherheit holte sie die Erkundungsgruppen zurück. Bei Ihnen allerdings ließ sich kein Transfer bewerkstelligen.«

»Wegen der Erzvorkommen«, warf der Fähnrich ein.

Der Kazon lachte. »Diesen Eindruck müssen Sie gewonnen haben. In Wirklichkeit hüllten wir die Höhle in ein Kraftfeld, das Kom- und Sondierungssignale störte, indem es die Auswirkungen bestimmter Mineralien simulierte. Es diente auch dazu, dieses Raumschiff zu verbergen, das sich die ganze Zeit über auf der Oberfläche des Planeten befand. Und nicht nur dieses Schiff, sondern auch noch ein anderes.«

B'Elanna begann zu verstehen. Aber sie schwieg in der Hoffnung, daß Teeg'l in seinem rhetorischen Eifer irgendwelche wichtigen Dinge verriet.

»Kurz nach dem Eintreffen unseres Kreuzers startete

das zweite kleine Schiff«, fuhr der Kazon fort. »Es erreichte schließlich den Hangar des größeren Raumers. Ihr Captain gewann den Eindruck, daß Sie gefangengenommen und an Bord des Kreuzers gebracht worden waren.

Als das größere Schiff in den Warptransit ging, nahm die *Voyager* sofort die Verfolgung auf. Soweit wir wissen, verfolgt Ihr Schiff den Kreuzer noch immer – bis Ihrem Captain das ganze Ausmaß unseres Täuschungsmanövers klar wird.« Teeg'l lachte leise. »Zu jenem Zeitpunkt wird *dieses* Schiff bereits ein Rendezvousmanöver mit einem *zweiten* Ogla-Kreuzer durchgeführt haben, und zwar in einem ganz anderen Raumsektor. Es dauert jetzt nicht mehr lange, bis wir die Transportertechnik von Ihnen bekommen, so oder so.«

B'Elanna gab sich keinen Illusionen hin: Die Kazon schreckten vor nichts zurück, um ihr Ziel zu erreichen. Zwei Gefangene standen ihnen zur Verfügung. Wenn einer starb, so gab es für den anderen einen Grund mehr, alle Fragen zu beantworten.

Das glaubten die Kazon jedenfalls. Aber es würde nicht klappen. Ganz sicher nicht bei B'Elanna, und vermutlich auch nicht bei Kim. Starfleet-Offiziere nahmen einen Eid sehr ernst. Und das Versprechen, immer und überall die Erste Direktive zu beachten, war der wichtigste Schwur von allen.

»Ihnen bleibt also gar nichts anderes übrig, als mit uns zusammenzuarbeiten«, sagte Teeg'l. »Und da Sie ohnehin keine Wahl haben: Warum bis zum Rendezvousmanöver warten? Warum arbeiten Sie nicht mit *mir* zusammen?«

Kim lächelte kühl. »Damit Sie die ganze Ehre für sich einheimsen können, wie?«

»Ich *verdiene* sie«, entgegnete der Maje. »Glauben Sie mir: Es ist besser für Sie, wenn Sie sich mir anvertrauen. Lassen Sie es mich so ausdrücken: Ich bin weitaus großzügiger als die anderen Kazon-Ogla, denen Sie begegnen werden.«

»Tatsächlich?« fragte der Fähnrich. »Nun, Sie und die anderen Kazon-Ogla können von mir aus ...«

»Das reicht«, sagte B'Elanna scharf.

Kim richtete einen erstaunten Blick auf sie, klappte den Mund zu und schwieg.

Die Chefingenieurin wandte sich an Teeg'l. »Danke für den Hinweis. Wir werden darüber nachdenken.«

Der Dritte Maje kniff andeutungsweise die Augen zusammen, als er die beiden Gefangenen musterte. »Das rate ich Ihnen«, sagte er.

Dann drehte er sich um und verließ den Raum, gefolgt von den beiden anderen Kazon. Einer von ihnen reaktivierte die energetische Barriere.

B'Elanna wartete, bis sie sicher sein konnte, daß die Kazon außer Hörweite waren, bevor sie sich an Kim wandte. »Hören Sie ... Ich habe nicht die Absicht, unsere Geheimnisse zu verraten. Aber wenn Teeg'l bei dieser Sache nicht der Oberbefehlshaber ist, sollten wir ihn bei Laune halten. Dann dürfte er eher bereit sein, uns anständig zu behandeln.«

»Aber bestimmt nicht auf Dauer«, erwiderte Kim. »Früher oder später bekommen wir es mit jemandem zu tun, der konkrete Auskünfte von uns will.«

»Mit etwas Glück gelingt uns bis dahin die Flucht«, sagte Torres.

Der Fähnrich lächelte. »So wie Sie es sagen ... Ich könnte es fast glauben.«

»Glauben Sie es«, sagte B'Elanna, und ihre Stimme brachte große Entschlossenheit zum Ausdruck.

Wenn Tuvok kein Vulkanier gewesen wäre, hätte er jetzt vielleicht eine Mischung aus Ärger und Sorge empfunden. Statt dessen bestand seine Reaktion aus ein wenig Beunruhigung.

Seit fünfzehn Minuten verfolgte die *Voyager* das große Kazon-Schiff, und Tuvok blieb die ganze Zeit über bemüht, Daten zu gewinnen. Er versuchte es mit allem, übersah nichts.

Zum Beispiel Strukturschwächen in den Schilden der Kazon. Tote Winkel bei der Sensorerfassung. Schmale Ortungslücken im Waffenfokus. Niederenergetische Punkte im Integritätsfeld. Irgendwo, so hoffte der Vulkanier, mußte sich eine Möglichkeit bieten, etwas über Lieutenant Torres und Fähnrich Kim herauszufinden.

Bisher hatte er keinen Erfolg erzielt. Zwar mangelte es den Kazon an Disziplin, aber diesmal bemühten sie sich mit einem erstaunlich hohen Maß an Effizienz, ihr Schiff gut abzuschirmen.

Der Vulkanier gab sich nicht gern geschlagen, doch alles schien darauf hinauszulaufen, daß seine Bemühungen umsonst blieben.

Eine weitere Idee gewann Konturen in ihm. Wenn er Kim und Torres an Bord des Kazon-Kreuzers lokalisieren konnte, so gelang es vielleicht, sie zu transferieren, selbst bei aktiven Schilden.

Dazu war es natürlich notwendig, die richtige Frequenz in Erfahrung zu bringen – bestimmt kein leichtes Unterfangen. Ein solcher Transfer brachte erhebliche Risiken mit sich, insbesondere für die Personen, die transferiert werden sollten. Aber noch größer war das Gefahrenpotential bei einem Angriff, der dazu diente, die Schilde des Kazon-Schiffes zu zerstören.

Zumindest handelte es sich um eine *Möglichkeit*. Und selbst eine geringe Chance war besser als gar keine.

Tuvok wölbte eine Braue und machte sich an die Arbeit. Er ortete keine von Insignienkommunikatoren ausgehende Kom-Signale – bestimmt waren die kleinen Kom-Geräte von den Kazon zerstört worden. Der

Vulkanier ließ sich davon nicht beeindrucken und programmierte die Sensoren darauf, nach menschlichen und klingonischen Biosignalen zu suchen. Entsprechende Sondierungen waren recht zeitaufwendig, denn die biologische Struktur der Kazon unterschied sich kaum von der menschlichen.

Das Ausmaß der für die Analysen notwendigen Zeit beeindruckte Tuvok nicht annähernd so sehr wie das Ergebnis.

»Captain«, sagte er und sah auf.

Janeway drehte sich um. »Ja, Lieutenant?«

Tuvok runzelte die Stirn. »An Bord des Kazon-Schiffes lassen sich weder menschliche noch klingonische Lebenszeichen feststellen, Captain.«

Janeway stand langsam auf und näherte sich der taktischen Station. »Sind Sie ganz sicher, Mr. Tuvok?«

Der Vulkanier nickte. »So sicher wie ich nur sein kann«, erwiderte er.

Die Kommandantin blieb an seiner Konsole stehen und blickte auf die Displays. Tuvok fühlte die Richtigkeit seiner Angaben dadurch keineswegs in Frage gestellt. Im Lauf der Zeit hatte er gelernt, solche Reaktionen als typisches menschliches Verhalten zu akzeptieren.

»Verdammt«, murmelte Janeway. Ärger und Verlegenheit zeigte sich in ihren Zügen, als sie Tuvok ansah. »Die Kazon haben uns an der Nase herumgeführt, nicht wahr?«

Der Vulkanier erkannte diese Worte als rhetorische Frage. Früher einmal wäre er versucht gewesen, darauf zu antworten, aber während seiner beruflichen Laufbahn bei Starfleet hatte er sich an derartige menschliche Schwächen gewöhnt – insbesondere beim Captain.

Janeway preßte kurz die Lippen zusammen und sah zum Hauptschirm. »Mr. Paris ...« Ihre Stimme klang noch fester als sonst. »Kursumkehr. Wir fliegen zu dem Planeten zurück, auf dem wir Torres und Kim verloren.«

Der Pilot gab keinen Ton von sich und kam der Anweisung stumm nach. Vermutlich teilte er die Verlegenheit der Kommandantin.

So wie auch die übrigen Brückenoffiziere, vermutete Tuvok. Er bedauerte es, nicht eher daran gedacht zu haben, die Präsenz der beiden Vermißten an Bord des Kazon-Schiffes zu verifizieren. Aber wie die Menschen sagten: Das war Schnee von gestern. Es kam jetzt darauf an herauszufinden, welches Schicksal der Fähnrich und die Chefingenieurin erlitten hatten. Nur wenn sie darüber Bescheid wußten, konnte eine neue Rettungsstrategie entwickelt werden.

Hoffentlich war es dazu noch nicht zu spät.

4

Janeway ging im Kontrollraum auf und ab, während die *Voyager* den Planeten der Klasse M umkreiste, auf dem sie Torres und Kim verloren hatten. Einmal mehr fragte sie sich, wieso sie so leichtgläubig gewesen war. Warum hatte sie voreilige Schlüsse gezogen, ohne über irgendwelche Alternativen nachzudenken?

Wie dumm, dachte sie. *Wie dumm von mir.*

Sie konnte ihren Fehler nur damit rechtfertigen, daß die Umstände von ihr verlangt hatten, sofort eine Entscheidung zu treffen, ohne die Situation sorgfältig zu prüfen. Wenn sie gezögert hätte, wäre der Kreuzer verschwunden und die *Voyager* hätte keine Möglichkeit gehabt, ihn einzuholen.

Trotzdem warf sich Janeway vor, daß sie nicht skeptischer gewesen war. Sie hätte sofort auf eine positive Identifizierung der beiden vermißten Offiziere drängen sollen, auf die Feststellung, ob sie sich tatsächlich an Bord des Kazon-Schiffes befanden. Der Befehl, den Kreuzer zu verfolgen, ergab erst danach einen Sinn.

Kostbare Zeit war verlorengegangen. Sie mußten jetzt noch einmal von vorn anfangen und die Fakten prüfen, bevor über das weitere Vorgehen entschieden werden konnte. Diesmal wollte Janeway auf keinen Fall voreilig handeln. Auf Schnelligkeit kam es nicht so sehr an wie auf Genauigkeit – einen anderen Weg gab es leider nicht.

Eine Stimme aus dem Interkom unterbrach Janeways Überlegungen. »Captain?« fragte der Erste Offizier.

»Was haben Sie für mich?« fragte Janeway.

»Eine Menge«, antwortete Chakotay. »Zum Beispiel Spuren eines Kampfes. Brandspuren an den Höhlenwänden weisen auf den Einsatz von Strahlwaffen hin. Und auf dem Boden zeigen sich Fußspuren, die nicht von B'Elanna oder Kim stammen.«

Janeway nickte. »Sie wurden also gefangengenommen – allerdings nicht von den Kazon, die wir verfolgt haben.«

»Darauf deutet alles hin«, sagte Chakotay.

»Sonst noch etwas?«

»Wir haben einen Feldprojektor gefunden. Offenbar diente er dazu, unsere Sensoren zu täuschen. Das Kraftfeld simuliert die störenden Auswirkungen bestimmter Erze auf unsere Kom- und Sondierungssignale.«

Neuer Ärger brodelte in Janeway.

»Ich verstehe«, sagte sie. »Kehren Sie mit Ihre Gruppe an Bord zurück, Commander. Ich glaube, wir haben genug in Erfahrung gebracht.«

»Aye, Captain.«

Aus einem Reflex heraus ballte Janeway die Hände zu Fäusten. Sie versuchte ganz bewußt, die Anspannung aus sich zu vertreiben. Es war schon schlimm genug, daß sie sich hatte täuschen lassen. Wenn sie sich jetzt von ihren Emotionen ablenken ließ, riskierte sie weitere Fehler.

»Captain?« fragte Tuvok, der wie üblich an der taktischen Konsole stand.

Janeway drehte sich zu ihm um. »Haben Sie etwas entdeckt?« Hoffnung regte sich in ihr.

Der Vulkanier nickte. »Ja, eine Ionenspur.«

»Gute Arbeit.« Die Kommandantin trat zu ihm.

Ihre Zuversicht wuchs. Vielleicht hatten sie gerade den Durchbruch erzielt, den sie brauchten, um die beiden Vermißten zu finden.

»Dichte und Ausdehnung der Spur deuten darauf hin, daß sie von einem Kazon-Schiff stammt«, erläuterte Tuvok. »Allerdings scheint es wesentlich kleiner gewesen zu sein als der Kreuzer, den wir verfolgten. Außerdem führt die Spur in die entgegengesetzte Richtung.«

»Was durchaus einen Sinn ergibt, wenn man uns fortlocken wollte«, sagte Janeway.

»In der Tat«, pflichtete Tuvok ihr bei.

Die Kommandantin musterte ihn kurz. »Übermitteln Sie die entsprechenden Daten der Navigationsstation.«

Er nickte. »Aye, Captain.«

»Transporterraum«, sagte Janeway laut. »Ist die Landegruppe zurückgekehrt?«

»Ja«, bestätigte Burleson. »Und zwar komplett.«

Beim letztenmal sah die Sache ein wenig anders aus, dachte Janeway und wandte sich an den Piloten.

»Mr. Paris, Sie bekommen jetzt die Daten der Ionenspur. Berechnen Sie einen Kurs und leiten Sie den Warptransit ein.«

»Verstanden«, sagte Paris und betätigte mehrere Schaltflächen.

Es erleichterte Janeway, daß sie wieder aktiv werden konnten. Es war nur ein Anfang, begriff sie, und es gab keine Erfolgsgarantie – aber wenigstens brauchten sie nicht länger zu *warten.*

Das Projektionsfeld des Hauptschirms zeigte, wie der Planet kleiner wurde, als die *Voyager* mit Impulskraft beschleunigte: Der Pilot wollte erst mit dem Warptransit beginnen, wenn das Schiff den planetaren Gravitationsschacht verlassen hatte.

Janeway wußte, daß der Captain derzeit nicht mehr

gebraucht wurde. Sie konnte die Brücke verlassen, den Bereitschaftsraum aufsuchen und sich dort administrativen Aufgaben widmen. Allerdings wollte sie nicht den Eindruck erwecken, sich vor den Folgen ihres Fehlers zu verstecken. Daher beschloß sie, bei ihrer Crew zu bleiben.

Sie nahm im Kommandosessel Platz, lehnte sich zurück und schloß kurz die Augen. Sofort kehrte sie zurück, die Verlegenheit. Der Schmerz, den ihr der Verlust von zwei Besatzungsmitgliedern bescherte. Und die Litanei des Selbstvorwurfs wiederholte sich hinter ihrer Stirn.

Wie dumm, dachte sie. *Wie dumm von mir*.

Teeg'l fühlte Enttäuschung, als er neben dem Navigator auf das Rendezvous mit der *Barach'ma* wartete. Zuerst hatte er geglaubt, es sei ihm gelungen, die Entschlossenheit der Starfleet-Offiziere zu erschüttern. Doch das war offenbar nicht der Fall.

Sie beabsichtigten nicht, ihm das Geheimnis der Transportertechnik zu enthüllen. Das begriff er nun. Die Frau hatte gelogen, als sie ihm versprach, über sein Angebot nachzudenken.

Unter normalen Umständen hätte Teeg'l nicht gezögert, sie für diese Frechheit mit dem Tod zu bestrafen – oder in ihr den *Wunsch* zu wecken, tot zu sein. Aber leider kam diese Möglichkeit nicht in Frage.

Maje B'naia legte großen Wert darauf, daß sich die Gefangenen in einem guten Zustand befanden, wenn Teeg'l sie der *Barach'ma* übergab. Sollten sie verletzt worden sein, ohne daß es einen triftigen Grund dafür gab ... B'naia würde daraus schließen, daß sich Teeg'l von seinem Ehrgeiz dazu hatte hinreißen lassen, bei ihrer Mission einen Mißerfolg zu riskieren. In dem Fall mußte Teeg'l mit sehr unangenehmen Konsequenzen rechnen.

Deshalb schluckte der Dritte Maje seinen Stolz hinunter und überließ die Offiziere von der *Voyager* sich selbst. Allein ihre Gefangennahme brachte ihm viel Ehre ein. Er dachte daran, mit welchen Reichtümern man ihn belohnen würde, stellte sich seinen Ruhm vor...

Und er hatte sich das alles wirklich verdient, oder? Der verdammte *Voyager*-Abschaum verfügte über den Schlüssel für die Vorherrschaft in diesem Quadranten. Der Plan, ihn zu erbeuten, stammte natürlich von Maje B'naia, aber Teeg'l hatte ihn perfekt ausgeführt.

»Dritter Maje«, sagte der Navigator. Shan'ak beugte sich zu den Instrumenten vor, so als könnte er dadurch weitere Einzelheiten erkennen.

Teeg'l lenkte seine Gedanken in eine neue Richtung. »Was ist, Shan'ak? Haben Sie die *Barach'ma* gefunden?«

Der Navigator drehte sich um, und sein Gesichtsausdruck bewirkte jähe Anspannung in Teeg'l.

»Die *Barach'ma* ist nicht hier«, sagte Shan'ak. Besorgnis ließ seine Stimme vibrieren, und tiefe Falten bildeten sich in der Stirn.

»Wenn sie nicht hier ist, warten wir eben, bis sie eintrifft«, erwiderte Teeg'l.

Der Navigator schüttelte den Kopf. »Sie verstehen nicht. Es wird kein Rendezvousmanöver mit der *Barach'ma* stattfinden. *Nie.*«

Is'rag, der Kazon an der taktischen Station, drehte sich um. Beunruhigt suchte er auf seinen Monitoren nach einer Antwort.

Zorn keimte im Dritten Maje. Er packte Shan'ak an seiner ledernen Jacke, drehte ihn herum und zog ihn näher, bis nur noch wenige Zentimeter ihre Nasen voneinander trennten.

»Was soll das heißen, es findet kein Rendezvousmanöver statt?« fragte er scharf. »Haben wir nicht die Gefangenen, die Maje B'naia wollte?« Er rammte dem

Navigator die knochige Stirn an die Nase. »Sprechen Sie endlich, Mann!«

Shan'ak wich schmerzerfüllt zurück, und Blut tropfte ihm aus der Nase. »Sehen Sie selbst!« Und er deutete auf einen seiner Monitore.

Teeg'l starrte aufs Anzeigefeld. »Was soll ich sehen?« zischte er. »Ich kann überhaupt nichts erkennen!«

»Sehen Sie genauer hier!« erwiderte Shan'ak.

Der Dritte Maje kam dieser Aufforderung nach. Und schließlich sah er, was der Navigator meinte.

»Trümmer«, brachte er hervor.

Kleine Metallteile, die im Nichts schwebten. Und die Sensoren meldeten, daß es sich um jene Legierung handelte, die man beim Bau von Kazon-Schiffen verwendete.

»Nein«, hauchte er. »Das kann nicht sein.«

»Es *ist* so«, beharrte der Navigator. »Sie sehen dort die Reste der *Barach'ma*. Jemand traf vor uns hier ein und zerstörte sie. Vielleicht die *Voyager*.«

Teeg'l schauderte, als er daran dachte, in welche Situation er dadurch geriet. Er mußte die Hauptflotte der Ogla suchen und zu ihr zurückkehren. Doch der Weg dorthin führte an vielen Feinden vorbei.

Ein Schiff wie die *Barach'ma* wäre schnell genug gewesen, um den Gegnern zu entkommen. Darüber hinaus verfügten solche Kreuzer über sehr eindrucksvolle Waffen. Teeg'ls Schiff hingegen hatte kein so leistungsstarkes Triebwerk, und die Waffen waren ebenfalls kaum der Rede wert. Wenn es angegriffen wurde, konnte es sich nicht sehr wirkungsvoll zur Wehr setzen.

Der Dritte Maje schluckte krampfhaft und packte Shan'ak erneut. Doch diesmal empfand er mehr Furcht als Zorn. »Wir müssen von hier verschwinden. Wer auch immer die *Barach'ma* vernichtet hat – vielleicht befindet er sich noch in der Nähe.«

Seine Worte kamen einer Prophezeiung gleich. Er hatte sie gerade ausgesprochen, als auch schon die Sirenen des Annäherungsalarms schrillten. Teeg'l sah auf die Monitore und erkannte sofort den Grund.

Ein Schiff näherte sich, größer als die *Barach'ma* und noch schwerer bewaffnet. Ein Schiff der Nograkh. Es war noch fast eine Million Kilometer entfernt, aber die Distanz schrumpfte rasch.

Der Dritte Maje fluchte hingebungsvoll. Ein Hinterhalt der Nograkh. Und er war ihnen in die Falle gegangen, ebenso blind wie die Kommandantin der *Voyager* in die Falle der Ogla.

Teeg'l besann sich auf seinen Stolz. Wenn er heute sterben mußte, so wollte er tapfer in den Tod gehen.

»Is'rag«, sagte er, ohne den Blick von Shan'aks Kontrollen abzuwenden, »aktivieren Sie die verdammten Waffensysteme.«

Keine Antwort. Teeg'l drehte sich zur taktischen Station um und stellte fest, daß Is'rag regelrecht erstarrt war: Wie gebannt starrte er auf den Monitor, der ihm das Schiff im Anflug zeigte.

Der Dritte Maje knurrte, stapfte durch den Kontrollraum und stieß Is'rag beiseite. Anschließend kümmerte er sich selbst um die taktische Station.

Is'rag beobachtete verdrießlich, wie Teeg'l per Interkom N'taron und Skeg'g rief, die er zuvor damit beauftragt hatte, nach den Gefangenen zu sehen.

»Was ist los, Dritter Maje?« fragte N'taron.

Teeg'l sagte es ihm. »Vergessen Sie die Gefangenen. Ich brauche Sie auf der Brücke, und zwar *sofort*!«

»Wie Sie wünschen.«

Der Dritte Maje glaubte nicht, daß die Präsenz von N'taron und Skeg'g einen nennenswerten Unterschied machte. Aber einer von ihnen konnte das Schiff fliegen, wenn Shan'ak ums Leben kam.

Teeg'l wollte seine Hände frei haben, um die Waffenkontrollen zu bedienen. Er leitete Energie in die entsprechenden Systeme, sah auf die Anzeigen …

Und wartete darauf, daß der Feind erschien.

Als B'Elanna sah, wie Teeg'ls Männer den Frachtraum betraten, befürchtete sie zunächst das Schlimmste. Sie glaubte, daß der Dritte Maje die Geduld verloren und entgegen aller Vernunft angeordnet hatte, die Gefangenen hinzurichten. Immerhin gehörte er zu den Kazon, bei denen Irrationalität die Norm zu sein schien. *In dieser Hinsicht unterscheiden sie sich kaum von Klingonen*, dachte die Chefingenieurin.

Dann begriff sie, worum es den beiden Männern wirklich ging: Sie wollten sich nur vergewissern, daß die beiden Offiziere von der *Voyager* nicht entkommen konnten.

Torres seufzte erleichtert, ebenso wie Kim.

Plötzlich setzte sich Teeg'l per Interkom mit seinen beiden Gesandten in Verbindung und erwähnte ein geheimnisvolles Schiff, das sich ihnen näherte. Die beiden Kazon machten sofort Anstalten, den Frachtraum zu verlassen.

»Warten Sie!« rief Torres. »Wir können helfen!«

Doch die Kazon schenkten ihr keine Beachtung. B'Elannas Gaumen war auf einmal trocken. So mußte es sich anfühlen, vom Regen in die Traufe zu geraten …

Einen schönen Tag der Ehre wünsche ich dir, dachte sie voller Selbstironie.

Kim sah sie an, und in seinen Wangen mahlten die Muskeln. »Wir müssen fort von hier«, sagte er.

B'Elannas Instinkt pflichtete ihm bei. Falls Angreifer an Bord kamen, wollte sie nicht in diesem Raum gefangen sein, ohne eine Möglichkeit, sich zur Wehr zu setzen. Andererseits: Wenn das Kazon-Schiff vernichtet wurde, spielte es keine Rolle, ob sie frei waren oder nicht. B'Elanna versuchte, die Gedanken an diese Möglichkeit aus sich zu verbannen.

Teeg'l preßte die Lippen zu einem dünnen Strich zusammen, als das feindliche Schiff näher kam. Es eröffnete das Feuer, und der Dritte Maje drehte nach Steuerbord ab, wich gelbweißen Energieblitzen aus.

Ganz offensichtlich hatte der Gegner die Manövrierfähigkeit des kleinen Kazon-Schiffes – und das Geschick des Piloten – unterschätzt. Teeg'l änderte den Kurs erneut und richtete die Zielerfassung auf die größeren Waffenbänke des Angreifers.

Wieder zuckten Strahlen durchs All, und sie trafen das Ziel. Doch die Schilde des feindlichen Raumers hielten. Teeg'l flog ein Ausweichmanöver und suchte gleichzeitig nach einem neuen Ziel für den Erfassungsfokus.

Er bekam nicht die Chance zu einer zweiten Salve. Zu spät begriff er, daß der Gegner nur mit ihm gespielt, ihn getestet hatte. Und jetzt, nach dem Test, machte er ernst.

Gelbweiße destruktive Energie gleißte durchs All, in einem nicht enden wollenden Strom, und keine einzige Entladung verfehlte das kleine Kazon-Schiff. Die Schilde flackerten, wurden destabil und lösten sich auf. Und der größere Raumer feuerte auch weiterhin. Energetische Lanzen bohrten sich in Teeg'ls Schiff.

Neben Is'rag platzte ein Teil der Wand. Die Explosion tötete ihn auf der Stelle, und bescherte den anderen Kazon im Kontrollraum einen Regen aus glühenden Splittern. Das Deck unter ihren Füßen hob und senkte sich, stieß die Offiziere einmal hierhin und dann dorthin.

Shan'ak versuchte, das Schiff unter Kontrolle zu halten. Im fahlen, gespenstischen Licht der Notbeleuchtung betätigte er Tasten und andere Schaltelemente –

bis Funken aus der Konsole vor ihm stoben. Mit schweren Verbrennungen sank Shan'ak zu Boden.

»Skeg'g!« rief der Dritte Maje und deutete in Richtung der unbesetzten Navigationsstation.

Skeg'g setzte sich sofort in Bewegung, wankte durch die Düsternis und nahm am Navigationspult Platz.

Plötzlich flutete grelles weißes Licht aus dem Projektionsfeld des Hauptschirms.

Teeg'l zuckte unwillkürlich zusammen – das jähe Gleißen blendete ihn. Er spannte die Muskeln, bereitete sich auf eine heftige Erschütterung vor.

Er brauchte nicht lange zu warten.

B'Elanna hörte den Einschlag von Treffern und spürte, wie sich das Deck mehrmals von einer Seite zur anderen neigte. Sie fühlte sich dadurch angespornt und verdoppelte ihre Bemühungen. Zusammen mit Kim versuchte sie, eine Platte der Wandverkleidung zu lösen.

»Verdammt!« stieß der Fähnrich hervor. »Wenn wir doch nur ein Werkzeug hätten ...«

»Aber wir haben keins«, knurrte Torres und kratzte an der Platte. Ihre Finger waren bereits blutig, doch sie ignorierte den Schmerz, konzentrierte sich ganz auf ihre Bemühung.

Sie vermutete, daß sich Schaltkreise in der Wand verbargen, und wenn es ihr gelang, jene Systeme zu manipulieren ... Dann konnte sie vielleicht die energetische Barriere deaktivieren, wodurch sie eine Chance bekamen. Und mehr verlangte sie gar nicht, nur eine *Chance.*

Von einem Augenblick zum anderen kippte das Schiff zur Seite, und der Boden bildete plötzlich einen steilen Hang. Es gab nichts, woran sich B'Elanna festhalten konnte, als sie nach unten rutschte, der Barriere entgegen.

Der Kontakt mit dem Schirmfeld würde sie betäuben, und sie konnte es sich nicht leisten, ausgerechnet jetzt das Bewußtsein zu verlieren. Das galt auch für Kim, der neben ihr rutschte und die Hände flach ans Deck preßte, auf der vergeblichen Suche nach Halt.

Sie blieben beide in Bewegung, näherten sich immer mehr der Barriere. B'Elanna kniff die Augen zusammen und rechnete jeden Augenblick mit einer Entladung, die Schmerz und dann die Schwärze von Ohnmacht brachte. Aber nichts dergleichen geschah. Dünne weiße Rauchfahnen lösten sich aus einem Projektionsmodul – das Energiefeld existierte nicht mehr.

»Vermutlich ein Kurzschluß«, sagte Kim.

»Hervorgerufen von den Erschütterungen und Vibrationen«, spekulierte Torres.

Das Schiff schüttelte sich einmal mehr, und der Boden kehrte in die Horizontale zurück. B'Elanna und Kim standen auf, streckten gleichzeitig die Hand nach dem Sensorfeld neben der Tür aus. Metall glitt beiseite, gewährte ihnen einen Blick in die Freiheit.

Der Korridor bot keinen besonders angenehmen Anblick. Graue Rauchschwaden trieben umher, und die Chefingenieurin nahm einen beißenden Geruch wahr. Von leisem Knistern begleitetes Flackern deutete auf unterbrochene energetische Transferleitungen hin.

»Also los«, wandte sich B'Elanna an Kim.

»Ich bleibe hinter Ihnen«, versicherte er.

Sie folgten dem Verlauf des Korridors und erreichten schon nach kurzer Zeit eine Tür. Auch in diesem Fall berührte Torres das Sensorfeld daneben und breitete sich innerlich auf einen Kampf vor.

Doch es kam nicht zu einer Konfrontation. Jenseits der Tür erstreckte sich ein Kontrollraum mit brennenden Konsolen. Fünf Kazon lagen auf dem Boden, mindestens einer von ihnen tot – das Genick war gebrochen.

Es ging jetzt vor allem darum, das Schiff zu retten. Wenn ihnen das gelungen war, konnten sie sich um die überlebenden Kazon kümmern.

Doch bevor B'Elanna und Kim Gelegenheit bekamen, sich den Kontrollen zu nähern, schlingerte das Schiff einmal mehr, und die beiden Starfleet-Offiziere wurden nach vorn geworfen. Torres versuchte, sich mit den Armen abzufangen, aber ihr Kopf stieß trotzdem gegen eine der Konsolen.

Benommenheit drohte ihre Gedanken zu lähmen, und sie kämpfte dagegen an. *Du darfst jetzt nicht das Bewußtsein verlieren*, fuhr es ihr durch den Sinn. *Steh auf, verdammt! Bring das Schiff unter Kontrolle.*

Sie rollte sich auf die Seite, öffnete die Augen – und starrte ins blutige Gesicht eines toten Kazon. Torres unterdrückte ihren Abscheu, griff nach dem Rand der Konsole und zog sich hoch.

Dann hörte sie etwas: das Knirschen von Metall auf Metall. Es kam aus dem Heckbereich des Schiffes und stammte vielleicht von einer Schleuse. Wer auch immer angegriffen hatte – offenbar wollte er jetzt an Bord kommen.

»B'Elanna ...«, stöhnte eine vertraute Stimme.

Kim rollte unter einer anderen Konsole hervor, und dem purpurnen Fleck am Kinn hatte sich ein blutiger Striemen über der einen Braue hinzugesellt. Schmerz zeigte sich in seiner Miene.

»Ist alles in Ordnung mit Ihnen?« fragte B'Elanna. Sie trat an der Leiche des Kazon vorbei und näherte sich dem Fähnrich.

Kim nickte, als er sich an ihr festhielt. »Ich denke schon.«

Torres stützte ihn. »Können Sie eine Waffe in der Hand halten?«

Er nickte erneut. »Sind sie schon hier?«

Kim schien die Geräusche aus dem Heckbereich

ebenfalls gehört zu haben. »Sie dürften gleich eintreffen«, antwortete B'Elanna.

Sie ließ den Fähnrich los, als sie einigermaßen sicher war, daß er aus eigener Kraft stehen konnte, drehte sich dann zur Leiche um und ging neben ihr in die Hocke. Ihre Hoffnungen erfüllten sich: Es steckte tatsächlich eine Waffe am Gürtel des Kazon. Sie löste den Strahler und gab ihn Kim, der so darauf hinabstarrte, als sähe er so etwas zum erstenmal in seinem Leben.

»Ich weiß nicht, wie man das Ding auf Betäubung justiert«, brummte.

»Ich schätze, das ist unsere geringste Sorge«, erwiderte B'Elanna. Ihren Worten folgte jähes Fauchen, als ein weiterer Kurzschluß dazu führte, daß sich eine Verkleidungsplatte von der nahen Wand löste.

Wenn die Waffen auf eine zu hohe Emissionsstufe justiert waren, bestand die Gefahr, daß sie damit ein Loch in die Außenhülle brannten, was eine explosive Dekompression zur Folge haben mußte. Aber ihnen blieb nicht genug Zeit, um die Strahler der Kazon zu untersuchen. Immerhin kam ein Enterkommando an Bord.

Torres wandte sich dem nächsten Kazon zu, rollte ihn auf den Rücken und nahm seine Waffe. Der Mann murmelte etwas und hob sogar die Hand, um sich zur Wehr zu setzen, aber er war noch immer zu benommen.

Unmittelbar darauf vernahm B'Elanna das dumpfe Pochen schwerer Schritte. Sie drehte sich zur Tür auf der linken Seite zu – von dort waren sie gekommen. Doch wenige Sekunden später wiederholte sich das Pochen auf der rechten Seite.

»Verdammt!« fluchte Kim. »Die Fremden nehmen uns in die Zange.«

Darauf schien es tatsächlich hinauszulaufen. B'Elanna hob ihre Waffe, richtete sie erst auf die eine Tür und dann auf die andere. Sie wußte nicht recht, welches Ziel sie wählen sollte.

Die Ereignisse nahmen ihr die Entscheidung ab. Beide Türen öffneten sich gleichzeitig, und sichtbar wurden große, in dunkle Körperpanzer gehüllte Gestalten. Einer der Angreifer sah Torres und knurrte einen Befehl.

Sie versuchte nicht herauszufinden, was er gesagt hatte, betätigte den Auslöser des Strahlers und feuerte auf die von links kommenden Fremden. Kim nahm sich die auf der rechten Seite vor.

Die Strahlblitze aus B'Elannas Waffe verfehlten ihr Ziel nicht. Eine Gestalt ging zu Boden, dann eine zweite. Bevor sie auf eine dritte schießen konnte, errichteten die Angreifer eine Art Schild – die Entladungen prallten einfach daran ab.

Torres blickte kurz zur anderen Tür, die Kim unter Beschuß nahm – auch dort entstand ein solches Schirmfeld. Der Fähnrich feuerte auch weiterhin, aber ein Energiefeld schützte die Angreifer. Die Strahlen wurden abgeleitet, zerstörten Konsolen und Displays.

Und dann erwiderten die Fremden das Feuer. Gelbweiße Feuerzungen leckten nach der Chefingenieurin, und die erste traf sie an der linken Schulter. Taubheit breitete sich von dort in ihrem Leib aus, als sie herumgerissen wurde und gegen ein Schaltpult stieß. Der zweite Schuß traf ihre Hand, und sie ließ den Kazon-Strahler fallen.

Kim verlor seine Waffe auf ähnliche Weise. Von der anderen Seite der Brücke her sah er B'Elanna an, und Blut strömte ihm übers Gesicht. Torres bekleidete einen höheren Rang – sie mußte entscheiden, was es nun zu unternehmen galt.

Sie sah keine andere Möglichkeit als die Kapitulation. Alles in ihr sträubte sich dagegen, aber sie sah auch ein, daß sie dem Gegner hoffnungslos unterlegen waren. Und selbst wenn es ihnen gelang, das Schiff irgendwie unter ihre Kontrolle zu bringen – das nützte ihnen herzlich wenig, solange sich das Kampfschiff der Fremden in unmittelbarer Nähe befand.

Ganz langsam, um jedes Mißverständnis auszuschließen, hob B'Elanna die Hände über den Kopf. Kim folgte ihrem Beispiel.

Die Angreifer sahen sich um und hielten nach weiteren Gegnern Ausschau. Dann betraten sie mit gezückten Waffen die Brücke. Einer von ihnen wandte sich den Kazon auf dem Boden zu, und ein anderer näherte sich B'Elanna.

Er gab keinen Ton von sich, starrte sie nur an. Seine silbergrauen Augen blitzten unter einer vorstehenden Stirn und waren recht klein, verglichen mit dem Rest des Gesichts. In ihnen zeigten sich die vertikalen Schlitze schwarzer Pupillen.

»Ich heiße B'Elanna Torres«, sagte die Chefingenieurin und fragte sich, ob der Fremde Interesse daran hatte. »Ich gehöre zur Crew des Raumschiffs *Voyager*, das aus einem anderen Quadranten stammt. Die Kazon nahmen mich und meinen Gefährten gefangen. Wenn Sie uns die Möglichkeit geben könnten, zu unserem Schiff zurückzukehren …«

Von einem Augenblick zum anderen schlug der Fremde zu – sein Handrücken traf Torres mitten im Gesicht. Sie fand sich plötzlich auf dem Boden wieder, mit dem Geschmack von Blut im Mund. Sie brauchte einige Sekunden, um sich zu orientieren, sah dann zu dem Aggressor auf.

»Sie werden still sein«, sagte er, und seine Stimme klang so, als riebe man zwei Steine aneinander. »Stehen Sie auf.«

Kim setzte sich in Bewegung, offenbar mit der Absicht, die Chefingenieurin zu verteidigen oder ihr auf die Beine zu helfen. B'Elanna wollte weder das eine noch das andere – der Fähnrich riskierte damit nur die gleiche Behandlung, die sie gerade erfahren hatte. Oder *Schlimmeres*.

»Nein!« sagte sie scharf.

Kim blieb sofort stehen. Allerdings wies sein Gesichtsausdruck darauf hin, daß es ihm nicht gefiel, Torres sich selbst zu überlassen.

B'Elanna verlieh ihrer Anweisung mit einem durchdringenden Blick Nachdruck. Dann stand sie auf, noch immer ein wenig benommen von dem wuchtigen Hieb.

Der Fremde kniff die Augen zusammen und wußte es offenbar zu schätzen, daß sie gehorchte. Er wandte den Blick nicht von ihr ab, nickte kurz in Richtung Tür, durch die er in den Kontrollraum gekommen war, und zischte seinen Begleitern einige Befehle zu.

Drei der anderen Angreifer bückten sich und hoben die überlebenden Kazon hoch. Sie preßten die Männer an die nächste Wand und ohrfeigten sie solange, bis sie wieder zu sich kamen.

Nach einer Weile erwachten die Kazon. Zumindest zwei von ihnen, unter ihnen Teeg'l. Der dritte hatte vielleicht eine Gehirnerschütterung oder noch ernstere Verletzungen erlitten.

Die Angreifer machten sich nicht die Mühe, ihn zu untersuchen. Ganz im Gegenteil. Als sie zu dem Schluß gelangten, daß er nicht aus eigener Kraft gehen konnte, hob einer von ihnen die Hände an seine Schläfen.

Als B'Elanna begriff, was sich anbahnte, war es bereits zu spät. Es knackte, und der Kazon sank tot aufs Deck. Wenn sein Ende die anderen Kazon erschütterte, so ließen sie sich nichts anmerken. Und was die Fremden mit der vorstehenden Stirn betraf: Für sie schien die Leiche nicht mehr Bedeutung zu haben als ein lästiges Insekt, das man achtlos zertrat.

Die beiden anderen Kazon wurden fortgeführt. Der vor B'Elanna stehende Fremde nickte erneut in Richtung Tür, und diesmal galt die Aufforderung ihr. Er wollte ganz offensichtlich, daß sie die Brücke ebenfalls verließ.

Torres zögerte nicht und ging sofort los. Kim folgte ihr.

Wir sind noch immer gefangen, dachte sie. Ihr Schicksal hing nach wie vor von den Entscheidungen anderer Personen ab, und die Angreifer schienen nicht viel von Rücksichtnahme und dergleichen zu halten.

Aber wenn man die Sache von der positiven Seite betrachtete: Sie waren nicht schlimmer dran als vorher. Und sie lebten noch, im Gegensatz zu einigen der Kazon, die sie verschleppt hatten.

5

Janeway saß im Kommandosessel und dachte erneut über jene Ereignisse nach, die zur Gefangennahme und Entführung von Torres und Kim geführt hatten.

Sie konnte diese Gedanken einfach nicht aus sich verbannen. Immer wieder fragte sie sich, ob es ihr irgendwie möglich gewesen wäre, die beiden Offiziere zu retten.

Die entsprechenden Überlegungen fesselten ihre Aufmerksamkeit so sehr, daß sie zunächst gar nicht merkte, wie Tuvok an ihre Seite trat.

»Captain?« fragte er schließlich.

Sie drehte den Kopf und sah zu ihm auf. »Ja, Lieutenant?«

»Ich würde gern unter vier Augen mit Ihnen reden«, sagte der Vulkanier.

Janeway nickte. »Wie Sie wünschen. Kommen Sie.«

Zusammen mit Tuvok ging sie zum Bereitschaftsraum. Die Tür glitt sofort beiseite, und hinter ihnen schloß sie sich wieder. Schweigend nahmen sie auf beiden Seiten des Schreibtischs Platz.

»Na schön«, sagte Janeway. »Ich bin ganz Ohr. Worüber möchten Sie mit mir reden?«

Tuvok runzelte die Stirn. »Sie scheinen abgelenkt zu sein. Wenn ich spekulieren darf: Ich vermute, es hat etwas mit Lieutenant Torres und Fähnrich Kim zu tun.«

Die Kommandantin lächelte. »Und mit der Art und

Weise, wie sie in die Gefangenschaft der Kazon gerieten.«

Der Vulkanier neigte ein wenig den Kopf zur Seite. »Ja. Ich vermute, daß Sie sich Selbstvorwürfen hingeben. Was unter den gegebenen Umständen natürlich unlogisch ist.«

Janeway lehnte sich zurück. »Ach? Und warum?«

»Weil sich jeder erfahrene Offizier ebenso verhalten hätte wie Sie – auch ich. Sie trafen eine rationale Entscheidung auf der Grundlage von Fakten und Wahrscheinlichkeiten. Außerdem hatten Sie nicht viel Zeit dazu, denn die Kazon versuchten zu entkommen.«

»Zumindest erweckten sie einen solchen Eindruck«, meinte Janeway.

»Das stellte sich erst später heraus«, sagte Tuvok. »Zum betreffenden Zeitpunkt konnten Sie das aber nicht wissen.«

Janeway zuckte mit den Schultern. »Ich habe aufgrund einer Vermutung gehandelt – darauf läuft es hinaus. Und in diesem besonderen Fall hatte sie nichts mit der Wirklichkeit zu tun.«

»Die Auswirkungen von Entscheidungen lassen sich kaum kontrollieren«, entgegnete Tuvok. »Man muß sich darauf beschränken, die bestmöglichen Entscheidungen zu treffen.«

»Mit anderen Worten: Ich sollte nicht soviel Trübsal blasen.«

Der Vulkanier wölbte eine Braue. »Da stimme ich Ihnen zu, obwohl ich es anders ausdrücken würde.«

Tuvoks Anteilnahme rührte Janeway, und sie sagte ihm das auch.

»Seien Sie unbesorgt«, fügte sie hinzu. »Ich habe nicht vor, mich wegen dieser Angelegenheit selbst zu kasteien. Aber ich bin auch nicht bereit, sie einfach so zu vergessen. Ich möchte sicherstellen, daß sich so etwas nie wiederholt.«

Damit schien Tuvok zufrieden zu sein. Er stand auf. »Mehr habe ich Ihnen derzeit nicht zu sagen.«

Janeway lächelte, ein wenig offener diesmal. »Ich bin Ihnen dankbar dafür, Lieutenant. Ihre Logik ist mir immer eine große Hilfe.« Sie zögerte kurz. »Sie können jetzt zu Ihrer Station zurückkehren.«

Tuvok nickte kurz, drehte sich um und verließ den Raum. Die Kommandantin sah ihm nach.

Er hatte natürlich recht. Janeway durfte sich nicht von Selbstvorwürfen und dergleichen ablenken lassen – sonst übersah sie vielleicht eine Chance, Torres und Kim zurückzuholen.

Und eins stand fest: Sie *wollte* für die Rückkehr der beiden Vermißten sorgen.

Vor B'Elanna und den anderen Gefangenen befand sich eine Luke, durch die man das Kazon-Schiff verlassen konnte – auf diese Weise waren die Angreifer an Bord gelangt.

Allem Anschein nach verfügten sie ebensowenig über Transportertechnik wie die Kazon. Vielleicht hatten sie noch nie davon *gehört*. Und wenn Teeg'l und die anderen schwiegen, erfuhren sie auch nichts davon.

Derzeit waren die überlebenden Kazon kaum imstande, irgend etwas zu sagen. Sie fanden gerade erst in die Wirklichkeit zurück und wankten auf Beinen, die kaum ihr Gewicht tragen konnten. Beide hatten Abschürfungen und Prellungen erlitten, konnten jedoch von Glück sagen: Ihre Verletzungen schienen nicht ernster Natur zu sein.

Einer nach dem anderen wurden die Starfleet-Offiziere und Kazon durch die Luke gestoßen. Auf der anderen Seite nahm man sie nacheinander in Empfang, um sie dann durch einen weiteren Korridor zu führen.

Einmal stieß die taumelnde B'Elanna gegen Teeg'l. Der Dritte Maje drehte sich halb um und brachte etwas Unverständliches zwischen angeschwollenen Lippen hervor, aber er wurde nicht gewalttätig – offenbar wollte er vermeiden, den Zorn der Fremden zu wecken.

Schließlich erreichten sie ihr Ziel: eine besonders massiv wirkende Tür. Eine der in Körperpanzer gehüllten Gestalten öffnete sie, hob die Waffe und forderte die Gefangenen mit einer unmißverständlichen Geste auf, den Raum zu betreten.

B'Elanna kam als letzte an die Reihe, und sie schien nicht schnell genug zu sein: Jemand gab ihr einen Stoß, der sie quer durch den Raum trieb. Hinter ihr schloß sich die Tür mit einem dumpfen Donnern.

Die Chefingenieurin stand auf und sah sich um. Die Kazon, Kim und sie selbst waren ganz offensichtlich nicht die einzigen Gefangenen der Fremden: Etwa zwanzig Personen befanden sich in dem runden Raum.

Einige gehörten sogar zur gleichen Spezies wie die Angreifer, doch bei den meisten handelte es sich um Geschöpfe, die B'Elanna noch nie zuvor gesehen hatte. Sie wandten sich den Neuankömmlingen zu.

Es gab keinen Grund für B'Elanna, einen herzlichen Empfang von diesen Leuten zu erwarten. Vermutlich hatten sie noch nie von der *Voyager* oder der Föderation gehört, und deshalb war ein gewisses Maß an Argwohn durchaus verständlich.

Aber die Blicke der anderen Gefangenen brachten mehr als nur den Umständen entsprechendes Mißtrauen zum Ausdruck. Sie starrten Torres und ihre Begleiter so an, als hätten sie schwere Schuld auf sich geladen.

»Was ist los?« fragte Kim. »Wir sind gerade erst eingetroffen und schon unbeliebt.«

»Der Grund dafür bleibt mit ein Rätsel«, erwiderte B'Elanna.

Die anderen Gefangenen flüsterten miteinander und schienen immer zorniger zu werden – vielleicht sogar zornig genug, um Gewalt anzuwenden. Wenn sie wirklich angriffen, so würden sie auf keinen leichten Gegner treffen, versprach sich B'Elanna – obwohl sie das Gefühl hatte, durch Neelix' Nudelmaschine gedreht worden zu sein.

»Ihr Haß gilt nicht *Ihnen*«, erklärte Teeg'l überraschenderweise. Spöttisch verzog er das Gesicht, was ihm sicher Schmerzen bereitete. »Sie hassen *uns*.«

Plötzlich verstand B'Elanna. Die Kazon-Ogla hatten sich in diesem Raumbereich viele Feinde gemacht – eigentlich kein Wunder, wenn man bedachte, wie schnell sie von den Waffen Gebrauch machten und wie wenig sie von Takt hielten.

Kim und sie waren zusammen mit Teeg'l und dem anderen Kazon eingetroffen, und dadurch mußten die übrigen Gefangenen den Eindruck gewinnen, sie gehörten zusammen. Obwohl sie in Wirklichkeit Feinde waren.

Torres musterte den Dritten Maje. »Was ist los, Teeg'l? Warum sind wir hier?«

Der Kazon brummte. »Wir sind Gefangene der Nograkh, eines der dominanten Völker in diesem Raumgebiet. Es sind größtenteils Prospektoren, aber sie treten auch als Händler auf.«

»Was hat das mit *uns* zu tun?« fragte Kim.

»Eine Nograkh-Station ist nicht weit von hier entfernt«, fuhr Teeg'l fort. »Sie wurde von jenem Volk errichtet, das diesen Sektor vor ihnen beherrschte. Die Nograkh benutzen sie heute, um wertvolle Erze in einem Asteroidengürtel abzubauen.«

»Und?« hakte B'Elanna nach.

Der Kazon kniff die Augen zusammen, als er ihren Blick erwiderte. Offenbar mochte er es nicht, wenn man ihn zur Eile trieb. »Die betreffenden Erze sind radioaktiv, was bedeutet, daß die Arbeiter nicht lange überleben. Deshalb brauchen die Nograkh Ersatz.«

Die Chefingenieurin nickte langsam. »Die Nograkh wollen uns als Arbeitskräfte einsetzen?«

»Das vermute ich«, bestätigte Teeg'l.

»Zwangsarbeiter«, sagte Kim leise.

Sein Gesichtsausdruck wies darauf hin, daß ihm diese Vorstellung nicht sehr gefiel. B'Elanna teilte seine Empfindungen.

»Nett«, kommentierte sie. Typisch für ihren Tag der Ehre. Sie nickte in Richtung der anderen Gefangenen, die sich durch eine deutlich vorstehende Stirn auszeichneten. »Sind jene Nograkh dort auf unserer Seite?«

Teeg'ls Miene zeigte Verachtung. »Wer weiß? Vielleicht sind es Verbrecher, der Abschaum der Nograkh-Gesellschaft.« Er lachte. »Aber so wie sich die Nograkh gegenseitig behandeln ... Es läßt sich kaum feststellen, was bei ihnen als Verbrechen gilt.«

Daraufhin sah B'Elanna die übrigen Gefangenen in einem neuen Licht. *Ein interessanter Hinweis*, dachte sie. *Von skrupellosen, niederträchtigen Kazon-Ogla als unzivilisiert bezeichnet zu werden ...*

»Danke für die Warnung«, sagte sie.

Teeg'l warf ihr einen kurzen Blick zu. »Ich bezweifle, ob sie Ihnen etwas nützt. Meines Wissens ist es noch niemandem gelungen, den Nograkh zu entkommen.«

»Es gibt immer ein erstes Mal«, meinte Kim.

Der Kazon sah ihn an. »Sie scherzen, nicht wahr? Sehen Sie sich um, Mensch. Viele der anderen Gefangenen sind mächtige Krieger, und das dürfte insbesondere für die Nograkh gelten. Wenn nicht einmal sie fliehen können – wie wollen *Sie* es dann anstellen, in die Freiheit zurückzukehren?«

Der Fähnrich lächelte geheimnisvoll, trotz des blutigen Striemens über dem Auge. Wahrscheinlich diente das Lächeln in erster Linie dazu, den Kazon zu verhöhnen.

Wenn sich die Konversation in dieser Richtung fortsetzte … B'Elanna befürchtete, daß sich Teeg'l dann vielleicht auf Kim stürzte, und sie wollte nicht die Aufmerksamkeit der Leute erregen, die sie gefangengenommen hatten.

»Ich schlage vor, wir machen es uns so gemütlich wie möglich«, wandte sie sich an den Fähnrich.

Kim zögerte kurz und begleitete die Chefingenieurin dann zur gewölbten Wand. Dort nahmen sie nebeneinander Platz und lehnten den Rücken ans harte Metall.

»Und all dies für ein wenig Gemüse.« Der Fähnrich seufzte. »Es sollte leichter sein, Nahrungsmittel zu beschaffen.«

B'Elanna lächelte. »Wenn wir zurückkehren, können Sie entsprechende Vorschläge unterbreiten.«

»Abgemacht«, sagte Kim.

Doch tief in ihrem Innern wußte Torres, daß der junge Fähnrich über die gleichen Dinge nachdachte wie sie, sich die gleichen Fragen stellte.

Wo blieb die *Voyager*? Wie sollten sie sich ohne Hilfe befreien?

Janeway saß zurückgelehnt im Kommandosessel und massierte sich mit Daumen und Zeigefinger die Nasenwurzel. Anspannung und Müdigkeit bewirkten dort einen bohrenden Schmerz.

Doch das wäre ein geringer Preis, wenn ihre Bemühungen tatsächlich zu einer Rückkehr von Torres und Kim führten. In dieser Hinsicht gab es keine Garantie, aber Janeway hielt an der Hoffnung fest.

Auch um der Moral willen. Als Kommandantin der *Voyager* fühlte sie sich verpflichtet, Zuversicht zu zeigen.

»Captain?« fragte Tuvok.

Sie blickte sich zu ihm um. »Ja, Lieutenant?«

Der Vulkanier sah auf die Anzeigen seiner Instrumente. »Die Sensoren haben ein kleines Objekt geortet, in einer Entfernung von eins Komma vier Millionen Kilometern auf unserer Steuerbordseite. Es scheint ein Raumschiff zu sein. Konfiguration unbekannt.«

Janeway hob überrascht die Brauen. »Auf den Schirm.«

Wenige Sekunden später zeigte der Hauptschirm das betreffende Objekt. Es war tatsächlich ein kleines Raumschiff, kaum größer als ein Shuttle der *Voyager*, und es stammte von keinem bekannten Volk.

Der dunkle, schmale Rumpf wirkte elegant und wies zwei blasenartige Erweiterungen auf, eine am Bug und eine in der Mitte. Hinzu kamen drei dünne, flach anmutende Warpgondeln, die aussahen wie die Flossen terranischer Fische.

Janeway wandte sich erneut an den Vulkanier. »Versuchen Sie, einen Kom-Kontakt herzustellen, Mr. Tuvok.«

Der Sicherheitsoffizier betätigte Schaltflächen, doch einige Sekunden später schüttelte er den Kopf. »Keine Antwort. Vielleicht sind die Fremden gar nicht imstande, auf unsere Kom-Signale zu reagieren. Offenbar kam es in ihrem Maschinenraum zu einem Plasmaleck.«

Er zögerte, und dünne Falten bildeten sich in seiner Stirn. »Die Strahlung scheint alle Besatzungsmitglieder getötet zu haben – bis auf eine Frau im Heck. Und sie wird ebenfalls sterben, wenn sie sich selbst überlassen bleibt.«

»Mr. Paris«, sagte Janeway, »bringen Sie uns bis auf zehntausend Kilometer an das fremde Schiff heran.«

»Aye, Captain«, bestätigte der Pilot.

Janeway wußte, daß es nur wenige Sekunden dauern würde, um jene Distanz zu erreichen, und deshalb kehrte ihr Blick sofort zu Tuvok zurück. »Lassen Sie die Überlebende direkt zur Krankenstation beamen. Schaffen Sie anschließend eine Datenverbindung mit dem Bordcomputer des fremden Schiffes und führen Sie einen Download aller Daten durch.«

Tuvok nickte und machte sich sofort an die Arbeit.

Janeway aktivierte das Interkom, um den holographischen Arzt zu informieren.

»Computer, initiiere das für den Notfall bestimmte holographische Medo-Programm.«

Auf dem persönlichen Monitor der Kommandantin erschien das immer ein wenig verdrießliche Gesicht des Holo-Arztes. »Bitte nennen Sie die Art des medizinischen Notfalls«, sagte er mit einer Stimme, die fast verärgert klang.

Natürlich fühlte sich der Doktor nicht gestört, wenn seine Dienste gebraucht wurden. Er war programmiert worden, um Kranke und Verletzte zu behandeln. Doch die Programmierer hatten ihn auch noch mit anderen, sehr persönlichen Eigenschaften ausgestattet, und zu ihnen gehörte sein besonderer Tonfall.

»Wir beamen eine Patientin von einem Wrack an Bord«, teilte Janeway dem Holo-Arzt mit. »Die Fremde ist harter Strahlung ausgesetzt gewesen, und vielleicht kommen noch andere Probleme hinzu, aber möglicherweise können wir Ihnen bald medizinische Daten zur Verfügung stellen.«

»Ich verstehe«, erwiderte der Doktor schlicht.

»Ist Kes bei Ihnen?« fragte der Captain.

»Ja«, bestätigte der Doktor. »Während der letzten Stunden hat sie an einem Forschungsprojekt gearbeitet.«

Janeway nickte. »Dann haben Sie also Hilfe, wenn Sie welche benötigen.«

Der holographische Doktor runzelte die Stirn. »Ich bezweifle, ob ich Hilfe brauche, wenn es um die Behandlung eines einzelnen Patienten geht – wie fremdartig die entsprechende Person auch sein mag. Aber es kann Kes sicher nicht schaden, mir zu assistieren. Es bietet ihr Gelegenheit, etwas dazuzulernen.«

»Wie Sie meinen«, sagte die Kommandantin. »Janeway Ende.«

Sie sah zu Tuvok – er schien besorgt zu sein. Janeway stand auf und ging zu ihm.

»Probleme?« fragte sie.

Er nickte. »Die vom defekten Triebwerk ausgehende Strahlung ist so intensiv, daß sich der Transferfokus kaum ausrichten läßt. Vielleicht kann ich diese Schwierigkeiten mit einer Verstärkung des ringförmigen Sperrstrahls überwinden.«

Janeway überließ den Vulkanier seiner Arbeit, drehte sich um und sah zum Hauptschirm. Das fremde Schiff gab durch nichts zu erkennen, daß in seinem Innern der Tod lauerte. Es schwebte einfach nur in der Leere des Alls, so still wie ein Grab – ein durchaus zutreffender Vergleich.

Doch eine Person an Bord lebte noch, erinnerte sich Janeway. Fast trotzig schob sie das Kinn vor, so als hätte sie es mit einem ganz besonderen Gegner zu tun. Mit ein wenig Glück würden die aus dem Bordcomputer übertragenen Daten dem Doktor dabei helfen, die Fremde zu behandeln. Vielleicht gab es wirklich noch eine Chance für sie.

Janeway bedauerte, daß eine Kursänderung notwendig geworden war. Jede Sekunde, die sie hier verbrachten, fehlte ihnen bei der Verfolgung von Torres' und Kims Entführern, kam einem weiteren Nagel im metaphorischen Sarg der beiden Offiziere gleich. Doch als Janeway Kommandantin der *Voyager* geworden war, hatte sie geschworen, all jenen zu helfen, die Hilfe brauchten, selbst wenn dadurch Angehörige ihrer Crew in Gefahr gerieten.

Plötzlich explodierte das auf dem Hauptschirm sichtbare Raumschiff in einem grellen Lichtblitz. Ein automatischer Filter sorgte dafür, daß auf der Brücke der *Voyager* niemand geblendet wurde, aber der Anblick war trotzdem entsetzlich.

Janeway drehte sich ruckartig zu Tuvok um und befürchtete das Schlimmste. »Was ist mit der Überlebenden?« fragte sie beunruhigt.

Das Gesicht des Vulkaniers blieb ausdruckslos. Einige Sekunden verstrichen, und er prüfte die Anzeigen seiner Instrumente, um jeden Fehler auszuschließen. Schließlich sah er auf.

»Sie befindet sich in der Krankenstation«, sagte Tuvok. »Ein großer Teil der im Bordcomputer des fremden Schiffes gespeicherten Daten konnte übertragen werden, aber leider nicht alle.«

Janeway atmete erleichtert auf. »Damit müssen wir uns abfinden«, erwiderte sie. »Sie haben sich alle Mühe gegeben.« Die Überlebende hatte transferiert werden können – das war wichtiger als alles andere. »Zum ursprünglichen Kurs zurückkehren«, fügte sie hinzu.

»Aye, Captain«, sagte Paris. Er schien erleichtert zu sein, als seine Finger über die Schaltflächen der Navigationsstation huschten.

»Ich bin in der Krankenstation, falls Sie mich brauchen«, sagte Janeway. Sie war neugierig und wollte feststellen, wen sie an Bord geholt hatten.

Ohne ein weiteres Wort ging sie zum Turbolift.

6

Der holographische Doktor der *Voyager* war gut dafür gerüstet, mit einem medizinischen Notfall fertig zu werden. Immerhin enthielt sein Programm alle medizinischen Daten und klinischen Erfahrungswerte der Föderation; hinzu kam das in Algorithmen festgehaltene Genie Hunderter von Ärzten.

Innerhalb einer einzigen Sekunde konnte er Dutzende von verschiedenen diagnostischen Methoden prüfen und die am besten geeignete finden. Solche Fähigkeiten waren auch dringend erforderlich. Kein anderer Arzt hätte die Crew der *Voyager* so gut und effizient durch die vielen Gefahren begleiten können, die im Delta-Quadranten lauerten.

Der Doktor hob nicht einmal eine Braue, als die fremde Frau auf einem Biobett materialisierte und in Agonie zitterte – ihre purpurne, schuppige Haut wies Verbrennungen dritten Grades auf. Er führte eine schnelle und notwendigerweise oberflächliche Analyse der vom Bordcomputer des anderen Schiffes übertragenen medizinischen Daten durch und machte sich an die Arbeit.

Kes wich nicht von seiner Seite, und er beschrieb sein Vorgehen Schritt für Schritt.

»Nach unseren Meßergebnissen zu urteilen, ähnelt die Biochemie der Fremden jenen Strukturen, die wir von einigen Spezies im Alpha-Quadranten kennen.

Was bedeutet, daß wir auf die Wirkung bestimmter Medikamente vertrauen dürfen.«

Der Doktor blickte auf die Indikatoren des Biobetts: Der Zustand seiner Patientin schien zumindest derzeit stabil zu sein. Dadurch wurde es einfacher, sie zu behandeln.

Doch die Anzeigen wiesen auch noch auf etwas anderes hin, auf etwas, das sich im Körper der Fremden verbarg und nichts mit den von der Strahlung verursachten Gewebeschäden zu tun hatte.

»Was ist?« fragte Kes, der die Überraschung des Arztes nicht entging.

Der Doktor schüttelte den Kopf. »Lassen Sie uns später darüber reden.«

Er konzentrierte sich auf seine aktuelle Aufgabe, verabreichte der Fremden ein Medikament, um den Metabolismus zu stärken. Ein weiteres diente dazu, die Schmerzen zu lindern.

Schon nach wenigen Sekunden schien sich die Frau zu entspannen.

»So weit, so gut«, meinte der Doktor, während ein Teil seiner Gedanken dem anderen Problem galt, das er anhand der angezeigten Daten erkannt hatte.

Als nächstes gab der Arzt seiner Patientin eine Dosis Hyronalin, um die Auswirkungen der Strahlung zu mildern. Auch dabei kam es zu einer positiven Reaktion. Er fügte der Behandlungssequenz zwei weitere Medikamente hinzu: eins für die Verbrennungen und ein weiteres, das Infektionen vorbeugen sollte.

Zum Schluß aktivierte er ein elektromagnetisches Feld, um die Fremde vor Bakterien in ihrer neuen Umgebung zu schützen. Er wußte nicht, ob solche Mikroben eine Gefahr für die Patientin darstellten, aber er hielt es für besser, jedes Risiko auszuschließen.

Alles lief glatt – sah man von dem zusätzlichen Faktor im Blut der Frau ab.

»Doktor?« fragte Kes.

Er wandte sich ihr zu. »Ich weiß«, erwiderte er. »Sie fragen sich, was ich in den Anzeigen gesehen habe.«

»Ja. Wenn Sie mir jetzt Auskunft geben könnten …«

Der Doktor seufzte und beobachtete die Patientin. Sie schlief, und ihre Biowerte suggerierten einen normalen Zustand.

»Die Frau hat eine mir völlig unbekannte Krankheit«, sagte er. »Zum Glück ist sie nur durch engen Kontakt übertragbar. Aber ohne eine wirksame Behandlung wird die Unbekannte in weniger als einer Woche sterben.«

Kes schluckte. »Sie sind doch bestimmt in der Lage, ihr irgendwie zu helfen, oder?«

Genau in diesem Augenblick öffnete sich die Tür der Krankenstation, und Janeway trat ein. »Wie geht es der Fremden?«

Der Doktor runzelte die Stirn und gab der Kommandantin einen kurzen Bericht. »Bevor ich eine Prognose stelle, möchte ich mich eingehender mit den transferierten Daten befassen. Vielleicht enthalten sie Hinweise, mit denen ich etwas anfangen kann.«

Janeway musterte ihn. »Wenn die entsprechende Datenbank Auskunft über eine Behandlungsmethode gibt, Doktor … Wäre die Frau dann nicht vom Bordarzt Ihres Schiffes geheilt worden?«

Der Holo-Arzt zuckte kurz mit den Schultern. »Nun, das ist eine Möglichkeit. Aber ich möchte keine voreiligen Schlüsse ziehen. Wenn Sie mich jetzt bitte entschuldigen würden … Es wartet Arbeit auf mich.«

Janeway lächelte verständnisvoll. »Natürlich. Bitte halten Sie mich auf dem laufenden, in Ordnung?«

»Wie Sie wünschen«, erwiderte der Doktor.

Er wartete nicht ab, bis Janeway die Krankenstation verließ, betrat sein Büro und rief die transferierten

Daten ab. Da er selbst ein Computerprogramm war, würde es nicht lange dauern, alle Informationen aufzunehmen.

Anschließend konnte die Sachkenntnis von mehreren hundert hervorragenden Ärzten mit einer genauen Analyse beginnen, bei der sich vielleicht ein Ansatzpunkt ergab.

Eine Stunde, vielleicht weniger. So viel Zeit verging, bis es in dem großen Raum mit den Gefangenen zu einem Kampf kam.

Kim hatte den Kopf an die Wand gelehnt, sah zur Decke empor, betrachtete die energetischen Transferleitungen und versuchte festzustellen, wie die Energie an Bord dieses Schiffes weitergeleitet wurde. Er vermutete, daß die Nograkh Mikrowellen verwendeten, vergleichbar mit dem cardassianischen System. Allerdings gab es hier nicht die dafür typischen Rhodiniumabschirmungen.

Und dann kam es auf der anderen Seite des Raums zu plötzlicher Aktivität. Kehlige Stimmen erklangen, und eine Auseinandersetzung begann.

Sie fand zwischen zwei besonders kräftig wirkenden Nograkh statt. Ihre Artgenossen versuchten nicht, den Kampf zu beenden. Ganz im Gegenteil: Sie feuerten die beiden Kontrahenten an.

Die erste Reaktion des Fähnrichs bestand darin, nach B'Elanna Ausschau zu halten und sich zu vergewissern, daß ihr keine Gefahr drohte. Wie sich herausstellte, stand sie ein ganzes Stück abseits der Konfrontation an der Wand. Als der Kampf andauerte, setzte sie sich in Bewegung und trat zu Kim.

Nicht ohne eine gewisse Faszination beobachtete er, wie hammerartige Fäuste auf Fleisch und Knochen einschlugen. Aber ganz gleich, wie oft sie getroffen wurden – die beiden Nograkh schienen nicht schwächer zu werden. Ganz im Gegenteil: Ihr Zorn nahm immer mehr zu.

B'Elanna setzte sich neben den Fähnrich. »Nette Zimmergenossen, nicht wahr?«

Kim schnitt eine Grimasse, als der eine Nograkh dem anderen die Faust ins Gesicht rammte, wodurch sich der Kopf ruckartig nach hinten neigte. »Vielleicht haben sie irgendwann genug davon, sich gegenseitig zu verprügeln. Und dann finden sie es vielleicht interessanter, ihre Fäuste an uns auszuprobieren.«

»Diese Möglichkeit läßt sich nicht ausschließen«, erklang eine Stimme neben den beiden Offizieren von der *Voyager*.

Kim sah zur Seite, erkannte Teeg'l und den anderen Kazon. Der Dritte Maje lächelte grimmig.

»Ich habe Ihnen ja gesagt, daß es Tiere sind«, brummte er. »Eine spöttische Bemerkung, ein versehentlicher Stoß mit dem Ellenbogen... Und schon fallen sie übereinander her.«

Er lächelte noch immer, als er sich umdrehte und die Nograkh beobachtete. Die gnadenlose Wildheit, mit der die beiden Gegner aufeinander einschlugen, ließ nicht nach, nahm sogar noch zu.

»Und niemand schreitet ein«, sagte Teeg'l. »Nicht einmal die Wächter. Und warum sollten sie auch? Es sind ebenfalls Nograkh.«

Kim war so sehr von dem Gewaltausbruch in Anspruch genommen, daß er die Wächter ganz vergessen hatte. Jetzt warf er einen Blick in ihre Richtung.

Die Konfrontation war der Aufmerksamkeit der Wächter natürlich nicht entgangen. Sie hätten blind und taub sein müssen, um sie nicht zu bemerken. Der Kampf schien sie keineswegs zu stören. Ganz im Gegenteil: Offenbar fanden sie Gefallen daran.

»Sie bedauern nur, daß sie nicht selbst daran teilnehmen können«, sagte Teeg'l. »Am liebsten würden sie ebenfalls übereinander herfallen und sich zu Brei zu schlagen, so wie die beiden Burschen dort.«

Kim beobachtete die Wächter und gelangte zu dem Schluß, daß der Dritte Maje recht hatte. *Wie nannte er sie*? dachte er.

»Tiere«, sagte er laut und beantwortete damit seine Frage.

B'Elanna sah ihn an. »Wie bitte?«

Der Fähnrich schüttelte den Kopf. »Schon gut«, sagte er.

Eine weitere Minute lang dauerte der Kampf. Dann sank einer der Kontrahenten auf die Knie und konnte nicht mehr.

Das wär's, dachte Kim.

Doch er irrte sich. Der andere Nograkh – mit einer langen Narbe am Kinn wirkte er sehr imposant – wich ein wenig zurück, holte aus und schmetterte dem Gegner seine Faust mitten ins Gesicht.

Es knackte laut und deutlich.

Entsetzt sah Kim, wie der Kopf des Verlierers zur Seite baumelte. Der Körper kippte, fiel auf den Boden. Blut rann aus dem Mund.

Er war tot, einfach so.

Und es handelte sich nicht um einen Unfall. Es war ein ganz klarer Fall von Mord.

Doch das schien die Nograkh nicht zu kümmern. Die Wächter griffen jetzt ein, aber sie schenkten dem Mörder keine Beachtung und begnügten sich damit, sein Opfer an den Füßen zu packen und nach draußen zu ziehen.

»Mein Gott«, brachte der Fähnrich hervor.

Neben ihm brummte B'Elanna leise. »Eine recht eindrucksvolle Show«, sagte sie, aber ihre Stimme klang kummervoll.

Und dann wurde es dunkler. Man brauchte kein Genie zu sein, um daraus den Schluß zu ziehen, daß die Gefangenen schlafen sollten. Und vermutlich mußten jene, die diesem Wunsch nicht entsprachen, mit Strafe rechnen.

Die Nograkh schienen sich mit der neuen Situation abzufinden. Wenn ihnen irgend etwas gegen den Strich ging, so behielten sie es für sich. Wenige Minuten später machten es sich auch die anderen Gefangenen bequem.

Daraufhin wirkte der große Raum fast friedlich. Was allerdings nicht bedeutete, daß er auf Dauer friedlich bleiben würde.

»Ich schlage vor, wir schlafen abwechselnd«, sagte B'Elanna. »Ich möchte nicht mitten im nächsten Kampf erwachen.«

»Amen«, erwiderte Kim.

Es war schon schlimm genug, daß er ein Sklave werden sollte. Er wollte nicht auch noch ein *toter* Sklave sein.

Kes' Aufgabe bestand darin, bei der Frau mit der schuppigen Haut zu bleiben und zu gewährleisten, daß ihre Biodaten nicht von den zuvor festgelegten Werten abwichen. Wie immer nahm sie ihre Pflicht sehr ernst.

Derzeit schlief die Fremde tief und fest, ein Resultat des Sedativs, mit dem der Doktor sie behandelt hatte. Was noch wichtiger war: Ihr Zustand verbesserte sich. Fast die Hälfte der Verbrennungen war geheilt, und die übrigen würden im Verlauf der nächsten beiden Stunden folgen.

Die äußeren Anzeichen deuteten auf gute Fortschritte bei der Rekonvaleszenz hin. Sie verrieten nichts von der heimtückischen Krankheit, die im Innern der Frau wütete und ihr Leben bedrohte.

Kes drehte den Kopf und sah zum Doktor. Jenseits der transparenten Bürowand stand er am Computerterminal und analysierte mit gerunzelter Stirn und großer Sorgfalt die Daten, die aus dem Bordcomputer des fremden Raumschiffes transferiert worden waren.

Auf den ersten Blick hätte man annehmen können, daß seine Aufmerksamkeit dem Monitor des Terminals galt. Doch wenn man genauer hinsah... Der kleine Bildschirm zeigte überhaupt nichts an. Der Doktor stand einfach nur da und blickte ins Leere, während er Myriaden Informationen prüfte.

Die Datenflut wurde direkt von seinem Programm empfangen. Auf diese Weise ging alles schneller, hatte der Holo-Arzt behauptet. Natürlich mußte er die einzelnen Informationen noch sortieren und korrelieren. Es ging darum, Hypothesen und Theorien zu entwickeln, sie mit den Daten und ermittelten Fakten in Verbindung zu bringen. So etwas erforderte Zeit.

Unterdessen näherte sich die Frau immer mehr dem Tod. Der Doktor schien nichts davon zu bemerken – er war viel zu sehr von den Analysen in Anspruch genommen. Aber Kes spürte es ganz deutlich.

Sie blickte auf die Frau hinab und seufzte. Es dauerte jetzt nicht mehr lange. Wenn nichts geschah, würde die Krankheit bald den Sieg erringen. Schon sehr bald...

Seltsam, dachte sie. Als Kind hatte sie die Erwachsenen im Gegensatz zu den anderen Jungen und Mädchen nie bedrängt. Sie war immer bereit gewesen, sich in Geduld zu fassen, um ihr Ziel zu erreichen.

Dann führten die Umstände dazu, daß sie an Bord der *Voyager* kam, als einzige ihrer Art. Es dauerte nicht lange, bis sie begriff, daß ihre Lebenserwartung im Vergleich mit den anderen Angehörigen der Crew geradezu absurd gering war.

Tuvok durfte damit rechnen, zweihundert Jahre alt zu werden, vielleicht noch älter. Captain Janeway konnte ziemlich sicher sein, mehr als hundert Geburtstage zu feiern. Doch für die Ocampa Kes gab es kaum eine Möglichkeit, länger als neun Jahre zu leben.

Neun Jahre waren ihr einmal wie eine halbe Ewigkeit erschienen, aber inzwischen wurde ihr immer bewußter, wie wenig Zeit ihr zur Verfügung stand. Sie fühlte sich verpflichtet, neue Dinge auszuprobieren und eine Verantwortung zu übernehmen, von der keine Ocampa in ihrem Alter zu träumen gewagt hätte. Alles in ihr drängte danach, ihre kurze Existenz mit möglichst vielen Dingen zu füllen.

Eifer ging mit diesem Bestreben einher. Und auch Ungeduld. Sie versuchte, ihren Drang zu mäßigen, ihn unter Kontrolle zu halten, denn manchmal fiel sie damit anderen Personen zur Last. Doch es gelang ihr nicht immer.

Derzeit spürte sie erneut jenes von Unruhe kündende Prickeln in ihrem Innern.

Der Doktor schien einem Heilmittel nicht näher zu sein als zu Beginn seiner Suche vor einigen Stunden. Aber er wirkte gelassen. Vielleicht glaubte er, daß noch Zeit genug zur Verfügung stand.

In Kes hingegen wuchs die Besorgnis. Sie gewann immer mehr den Eindruck, daß die Zeit viel zu knapp wurde.

Der Umstand, daß der Doktor alles allein erledigen mußte, machte die Sache für Kes fast unerträglich. Als medizinische Assistentin leistete sie ihm inzwischen gute Dienste, aber sie verfügte einfach nicht über das nötige empirische Wissen, um ihm bei den Analysen zu helfen. Ihr blieb nichts anderes übrig, als tatenlos abzuwarten.

Stumm betrachtete sie die Anzeigen der Bioindikatoren, während sich die Sorge in ihr verdichtete.

Plötzlich nahm sie aus den Augenwinkeln eine Bewegung im Büro des Doktors wahr. Sie sah in die entsprechende Richtung und beobachtete, wie sich der holographische Arzt umdrehte. Er *lächelte.*

Ein Heilmittel, dachte Kes aufgeregt. *Er hat tatsächlich ein Heilmittel gefunden.*

Janeway rollte sich in ihrem Bett von einer Seite auf die andere, gefangen irgendwo zwischen Schlaf und Wachen. Sie spürte etwas Dunkles und Gräßliches, das durch die sternenlose Nacht schlich.

Zuerst glaubte sie, das finstere Etwas hätte es auf *sie* abgesehen, aber dann begriff sie, daß es überhaupt kein Interesse an ihr hatte. Es verfolgte Torres und Kim. Doch sie hatte jenes Ungeheuer freigesetzt, ihm die Möglichkeit gegeben, ihre Offiziere zu verfolgen, ihre Freunde. Und nur sie konnte es dorthin zurückschicken, woher es gekommen war.

Das *konnte* sie doch, oder? Und wenn es bereits zu spät war? Hatte sie nicht eine Gelegenheit bekommen und versagt? Sie wollte das Gegenteil glauben, aber ...

Mit einem Ruck setzte sich Janeway auf. Kalter Schweiß klebte an ihrer Haut, und der Gaumen war trocken. Das Herz pochte ihr bis zum Hals empor.

Ein Alptraum. Nur ein verdammter Alptraum. Sie holte tief Luft und ließ den Atem langsam entweichen. Und dann noch einmal. Janeway fühlte, wie die Ruhe allmählich zurückkehrte und ihr Herz wieder langsamer schlug.

Sie gewann den seltsamen Eindruck, daß jemand etwas von ihr erwartete. Nicht Torres und Kim wie in ihrem Traum, sondern jemand anders.

Die Kommandantin blickte sich in ihrem Quartier um. Die Konturen vertrauter Einrichtungsgegenstände zeichneten sich im Halbdunkel ab. Sie war natürlich allein, aber trotzdem ...

Dann begriff sie, daß das Interkom sie geweckt hatte.

»Hier Janeway«, sagte sie laut.

»Captain ...«, klang eine vertraute Stimme aus dem Interkom. »Es tut mir leid, Sie zu wecken, aber die Sensoren haben einen Kazon-Kreuzer im Anflug geortet. Seine Waffensysteme sind mit Energie geladen, und offenbar fliegt er auf einem Abfangkurs.«

Janeway versuchte, die Benommenheit von sich abzuschütteln, als sie die Decke beiseite strich und mit bloßen Füßen durch den Raum schritt.

»Bestätigung, Chakotay«, sagte sie. »Ich bin gleich auf der Brücke. Veranlassen Sie inzwischen Alarmstufe Rot. Stellen Sie anschließend einen Kom-Kontakt mit den Kazon her und fragen Sie, was das alles zu bedeuten hat.«

»Aye, Captain«, antwortete der Erste Offizier.

Janeway öffnete den Schrank, entnahm ihm eine frische Uniform und legte sie kurz aufs Bett, um das Nachthemd auszuziehen. Dann kleidete sie sich an und steckte mit geübtem Geschick ihr Haar zusammen.

Inzwischen hörte sie ein auf- und abschwellendes Heulen, das auf die Alarmstufe Rot hinwies. Es erinnerte sie daran, daß man des Nachts von schlimmeren Dingen geweckt werden konnte als von einem Anruf.

Kurze Zeit später verließ Janeway ihre Kabine und ging zum nächsten Turbolift. Im Korridor schrillten die Sirenen lauter. Besatzungsmitglieder eilten hin und her, auf dem Weg zu ihren Posten, so wie auch die Kommandantin.

Ein Rest von Benommenheit verblieb in Janeway, ließ sich einfach nicht vertreiben. Und wenn schon. Arbeit wartete auf sie – kein geheimnisvoller finsterer Verfolger würde sie daran hindern, ihre Pflicht zu erfüllen.

7

Als Janeway die Brücke der *Voyager* betrat, wußte sie: Die Schilde waren aktiv und alle Waffensysteme einsatzbereit. Darüber hinaus sah sie Chakotay, Tuvok und Paris an ihren Stationen, jene Offiziere, denen sie am meisten vertraute. Wenn die Kazon irgend etwas vorhatten – Janeway fühlte sich gut vorbereitet.

Sie wandte sich an Tuvok. »Irgendeine Antwort auf unsere Kom-Signale?«

Der Vulkanier schüttelte den Kopf. »Nein, Captain. Es scheint…« Er unterbrach sich mitten im Satz, blickte auf die Displays und wölbte eine Braue.

»Was ist?« fragte Chakotay.

»Die Kazon haben beschlossen, doch noch zu antworten«, sagte Tuvok schlicht, obwohl es ihm schwerfiel, seine Überraschung zu verbergen.

»Nun, öffnen Sie einen Kanal, Lieutenant«, wies Janeway den Vulkanier an. »Wir wollen unsere Kazon-Freunde doch nicht warten lassen, oder?«

Der an den Navigationskontrollen sitzende Paris lachte leise, als er die letzten, ironisch gemeinten Worte hörte. Tuvok schenkte der Reaktion des Menschen keine Beachtung und berührte mehrere Schaltflächen. Kurz darauf erschien das knochige Gesicht eines Kazon auf dem Hauptschirm.

Janeway hob den Kopf. »Ich bin Captain Kathryn Janeway vom Föderationsschiff *Voyager*.«

»Wir wissen, wer Sie sind«, knurrte der Kazon. »Ich bin Lorca, Zweiter Maje der Kazon-Ogla.«

»Warum sind Sie hier?« fragte Janeway.

Der Kazon lachte. »Um Sie zu vernichten, so wie Sie unser Schwesterschiff vernichtet haben, die *Barach'ma*. Glauben Sie etwa, wir würden den Tod unserer Kameraden ungerächt und ihre Mörder ungestraft davonkommen lassen?«

Janeway runzelte die Stirn und forderte Tuvok mit einem Wink auf, die Übertragung von Audiosignalen zu unterbrechen.

»Haben Sie eine Ahnung, wovon er redet?« fragte sie Chakotay.

Der Erste Offizier hob und senkte kurz die Schultern. »Der Kurs des Schiffes deutet darauf hin, daß die Kazon von dort kommen, wohin wir unterwegs sein. Vielleicht haben sie in jenem Raumsektor etwas gesehen, das ihnen nicht gefiel.«

»Ein Schiff«, sagte Janeway. »Vermutlich ein anderer Kazon-Kreuzer, denn Lorca sprach von einem Schwesterschiff. Und vermutlich wurde er zerstört.«

»Vielleicht hat die *Barach'ma* auf das kleinere Schiff gewartet, das wir verfolgen«, warf Tuvok ein. »Möglicherweise war ein Rendezvous geplant.«

»Das ergäbe durchaus einen Sinn«, erwiderte Chakotay. »Aber es würde bedeuten …«

Er brauchte den Satz nicht zu beenden. Sie alle wußten, was dem Ersten Offizier durch den Kopf ging. Wenn die *Barach'ma* Torres und Kim aufgenommen hatte, und wenn sie anschließend zerstört worden war… Daraus mußte der Schluß gezogen werden, daß die beiden verschleppten Offiziere nicht mehr lebten.

Die Kommandantin überlegte kurz und nickte dem Vulkanier zu, der den Audiokanal daraufhin wieder öffnete. Sie richtete einen ernsten Blick auf den Zweiten Maje Lorca.

»Wir haben Ihr Schwesterschiff nicht zerstört«, sagte sie mit fester Stimme. »Obwohl wir vielleicht einen Grund dazu hätten – immerhin haben die Kazon zwei meiner Offiziere gefangengenommen.«

Janeways Worte kamen einer indirekten Drohung gleich, und sie hoffte, daß sie ihr keine Taten folgen lassen mußte. Sie schien die gewünschte Wirkung zu erzielen. Zwar offenbarte Lorca keine Anzeichen von Beunruhigung, aber er verzichtete auf feindselige Bemerkungen.

»Wie dem auch sei«, fuhr Janeway etwas sanfter fort. »Ich wäre bereit, mit Ihnen zusammenzuarbeiten, um festzustellen, wer Ihr Schiff zerstört hat und wo sich die entführten Offiziere befinden. Vielleicht haben einige Kazon überlebt und wurden ebenfalls gefangengenommen.«

Der Zweite Maje musterte Janeway stumm, und schließlich nickte er. »Ich bin zunächst bereit, Ihnen zu glauben, Captain. Aber wir Ogla werden Sie die ganze Zeit über im Auge behalten. Wenn wir merken, daß Sie gelogen haben, kehren wir mit Verstärkung zurück.«

»Und was ist mit der Möglichkeit von Überlebenden?« fragte Janeway.

Lorca winkte ab. »Ich bin nicht bereit, mein Schiff für eine Handvoll Versager zu riskieren.«

»Versager?« wiederholte die Kommandantin.

»Wenn es *wahre* Kazon gewesen sind, so starben sie bei der Verteidigung ihres Schiffes«, erklärte der Zweite Maje. »Und wenn es *keine* wahren Kazon gewesen sind, so lohnt es nicht, sie zu retten.«

Der Captain seufzte. Lorcas Logik war perfekt – zumindest von seinem Standpunkt aus gesehen. Janeway hielt es für sinnlos, sich in dieser Hinsicht auf eine Diskussion einzulassen.

»Dann führen wir unsere Untersuchungen allein fort«, sagte sie. »Janeway Ende.«

Tuvok unterbrach die Kom-Verbindung, und der Hauptschirm zeigte wieder das Kazon-Schiff.

Einige Sekunden lang hing der Kreuzer mit Relativgeschwindigkeit null im All und stellte nach wie vor eine Bedrohung dar. Dann beschleunigte er mit Impulskraft und ging in den Warptransit, als er weit genug entfernt war.

Janeway seufzte erleichtert. Offenbar konnten sie die Suche nach Torres und Kim ungehindert fortsetzen. Allerdings: Bei den Kazon konnte man nie ganz sicher sein.

B'Elanna fand keine Ruhe, als Kim an die Reihe kam, Wache zu halten. Es lag nicht etwa an mangelndem Vertrauen dem Fähnrich gegenüber. Der Grund war vielmehr die Klingonin in ihr.

Das genetische Erbe der Mutter öffnete ihre Sinne für eine Welt, in der die Raubtier-Opfer-Perspektive dominierte. Sie nahm Geräusche und Gerüche auf eine Weise wahr, von der Kim nur träumen konnte.

Gelegentlich setzte sie sich ruckartig auf und fletschte die Zähne, schien sich dabei in ein primitives Wesen zu verwandeln, das zu allem bereit war. Doch jedesmal stieß ihre Bereitschaft ins Leere: Es gab keine erkennbare Gefahr in der Dunkelheit des großen Raums.

Eigentlich war B'Elanna erleichtert, als ihre Zeit der Wache begann. Endlich konnte sie damit aufhören, den *Anschein* zu erwecken, zu schlafen und sich auszuruhen. Dadurch bekam sie auf eine sonderbare Weise Gelegenheit, sich zu entspannen.

Im Gegensatz zu ihr schlief Kim tief und fest. Kein Wunder: Er war ganz und gar Mensch, zu *hundert Prozent;* er hatte genug Abstand zu seinen barbarischen Vorfahren gewonnen, um sich davon zu überzeugen, in Sicherheit zu sein.

In Sicherheit? Stellte er sich vor, auf der Erde zu sein? Oder vielleicht in seinem Quartier an Bord der *Voyager*? Wie dem auch sei: Es handelte sich bestimmt um einen Ort, an dem niemand daran dachte, jemand anders umzubringen.

Einige der anderen Gefangenen schienen fast ebenso wachsam zu sein wie B'Elanna. Hier und dort bemerkte sie jemanden, der nur zu schlafen vorgab – vermutlich deshalb, um die Wächter nicht zu verärgern. Andere wechselten zwischen Schlafen und Wachen, ohne richtige Ruhe zu finden.

Die Nograkh begegneten sich gegenseitig nicht mit Argwohn – ihr Mißtrauen galt nur den Gefangenen, die aus anderen Völkern stammten. Jemand von ihnen war ermordet worden, und sie alle zeichneten sich durch eine sehr gewalttätige Natur aus. Aber wenn es Zeit zum Schlafen wurde, schienen sie sich gegenseitig zu vertrauen – dann endeten alle Feindseligkeiten.

Das konnte B'Elanna nur recht sein. Sie hatte genug Haß und Gewalt gesehen.

Dieser Gedanke war ihr gerade erst durch den Kopf gegangen, als einige Nograkh-Wächter die Tür öffneten und mit gezückten Waffen hereinkamen. Torres vermutete sofort, daß der Kreuzer sein Ziel erreicht hatte: die von Teeg'l erwähnte Erzstation.

Kim hob den Kopf und blinzelte mehrmals, um die Benommenheit des Schlafs zu vertreiben. »Wir sind da«, sagte er.

»So sieht's aus«, erwiderte B'Elanna.

Mit einigen scharfen Befehlen sorgten die Wächter dafür, daß die Gefangenen aufstanden und durch den offenen Zugang in einen Korridor traten. Hier und dort murrte jemand, aber nur leise, und es wurden nur wenige Blicke gewechselt.

Wer nicht schnell genug ging, bekam den Lauf einer

Strahlwaffe zu spüren. Niemand brauchte zweimal geschlagen zu werden.

B'Elanna und Kim versuchten, beieinander zu bleiben, sich nicht voneinander trennen zu lassen. Für einige Zeit gelang ihnen das. Dann bog der Korridor abrupt ab, was Unruhe in die Marschkolonne brachte. Erneut wurden die Gefangenen von den Wächtern angetrieben, und dadurch wuchs der Abstand zwischen den beiden Starfleet-Offizieren.

Wenige Minuten später erreichten sie eine erstaunlich große fünfeckige Luftschleuse, die bereits geöffnet war, und auf der anderen Seite standen weitere bewaffnete Nograkh. Man führte die Gefangenen hindurch, und hinter ihnen wurde das Schott geschlossen.

Die Tür fiel mit einem dumpfen Pochen zu, das irgendwie endgültig klang, fand B'Elanna. *Vielleicht wird sich jene Tür nie wieder für uns öffnen,* dachte sie und erinnerte sich in diesem Zusammenhang an Teeg'ls Worte – angeblich war den Nograkh noch nie jemand entkommen.

Aber ganz gleich, wie ernst und aussichtslos die Situation auch wirkte: Torres lehnte es ab, einfach so aufzugeben. Kim schien ihre Entschlossenheit zu teilen – darauf deuteten seine früheren Bemerkungen hin. Vielleicht hatten sie deshalb so schnell Freundschaft geschlossen. Sie neigten beide dazu, optimistisch zu sein und immer zu hoffen.

Der Korridor auf dieser Seite der Luftschleuse ähnelte dem anderen Gang. Allerdings gab es hier ein Summen, das aus allen Richtungen zu kommen schien. Einmal mehr erinnerte sich B'Elanna an Teeg'ls Ausführungen – vielleicht deutete das Geräusch auf die Nähe von erzverarbeitenden Anlagen hin.

Kurz darauf sah die Chefingenieurin ihre Vermutungen bestätigt. Der Korridor wandte sich erst nach rechts und dann nach links, endete schließlich in einem großen Raum mit einem schmalen Zugang. Einige Wächter winkten mit ihren Waffen – die Gefangenen sollten den Raum betreten.

Genau in diesem Augenblick schien Teeg'l überzuschnappen. Er war niedergeschossen worden, hatte sein Schiff verloren und wußte genau, was man von den Nograkh erwarten durfte. Eigentlich sollte er klug genug sein, die grobe Behandlung hinzunehmen, denn Auflehnung mochte den Tod bedeuten.

Doch der Kazon schien nicht imstande zu sein, sich noch länger zu beherrschen. Der Dritte Maje bekam einen Stoß, der ihn durch den Raum stolpern und gegen einige andere Gefangene prallen ließ, und daraufhin explodierte Zorn in ihm. Sein Gesicht verwandelte sich in eine wutverzerrte Grimasse.

Teeg'l wirbelte herum und riß dem nächsten Wächter das Gewehr aus den Händen. Er richtete es auf den Nograkh, der ihn gedemütigt hatte, betätigte dann den Auslöser.

Ein blauweißer Blitz traf den Wächter mitten auf der Brust und schleuderte ihn an die Wand. Wie in Zeitlupe sank der Nograkh zu Boden und blieb reglos liegen. Der Kopf war seltsam weit zur Seite geneigt – B'Elanna vermutete ein gebrochenes Genick.

Ein oder zwei Sekunden lang herrschte völlige Stille. Dann verflüchtigte sich die allgemeine Erstarrung, und die Zeit schien plötzlich schneller abzulaufen.

Überall erklangen Schreie. Wieder gleißten Energiestrahlen, und weitere Wächter wurden getroffen. Und auch Gefangene – Teeg'l und die Nograkh nahmen keine Rücksicht auf Unbeteiligte.

B'Elanna warf sich zu Boden, um den Entladungen auszuweichen, und gleichzeitig hielt sie nach Kim Ausschau. Aber sie sah nicht den Fähnrich, sondern den anderen Kazon, dessen Name ihr noch immer unbekannt war.

Sie beobachtete, wie er mit einem Wächter rang und versuchte, dessen Waffe zu erbeuten. Er schien tatsächlich kurz davor zu sein, die Oberhand zu gewinnen, sich durchzusetzen …

Dann zuckte ein blauer Blitz aus dem Lauf des Strahlers. Der Kazon wurde davon erfaßt und emporgerissen. Dann fiel er, blieb auf dem Boden liegen und rührte sich nicht mehr.

Andere Gefangene erlitten ein ähnliches Schicksal – jene, die in den Kampf eingegriffen oder einfach nur das Pech hatten, zu nahe bei einem in Panik geratenen Wächter zu stehen.

Das Chaos fand ein fast abruptes Ende, und aus vielen Kämpfen wurde ein einzelner. Nur noch ein Gefangener stellte sich den Wächtern entgegen – Teeg'l.

Er brüllte, während er auch weiterhin mit dem Strahlengewehr schoß. Ihm mußte klar sein, daß er nicht die geringste Chance hatte, aber trotzdem gab er nicht auf, schleuderte den Nograkh einen Energieblitz nach dem anderen entgegen.

Die Wächter zielten und feuerten.

Zehn Strahlen trafen den Maje gleichzeitig und rissen ihn von den Beinen – seine Waffe flog fort. Eine weitere Entladung leckte nach seinem Kopf.

Teeg'l lag auf dem Boden, reglos, tot.

Und B'Elanna hatte geglaubt, einen schlechten Tag der Ehre zu haben …

Einer der Wächter griff nach Teeg'ls Gewehr und warf sich den Dritten Maje der Kazon-Ogla dann über die Schulter. Er sah die übrigen Gefangenen nicht einmal an, als er knurrte:

»An die Wand!«

Die Überlebenden kamen der Aufforderung sofort nach und bezogen an der Wand Aufstellung. B'Elanna beobachtete, wie die Wächter ihre Kollegen auf die Beine zogen. Abgesehen von dem Nograkh, den Teeg'l mit dem ersten Schuß getötet hatte – er wurde einfach durch die Tür nach draußen gezogen.

Der Wächter mit dem Leichnam des Dritten Maje verließ den Raum ebenfalls. Damit blieben die Gefangenen zunächst sich selbst überlassen – sowohl jene, die an der Wand standen, als auch die Bewußtlosen, um die sich niemand kümmerte.

B'Elanna wählte eine leere Ecke des Raums und bedeutete Kim, ihr dorthin zu folgen. Er zögerte nicht, setzte sich sofort in Bewegung. Ecken waren leichter zu verteidigen – das hatte Torres als Mitglied des Maquis gelernt.

»Eine tolle Party«, sagte sie, als der Fähnrich neben ihr Platz nahm.

»Ich hätte mir etwas weniger Aufregung gewünscht«, erwiderte Kim.

Sie schwiegen einige Sekunden lang. »Kaum zu glauben, daß Teeg'l einfach so den Verstand verlor«, meinte B'Elanna schließlich.

Kim sah sie an. »Vielleicht war das gar nicht der Fall.«

»Wie meinen Sie das?«

»Er wußte, was uns erwartet. Möglicherweise hielt er es für besser, gleich einen Schlußstrich zu ziehen.«

B'Elanna fragte sich, ob der Dritte Maje tatsächlich den Tod gewählt hatte. *Ist das, was uns bevorsteht, wirklich so schlimm*? fragte sie sich.

Kes sah den Doktor an. »Jetzt?«

»Ja«, bestätigte er.

Sie standen auf beiden Seiten des Biobettes, auf dem die Patientin schlief. An ihrem Körper deutete jetzt nichts mehr auf die schweren Verbrennungen hin, die sie erlitten hatte.

Die Ocampa betätigte einige Schaltelemente und deaktivierte damit das elektromagnetische Feld, das die

Fremde seit ihrer Ankunft in der Krankenstation umgab. Dann unterbrach sie die Zufuhr von Sedativen in den Blutkreislauf und verabreichte der Namenlosen ein leichtes Stimulans, kaum wirkungsvoller als Riechsalz.

Kurz darauf öffnete die Frau ihre Lider, und Kes blickte in zwei Augen, deren blaue Pupillen regelrecht zu leuchten schienen. Einige Sekunden lang wanderte ihr Blick hin und her, richtete sich dann auf den Doktor.

»Wer ... wer sind Sie?« fragte die Fremde.

»Ich habe keinen Namen«, erklärte der Doktor. »So ungewöhnlich das auch sein mag. Allerdings habe ich eine Funktionsbeschreibung. Ich bin das für den Notfall bestimmte holographische Medo-Programm des Raumschiffs *Voyager*. Bei der physischen Manifestation, die Sie vor sich sehen, handelt es sich um ein Hologramm, das mir Interaktionen mit Personen erlaubt.«

Mitten in der Stirn der Frau bildete sich eine dünne Furche. »Ich ... verstehe«, erwiderte sie zögernd. Ihr Blick glitt zu Kes. »Sind Sie ebenfalls ein Hologramm?«

Die Ocampa lächelte und schüttelte den Kopf. »Nein, ich bin ein Organismus aus Fleisch und Blut, so wie Sie.«

Es widerstrebte Kes, Ausdrücke wie ›echt‹ und ›real‹ zu verwenden, um sich selbst zu beschreiben und den Unterschied zum Doktor hervorzuheben. Immerhin hielt sich der Holo-Arzt ebenfalls für echt und real. Er hatte ein eigenes Bewußtsein, sogar Gefühle. Eigentlich unterschied er sich nur durch seinen Mangel an biologischen Funktionen von ›echten‹ Personen.

»Wie fühlen Sie sich?« fragte Kes.

Die Frau schien in sich selbst hineinzuhorchen. »Gut«, antwortete sie. »Erstaunlich gut.« Die Falte fraß sich tiefer in ihre Stirn. »Aber an Bord des Schiffes ...«

»Sie waren dort der harten Strahlung des beschädigten Triebwerks ausgesetzt«, sagte der Doktor. »Glücklicherweise gelang es uns, die Auswirkungen der Strahlung zu neutralisieren. Es sind nicht einmal Narben zurückgeblieben.«

Die Frau nickte. »Ich bin Ihnen dankbar.« Sie setzte sich vorsichtig auf, untersuchte Arme und Beine. »Sie haben ein Wunder vollbracht.«

Der Doktor zuckte mit den Schultern. »Ich habe meine Pflicht erfüllt«, sagte er schlicht und zog sich ohne ein weiteres Wort in sein Büro zurück.

Die Frau sah ihm kurz nach und wandte sich dann an Kes. »Ich heiße Pacria«, sagte sie. »Pacria Ertinia.«

»Kes«, stellte sich die Ocampa vor. »Freut mich sehr, Sie kennenzulernen. Allerdings hätte ich mir angenehmere Umstände gewünscht.« Sie runzelte die Stirn. »Leider konnten wir die anderen Personen an Bord Ihres Schiffes nicht retten.«

Kummer zeigte sich in Pacrias Miene. »Wir kollidierten mit einer Subraumanomalie. Die Katastrophe kam ganz plötzlich.«

Der Doktor kehrte mit einem Injektor aus seinem Büro zurück und hielt ihn an den Arm der Frau. »Keine Sorge, es tut nicht weh«, sagte er. »Und was noch wichtiger ist: Dies bewahrt Sie vor dem Tod.«

Pacria zog den Arm fort. »Wie meinen Sie das?« fragte sie.

»Dieses Gerät enthält ein Heilmittel für Ihre Krankheit.« Der Doktor erklärte, was ihn in die Lage versetzt hatte, eine solche Arznei zu entwickeln. »Wenn Sie den Arm bitte still halten würden… Es dauert nicht lange.«

»Ich fürchte, das kann ich nicht zulassen«, sagte Pacria.

Der Doktor musterte sie erstaunt. »Wie bitte?«

An den Schläfen der Fremden pulsierte es. »Ich kann es nicht zulassen«, wiederholte sie.

Kes schüttelte den Kopf. »Ich verstehe nicht ganz … Der Doktor hat ein Heilmittel entwickelt, das Sie von einer tödlichen Krankheit befreit – und Sie lehnen die Behandlung damit ab?«

»Ja«, bestätigte Pacria.

»Aber warum?« fragte die Ocampa so sanft wie möglich. »Warum wollen Sie sterben, wenn Sie leben können?«

Die Frau wandte sich von ihr ab. »Bitte …«, brachte sie hervor. Die Beulen an ihrem Unterkiefer schwollen an und verfärbten sich rot. »Ich habe meine Gründe.«

Damit konnte sich Kes nicht abfinden. »Wenn Sie uns Ihre Gründe erklären, sind wir vielleicht imstande, Ihre Meinung zu ändern.«

Pacria richtete einen Blick auf sie, in dem überraschend viel Ärger zum Ausdruck kam. »Ich will meine Meinung gar nicht ändern. Ich möchte nur, daß Sie mich in Ruhe lassen.«

Die Ocampa schluckte. Sie war es nicht gewohnt, daß man ihr mit solchem Zorn begegnete. »In Ordnung«, erwiderte sie. »Wie Sie meinen.«

»In der Tat«, fügte der Doktor hinzu. Er schnitt eine finstere Miene, sah erst Kes und dann Pacria an. »Zwar würde ich gern Ihre Gründe in Erfahrung bringen, aber die Entscheidung liegt natürlich allein bei Ihnen. Ich kann Sie zu nichts zwingen – dadurch würde ich gegen meinen Eid als Arzt verstoßen.«

»Danke«, entgegnete die Frau. »Wenn Sie mir bitte die Möglichkeit geben könnten, nach Hause zurückzukehren …«

»Ich spreche mit dem Captain darüber«, sagte der Doktor. »Allerdings gibt es da ein Problem. Zwei Besatzungsmitglieder sind entführt worden, und derzeit suchen wir nach ihnen, um sie zurückzuholen. Vielleicht dauert es eine Weile, bis Sie Gelegenheit zur Heimkehr bekommen.«

Pacria nickte, obwohl sie wissen mußte, daß sie vermutlich nicht solange am Leben bleiben würde. Kes biß sich auf die Lippe. Wieviel Zeit hatte der Doktor ihr gegeben? Weniger als eine Woche.

»Dafür habe ich Verständnis«, sagte die Frau.

Kes hielt die ganze Angelegenheit für absurd. Zwar respektierte sie die Prinzipien des Doktors, aber in diesem besonderen Fall konnte sie keine Weisheit in ihnen erkennen.

Das Leben war so kostbar, so kurz. Es einfach so wegzuwerfen, wenn es bewahrt werden konnte ... Das kam einem Verbrechen gleich.

Der Holo-Arzt streckt Pacria die Hand entgegen. »Ihre Behandlung ist beendet, und damit gibt es keinen Grund mehr für Sie, sich noch länger in der Krankenstation aufzuhalten. Ich sorge dafür, daß man Ihnen ein Quartier zur Verfügung stellt.«

»Danke«, sagte die Frau. »Noch einmal.«

Sie ergriff die Hand, schwang die Beine über den Rand des Biobetts und folgte dem Doktor in sein Büro.

Kes seufzte. Hatte sie deshalb so lange an Pacrias Seite gewacht? Hatte sich der Doktor deshalb so sehr darum bemüht, ein Heilmittel zu finden? Nur damit Pacria das Geschenk des Lebens zurückwies?

Und das schlimmste war: Pacria wollte nicht einmal den *Grund* dafür nennen.

8

Kes stand an der Tür des Büros und beobachtete, wie der holographische Arzt durch die Krankenstation ging. Er hatte die Hände auf den Rücken gelegt – und vermutlich das Gefühl, daß sie ihm gebunden waren.

»Pacria hat bestimmt gute Gründe, sich nicht behandeln zu lassen«, sagte er. »Und es ist ihr gutes Recht, das Heilmittel abzulehnen.« Er runzelte die Stirn. »Darüber hinaus braucht sie uns ihre Gründe nicht zu nennen, wenn sie nicht will.«

»Da haben Sie sicher recht«, erwiderte Kes. »Trotzdem wünschte ich, sie gäbe uns Auskunft.«

»Ich teile Ihren Wunsch.« Der Doktor seufzte. »Es passiert zum erstenmal, daß mir eine Patientin dafür dankt, ihr *nicht* das Leben gerettet zu haben. Und wissen Sie was? Die Sache gefällt mir nicht – ganz und gar nicht.«

Kes verstand. Der Holo-Arzt war darauf programmiert, Leben zu retten, anstatt tatenlos zuzuschauen, wie ein Patient langsam starb.

»Wir müssen herausfinden, warum Pacria eine solche Entscheidung traf«, entschied die Ocampa.

Der Doktor kniff die Augen zusammen. »Aber nicht gegen ihren Willen. Wir sind als Ärzte verpflichtet, ihre Privatsphäre zu respektieren.«

Kes überlegte kurz. »Aber ich würde ihr Recht auf Privatsphäre sicher nicht verletzen, wenn ich sie noch einmal frage, oder? Und zwar ganz freundlich. Wenn sie sich an ihre neue Umgebung gewöhnt hat …«

Der Doktor musterte sie. »Sie müssen dabei *sehr* freundlich sein. Ich lasse nicht zu, daß jemand eine Patientin belästigt – das gilt selbst für Sie.«

»Ich verspreche, taktvoll zu sein«, erwiderte die Ocampa.

Dann verließ sie die Krankenstation mit der Absicht, Pacria in ihrem Quartier zu besuchen.

Tom Paris saß an der Navigationsstation und sah zum Hauptschirm. Es war tatsächlich so schlimm, wie sie nach den Beschreibungen des Zweiten Maje befürchtet hatten.

Trümmer schwebten im All, soweit das Auge reichte. Die meisten von ihnen bestanden aus Metall, wie eine erste Sondierung ergab. Und was sich sonst noch dort draußen befand ... Paris wollte es gar nicht wissen.

Inzwischen konnte kaum mehr ein Zweifel daran bestehen: Ein Kazon-Schiff war hier zerstört worden – die Legierungen der Trümmer boten einen eindeutigen Hinweis.

Aber wer hatte das Schiff vernichtet, und warum? Lorca schien die Antwort auf diese Frage nicht zu kennen, denn sonst hätte er wohl kaum Vorwürfe gegen die *Voyager* erhoben. Was noch wichtiger war: Niemand von ihnen wußte, ob sich Torres und Kim an Bord der *Barach'ma* befunden hatten, als sie explodierte.

Vielleicht waren sie nach der Zerstörung des Kazon-Raumers hier eingetroffen, um das zu sehen, was sich jetzt auch Paris' Blicken darbot. Vielleicht hatten sie den Kurs geändert, um ein Rendezvousmanöver mit einem anderen Schiff durchzuführen. Doch das waren nur Vermutungen.

Seltsam. Noch vor kurzer Zeit hatte Tom Paris die Gefangenschaft von Torres und Kim für eine schreckliche Sache gehalten. Er war der Ansicht gewesen, daß ihre Lage kaum ernster werden konnte.

Jetzt schien alles noch viel schlimmer zu sein. Er hätte seinen rechten Arm gegeben für die Gewißheit, daß sie noch lebten, ob an Bord eines Kazon-Schiffes oder woanders.

Plötzlich erklang Tuvoks Stimme. »Ich habe eine weitere Ionenspur entdeckt«, sagte er. »Allerdings unterscheidet sie sich von der jener Spur, der wir hierher folgten. Sie geht ganz offensichtlich nicht auf ein Triebwerk der Kazon zurück.«

»Eine andere Kazon-Sekte kommt also nicht in Frage«, kommentierte Chakotay. »Allerdings gibt es dadurch viele neue Möglichkeiten.«

Janeway sah zum Vulkanier. »Können wir der neuen Spur folgen, so wie der anderen?«

Tuvok zuckte kurz mit den Schultern. »Dafür ist eine Rekalibrierung unserer Instrumente erforderlich, was jedoch nicht viel Zeit in Anspruch nimmt.«

Die Kommandantin nickte. »Gut. Kümmern Sie sich sofort darum, Lieutenant.«

Tuvok bestätigte und machte sich an die Arbeit. Im Gegensatz zum Rest der Crew – auch im Gegensatz zu Janeway – schien er nie zu ermüden. Zum Glück. Immerhin konnten Vulkanier Dinge leisten, zu denen andere Leute nicht imstande waren. Und sie brauchten dafür nur halb soviel Zeit.

Paris wandte sich wieder dem Hauptschirm zu und betrachtete erneut das Trümmerfeld. Vielleicht hatten Torres und Kim hier den Tod gefunden. Doch Janeway schien diese Möglichkeit nicht in Erwägung zu ziehen. Sie hielt an ihrer Entschlossenheit fest, die beiden Vermißten zu finden und wieder an Bord zu holen.

Das gefiel Paris. Denn wenn er dort draußen gewesen wäre, hilflos und allein, hätte ihn der Gedanke getröstet, daß ihn seine Freunde nicht einfach aufgaben.

Als die Chefingenieurin das Geräusch von Schritten hörte, stand sie sofort auf und hielt Ausschau. Mehrere bewaffnete Wächter betraten den Raum – B'Elannas Puls raste plötzlich.

Begannen jetzt Vergeltungsmaßnahmen für Teeg'ls Rebellion? Sollte ein Exempel statuiert werden, nur für den Fall, daß der Tod des Dritten Maje und des anderen Kazon nicht ausreichten?

Diese Möglichkeiten kamen Torres zuerst in den Sinn. Sie hätten durchaus ihrem besonderen Tag-der-Ehre-Glück entsprochen. Doch dann begriff B'Elanna, daß ihre Sorgen unberechtigt waren. Die Wächter beabsichtigten nicht, nur einen oder zwei Gefangene zu holen – *alle* sollten den Raum verlassen.

Es hatte sicher keinen Sinn, sie alle umzubringen. Immerhin blieb dann niemand übrig, der aus einem solchen Exempel etwas lernen konnte, oder?

Andererseits ... Vielleicht kamen die Wächter mit dem Auftrag, die Gefangenen zu einem Ort zu bringen, der sich besser dafür eignete, ihnen eine Lektion zu erteilen. Doch das glaubte B'Elanna nicht. Sie hielt die Nograkh für außergewöhnlich gewalttätige Leute, denen es nur um den Zweck ging und die sich kaum um die Mittel scherten. Wenn es tatsächlich ihre Absicht gewesen wäre, ein Exempel zu statuieren, so hätten sie bestimmt nicht darauf verzichtet, auf der Stelle jemanden zu töten.

Torres sah zu Kim, der die Aktivitäten der Wächter ebenfalls voller Argwohn beobachtete.

»Wohin wollen uns die Burschen bringen?« fragte der Fähnrich, als auch er aufstand.

»Bestimmt nicht zu einem Ort, der uns gefällt«, erwiderte B'Elanna.

Beide kannten die Antwort auf Kims Frage – von Teeg'l. Und wenn sich der Kazon geirrt hatte, so würden sie es bald erfahren.

Nach einem hastigen Marsch durch einen langen Korridor fanden sie sich in einem Raum wieder, der etwa dreimal so groß sein mochte wie der andere. Allerdings war dieser nicht so spärlich eingerichtet.

Auf der einen Seite gab es mehrere Öffnungen in der Wand, und darin bemerkte B'Elanna Förderbänder, die Gesteinsbrocken beförderten und in metallene Behälter mit zwei Griffen fallen ließen. Offenbar erhielt die Station gerade neues Erz.

Auf der gegenüberliegenden Seite des Raums ragten große dunkle Aggregate mit Monitoren und Schaltpulten auf. Auch dort bewegten sich Förderbänder. Weitere Metallbehälter schienen darauf zu warten, das verarbeitete Erz zu transportieren.

»Offenbar hatte Teeg'l recht«, sagte Torres.

Kim brummte zustimmend. »Aber seine Beschreibungen werden der Wirklichkeit kaum gerecht. Dieser Ort ist noch schlimmer, als ich dachte.«

Ein Wächter näherte sich und zeigte zu einer der Öffnungen – der dort stehende Behälter war fast gefüllt. »Bringen Sie das zur Verarbeitungsanlage«, sagte er. »Und achten Sie darauf, daß nichts herausfällt.«

Sie kamen der Aufforderung sofort nach. Die anderen Gefangenen erhielten ebenfalls Anweisungen: Sie sollten entweder die Behälter tragen, so wie B'Elanna und Kim, oder sich mit den Kontrollen der Maschinen vertraut machen. Eins bemerkte Torres schon nach kurzer Zeit: Es gab praktisch keine Möglichkeit, sich vor der Strahlung des radioaktiven Erzes zu schützen.

B'Elanna hatte nie ein Opfer der Strahlenkrankheit gesehen, jedoch davon gehört. Allem Anschein gab es leichtere Wege ins Jenseits.

Doch sie wollte jetzt nicht an den Tod denken, sondern an die *Voyager*. Captain Janeway und die anderen versuchten bestimmt, sie zu finden und zu retten. Es kam nur darauf an, lange genug durchzuhalten.

Es dauerte nicht lange, bis unter den aufmerksamen Blicken der Wächter eine gewisse Routine entstand. B'Elanna, Kim und einige andere schleppten die Metallbehälter. Andere Gefangene bedienten die Kontrollen der Verarbeitungsanlage, die das wertvolle Erz vom Rest des Gesteins trennten. Wieder andere zogen Container mit dem Erz aus dem großen Raum und brachten sie fort.

Auch das nicht zu verwendende Gestein wurde in solchen Containern gesammelt und schließlich durch eine andere Tür abtransportiert – um aus irgendeiner Luftschleuse geworfen zu werden, vermutete B'Elanna.

Stunden vergingen, und bald spürte Torres die ersten Auswirkungen der Strahlung. Ein leichtes Schwindelgefühl stellte sich ein, und ihre trockene Haut brannte ein wenig, als sei sie wund. Kims Miene deutete darauf hin, daß ihm die Arbeitsbedingungen noch weniger gefielen als ihr. Doch die Wächter zwangen sie, auch weiterhin zu schuften, bis das ganze Erz verarbeitet worden war.

Dann brachte man die Gefangenen in den ersten Raum zurück, wo sie müde Platz nahmen und sich mit dem Rücken an die Wand lehnten. B'Elanna spürte eine unangenehme Leere im Magen, aber seltsamerweise hatte sie trotzdem keinen Hunger.

Es liegt an der Strahlung, dachte sie. *Und sie wird noch viel mehr anrichten.*

Früher oder später mußte sie etwas essen. Andernfalls konnte sie bald nicht mehr arbeiten und lief Gefahr, dem Abraum durch eine Luftschleuse ins All zu folgen.

Das wäre doch etwas für den Tag der Ehre gewesen, oder?

Die Nograkh-Gefangenen saßen auf der einen Seite des Ruheraums. Sie mußten ebenfalls erschöpft sein, was zwei von ihnen jedoch nicht daran hinderte, sich zu streiten. Die Auseinandersetzung begann mit Worten, doch sie eskalierte ebensoschnell wie jene andere Konfrontation, bei der einer der beiden Kontrahenten ums Leben gekommen war.

Wieder schlugen Fäuste zu. Niemand, nicht einmal ein gesunder Nograkh, konnte derart wuchtigen Hieben lange standhalten. B'Elanna brauchte nicht lange zu überlegen, um festzustellen, welcher Nograkh den kürzeren ziehen würde.

Immerhin war einer der beiden Kämpfer wesentlich größer als der andere, und mit seiner überlegenen Kraft brachte er seinen Gegner immer mehr in Schwierigkeiten. Sicher dauerte es nicht mehr lange, bis ein weiterer Nograkh mit zertrümmertem Schädel auf dem Boden lag.

B'Elanna wollte das nicht zulassen. Es war nicht ihr Kampf, und er betraf eine andere Kultur, doch das spielte keine Rolle. Sie konnte nicht länger zusehen, mußte etwas unternehmen.

Kim empfand offenbar ähnlich. Wie Torres wußte er, daß sie sich durch ein Eingreifen Probleme bescherten, aber er wollte es trotzdem versuchen.

Sie standen auf und schritten in Richtung der beiden Kämpfer. Doch bevor sie mehr als nur einige wenige Meter zurückgelegt hatten, ertönten die Stimmen der anderen Nograkh, und sie klangen mißbilligend.

Die beiden Kontrahenten hielten sofort inne und wandten sich an ihre Artgenossen. In ihren Gesichtern schienen sie etwas zu erkennen, das ihnen nicht gefiel. Dann richtete der Narbige einige Worte an die Streithähne.

Bei der letzten Auseinandersetzung hatte er einen Nograkh getötet, und es verblüffte B'Elanna sehr, daß ausgerechnet er jetzt in die Rolle des Friedensstifters schlüpfte. Wie dem auch sei: Seine knappen Bemerkungen beendeten den Kampf.

Die beiden Nograkh wechselten einen letzten feindseligen Blick, wichen voneinander fort und nahmen wieder Platz. Eine Zeitlang gestikulierten und brummten sie, insbesondere der größere, doch schließlich hörte selbst das auf.

B'Elanna sah Kim an. Der Fähnrich zuckte mit den Schultern.

»Offenbar werden unsere Dienste nicht mehr gebraucht, Maquis.«

»So sieht's aus, Starfleet.«

Zwei Wächter sahen neugierig herein und schienen enttäuscht zu sein, daß der Kampf nicht weiterging. Dennoch gab es etwas, das sie amüsierte, denn sie grinsten breit.

Diesen Anblick würde B'Elanna gewiß nicht vermissen, wenn sie an Bord der *Voyager* zurückkehrte. Und sie *wollte* zurückkehren, irgendwie.

Eine andere Möglichkeit kam für sie überhaupt nicht in Frage.

Die Tür von Pacrias Quartier glitt beiseite, und Kes blickte in den Raum. Die Frau saß an einem Computerterminal, und das vom Monitor ausgehende Licht spiegelte sich in ihren exotischen blauen Augen wider.

»Kes«, sagte die Fremde.

Es handelte sich nicht um einen Gruß. In dem einen Wort kam keine Wärme zum Ausdruck, nur Argwohn.

Wundervoll, dachte die Ocampa. *Ich habe den Mund noch gar nicht geöffnet und schon den Eindruck, viel zu neugierig zu sein.* Trotzdem: Sie war aus einem bestimmten Grund gekommen und hielt an ihren Absichten fest.

»Wie geht es Ihnen?« fragte sie.

Pacria lehnte sich zurück, hob und senkte kurz die Schultern. »Gut. Abgesehen vom Virus natürlich. Aber das ist nicht anders zu erwarten.« Sie deutete auf einen Sessel. »Möchten Sie Platz nehmen?«

Kes nickte. »Ja, danke.«

Sie setzte sich, und Pacria drehte ihren eigenen Sessel ein wenig, wandte sich ihr zu. Die Ocampa wollte sie erneut fragen, warum sie es ablehnte, sich mit dem Heilmittel behandeln zu lassen, doch Pacria kam ihr zuvor.

»Sie möchten den Grund für meine Entscheidung erfahren«, sagte sie.

Kes beugte sich vor. »Wenn Sie mir keine Auskunft geben wollen ... Sie sind nicht dazu verpflichtet. Der Doktor nimmt diesen Teil seiner Programmierung sehr ernst.«

»Und Sie?« fragte Pacria und kniff die Augen zusammen. »Nehmen Sie ihn ebenfalls ernst?«

»Ich bin keine Ärztin«, erwiderte Kes. »Aber man hat mich gelehrt, die Rechte anderer Personen zu respektieren. Wenn Sie Ihre Gründe für sich behalten möchten, so bleibt mir keine andere Wahl, als mich damit abzufinden.« Sie zögerte kurz. »Allerdings ...«

»Ja?«

»Ich wünschte, Sie würden sich mir anvertrauen. Wissen Sie, die durchschnittliche Lebenserwartung meiner Spezies beträgt nur acht oder neun Jahre. Wir halten das Leben für etwas sehr Kostbares, und ich verstehe einfach nicht, wieso jemand ...«

»Es wegwirft«, sagte Pacria.

»Das habe ich nicht gesagt«, meinte Kes.

Die Frau musterte sie. »Nein«, gestand sie. »Das haben Sie nicht. Und vielleicht bin ich zu streng mit Ihnen. Immerhin verdanke ich Ihnen mein Leben, Ihnen und dem Doktor. Ich weiß die zusätzlichen Tage, die Sie mir geschenkt haben, durchaus zu schätzen – obwohl sie mir Schmerzen bringen werden.«

Die Ocampa lächelte voller Anteilnahme. »Ganz offensichtlich sind Sie sehr mutig. Dafür bewundere ich Sie.«

»Mit Schmeicheleien erreichen Sie bei mir nichts.« Sanfter fügte Pacria hinzu: »Aber vielleicht schulde ich Ihnen wirklich eine Erklärung.«

»Sie *schulden* mir gar nichts«, betonte Kes. »Doch ich würde mich trotzdem freuen, von Ihren Gründen zu erfahren.«

»Na schön«, sagte die Frau. »Sie sollen sie hören. Aber um mich zu verstehen, müssen Sie zuerst über mein Volk, die Emmonac, Bescheid wissen.«

Pacria beschrieb die Emmonac: ihr Bestreben zu lernen, ihr Interesse an Kunst und Weisheit. Sie wurden von den Zendak'aa unterworfen, arroganten Eroberern aus einem benachbarten Sonnensystem.

Die Stimme der Frau klang rauher, als sie fortfuhr: »Die Zendak'aa versklavten uns Emmonac. Ganze Clans wurden verschleppt und in Lagern untergebracht, wo man alle Arten von Experimenten an ihnen durchführte. Es ging dabei um Verstümmlungen und andere gräßliche Dinge – im Namen der Wissenschaft.« Pacria schluckte. »Eins jener Experimente betraf eine Krankheit.«

»Jenes Leiden, das Sie in sich tragen?« fragte Kes.

»Nein«, widersprach Pacria. »Die Krankheit stellte nur für Zendak'aa eine Gefahr dar. Aber das Virus in mir ähnelt jenem anderen Erreger so sehr, daß ein von den Zendak'aa entwickeltes Heilmittel auch mir helfen könnte.«

Die Frau legte eine kurze Pause ein.

»Aber es wurde mit dem Blut meines Volkes erkauft«, fuhr sie fort. »Und genau darin besteht das Problem. Dadurch wird das Heilmittel für mich zu etwas Ungeheuerlichem, zu etwas Bösem. Mich damit behandeln zu lassen... Damit würde ich die Zendak'aa ehren, die es entwickelten. Das erscheint mir so entsetzlich, daß ich eine solche Möglichkeit nicht in Erwägung ziehen kann.«

Kes sah sie an. »Ich verstehe.«

Einige Sekunden lang herrschte Stille. Dann meinte Pacria, sie sei müde und wollte sich ein wenig hinlegen.

Der Ocampa blieb keine andere Wahl, als das Quartier zu verlassen.

9

Janeway wandte sich vom Computerterminal in ihrem Bereitschaftsraum ab und seufzte tief. Seit Stunden saß sie am Monitor, und ihre müden Augen brannten.

Tuvok verfolgte nach wie vor die Ionenspur des geheimnisvollen Schiffes, das den Kazon-Kreuzer zerstört hatte, und die anderen Offiziere gingen ihren üblichen Pflichten nach. Derzeit wurde der Captain nicht auf der Brücke gebraucht, und deshalb hatte Janeway entschieden, die von den Sensoren in Hinsicht auf das Trümmerfeld im All ermittelten Daten gründlich zu analysieren. Dabei machte sie einige interessante Feststellungen.

Erstens: Das Trümmerfeld enthielt mehr Masse, als von einem einzigen Raumschiff stammen konnte, doch glücklicherweise fehlten Starfleet-Signaturen. Nichts deutete darauf hin, daß das Scoutschiff der Kazon mit Torres und Kim an Bord ebenfalls bei jenen Koordinaten zerstört worden war.

Zweitens: Es war Janeway gelungen, die Art des Energiestrahls zu identifizieren, der die Zerstörung herbeigeführt hatte. Leider ließ er sich auf keine bekannten Waffen zurückführen. Nachfragen bei Neelix blieben erfolglos – der Talaxianer konnte ihr in dieser Hinsicht nicht weiterhelfen.

Auch noch eine andere, wichtigere Frage blieb unbeantwortet: Zu ihrem großen Bedauern entdeckte Janeway keinen Hinweis darauf, wohin das Schiff, das die

Zerstörung angerichtet hatte, unterwegs war. Entsprechende Informationen hätten ihnen sicher dabei geholfen, mehr über das Schicksal der beiden vermißten Offiziere herauszufinden.

Janeway streckte sich und spürte Anspannung in Schultern und Rücken. Sie glaubte fest daran, daß sich irgendwo in der Datenflut ein Hinweis verbarg, und sie hielt an der Entschlossenheit fest, ihn zu finden, ob mit oder ohne Neelix' Hilfe ...

Plötzlich fiel ihr etwas ein. Der Talaxianer war nicht die einzige Person an Bord, die aus dem Delta-Quadranten stammte. Jene Fremde ... Wie hieß sie noch? Pacria.

Sie kam aus dem Raumbereich, durch den die *Voyager* gerade flog. Vermutlich kannte sie ihn besser als Neelix.

Außerdem hatte Janeway gehört, daß sich Pacria inzwischen nicht mehr in der Krankenstation befand, sondern in einem Gästequartier. Auf ihre Anfrage hin war ihr begrenzter Zugang zum Bordcomputer gewährt worden – es mußte ihr also recht gut gehen.

Gut genug, um einen Besucher zu empfangen, hoffte die Kommandantin.

Als die Wächter schließlich Essen brachten, war B'Elannas Appetit zurückgekehrt. Doch er verschwand sofort wieder, als sie sah, woraus die Mahlzeit bestand.

Es handelte sich um einen gelblichen Brei, der hier und dort fleischartige Klumpen enthielt. Der Fraß befand sich in einem großen Topf, den die Wächter hereinschoben. Er ähnelte einem der Behälter, die zum Erztransport dienten, aber er wies Räder auf und ließ sich dadurch leichter bewegen.

Die Gefangenen bekamen den Befehl, hintereinander Aufstellung zu beziehen, und anschließend erhielt jeder einen Teller mit dem Brei. B'Elanna und Kim kehrten mit ihren Portionen in eine Ecke des Raums zurück.

Der Fähnrich schluckte, als er in seinen Teller blickte. »Allmählich weiß ich Neelix' Küche zu schätzen.«

»Ich ebenfalls«, pflichtete Torres ihm bei. »Er versteht es wenigstens, Ungenießbares zu tarnen.«

Kim sah sie an. »Ich dachte, Klingonen essen praktisch *alles*.«

Die Chefingenieurin schüttelte den Kopf. »Ich bin nur zur Hälfte Klingonin, erinnern Sie sich? Und die andere Hälfte ist sehr kritisch.«

Sie lächelte schief, als sie sich an die nicht besonders gelungene Überraschung des Talaxianers vor einigen wenigen Tagen erinnerte. Zum Glück hatte sie die Chance genutzt, sich bei ihm zu entschuldigen. Immerhin wußte sie nicht, ob sie ihn jemals wiedersah.

B'Elanna rief sich innerlich zur Ordnung. Sie durfte sich keinen fatalistischen Empfindungen hingeben, erneuerte statt dessen ihren Glauben daran, daß sie zurückkehren und erneut die ›Köstlichkeiten‹ des Talaxianers probieren würde.

Auch die anderen Gefangenen schien nicht viel von dem Essen zu halten. Das galt sogar für die Nograkh, deren kulinarische Bedürfnisse vermutlich damit befriedigt werden sollten.

Einige murrten, brachten Unzufriedenheit zum Ausdruck. Natürlich stellte das kaum etwas Neues dar. Auch B'Elanna hatte ab und zu vor sich hin gebrummt.

Ein Gefangener beschwerte sich lauter als die anderen. Er hatte nur ein Auge, und zwar mitten in der Stirn, dort, wo sich bei einem Menschen die Nasenwurzel befand. Die Haut des Fremden war sehr dunkel und haarlos, soweit Torres das feststellen konnte. An seinem Hals bemerkte sie hellblaue Streifen.

Er überragte die anderen Gefangenen in seiner Nähe. Und nicht nur die. Er war sogar noch größer als der größte Nograkh. Noch während B'Elanna den Fremden beobachtete, drehte er den Kopf und blickte in ihre Richtung.

Nein, das stimmte nicht ganz. Seine Aufmerksamkeit galt nicht der Chefingenieurin, sondern dem Fähnrich an ihrer Seite.

»Auch das noch«, flüsterte sie.

Kim sah zu ihr auf. »Was ist los?«

Der Fremde kniff das eine Auge zusammen, und die Streifen an seinem Hals verfärbten sich, wurden dunkler. Er ließ seinen Teller auf den Boden fallen und stapfte durch den Raum – sein Ziel war ganz offensichtlich der Fähnrich.

»Wir bekommen Schwierigkeiten«, sagte B'Elanna.

Kims Augen glitten zur Seite, aber er drehte nicht den Kopf. Dünne Falten bildeten sich in seiner Stirn.

Die übrigen Gefangenen übten keine derartige Zurückhaltung. Sie ließen Teller und Löffel sinken, beobachteten das Geschehen mit großem Interesse.

Das Interesse des Publikums nahm sogar noch zu, als Einauge vor Kim stehenblieb.

»Du«, wandte er sich an den Menschen. Seine Stimme klang erstaunlich dünn und durchdringend, als seien irgendwann seine Stimmbänder beschädigt worden. »Kazon-Freund.«

Kim reagierte nicht darauf, erweckte den Eindruck, die Präsenz des großen Fremden überhaupt nicht zur Kenntnis zu nehmen. Er blickte auch weiterhin auf seinen Teller hinab, füllte erneut den Löffel und schob ihn sich in den Mund.

»Hast du nicht verstanden?« fragte Einauge.

Kim blieb ganz ruhig, im Gegensatz zu B'Elanna, die spürte, wie es in ihr zu brodeln begann. Die Klingonin in ihr mochte keine Beleidigungen, ob sie ihr selbst galten oder einem Freund. Und sie fand noch weitaus weniger Gefallen an ihnen, wenn die Androhung von Gewalt damit einherging.

»Ich habe dich Kazon-Freund genannt«, sagte Einauge.

Eigentlich ging es gar nicht darum, was er gesagt hatte – das Wie spielte eine wichtigere Rolle. Der Spott in seiner Stimme war unüberhörbar.

Ein Spott, der das Feuer des Zorns in B'Elanna schürte.

Wie eigenständige Wesen ballten sich ihre Hände zu Fäusten. Die Chefingenieurin versuchte, sich unter Kontrolle zu halten und erst dann aktiv zu werden, wenn Kim in Gefahr geriet.

Der Fähnrich sah nicht zu dem Fremden auf, als er sagte: »Ich mag die Kazon ebensowenig wie Sie. Es war reiner Zufall, daß wir zusammen mit ihnen in Gefangenschaft gerieten. Wir ...«

Einauge bückte sich plötzlich, packte Kim am Kragen und hob ihn mühelos hoch. Dem Fähnrich fiel der Teller aus der Hand.

»Glaubst du, mir etwas vormachen zu können?« knurrte der Fremde. »Ich lasse mich von dir nicht belügen. Die Kazon habe meine Heimatwelt überfallen und meine Nestlinge umgebracht. Wer soll dafür büßen, hm?«

Kim unternahm nichts, um sich zu verteidigen. Vielleicht glaubte er, sich auf diese Weise aus der Affäre ziehen zu können. Möglicherweise hoffte er, daß Einauge seine Wut nicht an ihm ausließ, wenn er einfach schwieg.

B'Elanna bezweifelte es. Sie dachte nicht an die Konsequenzen, nur an die Kim drohende Gefahr, als sie aufsprang und die Faust mit aller Kraft in Einauges Mund rammte.

Der Fremde taumelte zurück und ließ Kim los, der sofort zurückwich und neben Torres stehenblieb.

»Das hätten Sie nicht tun sollen«, sagte er. »Ich wäre mit der Situation fertig geworden.«

»Von wegen«, erwiderte B'Elanna.

Einauge erholte sich von Schmerz und Überraschung, zischte und wischte sich den Mund ab. Blut klebte an seinen Fingern.

»Das werdet ihr noch bereuen.« Ein zorniges Grinsen verwandelte sein Gesicht in eine Grimasse. »Oh, es wird euch *sehr* leid tun.«

Er winkte, und seine Geste galt den Gefangenen weiter hinten. Zwei von ihnen standen auf und erwiesen sich ebenfalls als recht groß. Der eine hatte ein verhärmtes Gesicht und Hörner wie ein Widder – er rieb sich voller Vorfreude die Hände. Der andere, ein Bursche mit ledriger Haut und gelben Facettenaugen, schlug sich mit der Faust in die gewölbte Hand.

B'Elannas Puls raste, und das Blut in ihren Adern verwandelte sich in Feuer. In *klingonisches* Feuer.

Im Lauf der Jahre hatte sie gelernt, ihre Kampflust unter Kontrolle zu halten und zu kanalisieren, sie für nützliche Zwecke zu verwenden. Derzeit schien das Nützlichste darin zu bestehen, dem Gegner die Kehle zu zerfetzen – um ihm keine Gelegenheit zu geben, *ihr* Leben auszulöschen.

Einerseits bedauerte es B'Elanna, daß es zu einer solchen Auseinandersetzung kommen mußte, aber andererseits wußte sie auch, daß es von Anfang an darauf hinausgelaufen war. Kim und sie hatten hier keine Freunde, nur sich selbst. Und man hielt sie für Freunde der Kazon – das allein genügte, um Sündenböcke aus ihnen zu machen.

Dieses Jahr dauerte der Tag der Ehre länger als sonst…

»Ich übernehme die beiden auf der rechten Seite«,

sagte Kim und ging in Kampfstellung – vermutlich besann er sich jetzt auf seine Ausbildung an der Starfleet-Akademie.

B'Elanna schnitt eine Grimasse. »Übernehmen Sie soviel, wie Sie verkraften können. Und überlassen Sie den Rest mir.«

Dann waren die Gegner heran, und es blieb keine Zeit mehr für Strategie. Es kam nur noch darauf an, zu treten, zuzuschlagen und sich rechtzeitig zu ducken.

Doch von Anfang an war klar, daß die beiden Starfleet-Offiziere kaum eine Chance hatten. Einauge war nicht nur sehr kräftig, sondern auch verdammt flink. Und sein Freund Widderhorn half ihm.

Sie drängten B'Elanna in eine Ecke, und dort bot ihr die eigene Agilität keinen Vorteil mehr. Abwechselnd griffen sie an, und Torres ermüdete schon bald, konnte nicht mehr allen Hieben ausweichen und wurde immer häufiger getroffen.

Trotzdem galten ihre Gedanken vor allem Kim, der gegen Facettenauge kämpfte. Trotz der immer kritischer werdenden eigenen Situation warf sie gelegentlich einen Blick in die Richtung des Fähnrichs, und was sie dort sah, war alles andere als ermutigend.

Auch Kim stand in einer Ecke, und seine Lage schien noch ernster zu sein als die der Chefingenieurin. Sein Gesicht war blutverschmiert, und er konnte sich kaum noch auf den Beinen halten. Wenn es auf diese Weise für ihn weiterging, drohte ihm der Tod.

Aber B'Elanna konnte ihm nicht helfen. Vermutlich hielt sie kaum länger durch als Kim.

Und dann geschah etwas. Zuerst wußte Torres nicht genau, was vor sich ging. Bei den anderen Gefangenen, die nicht am Kampf teilnahmen, wurden Stimmen laut. Ein Ruf erklang, fast wie eine Herausforderung.

Einauge schien nicht in der Lage zu sein, ihn zu ignorieren. Er zögerte und blickte über die Schulter, was B'Elanna die Chance gab, an ihm vorbeizuschlüpfen.

Und dann sah sie, was passierte. Kim kauerte zusammengesunken und mit blutigem Gesicht in der Ecke, aber er lebte noch. An seiner Stelle kämpfte ein Nograkh gegen Facettenauge. Überrascht erkannte B'Elanna den Nograkh mit der Narbe, den Mörder.

Mit einer Hand blockierte der Nograkh einen Hieb seines Gegners, und mit der anderen schlug er selbst zu. Facettenauge ächzte und sank besinnungslos zu Boden.

Nur eine Sekunde später griffen Einauge und Widderhorn den Nograkh an. Der Narbige wirbelte herum, bereit dazu, es mit beiden Gegner aufzunehmen. Eine Zeitlang mußte er tatsächlich allein mit ihnen fertig werden.

Er kam nicht einmal schlecht zurecht. Zwar war er nicht sehr schnell, dafür aber sehr stark und widerstandsfähig. Schläge, denen er nicht ausweichen konnte, wehrte er entweder ab oder steckte sie einfach weg. Allerdings: Er hatte es mit *zwei* Gegnern zu tun, und er konnte ihnen nicht auf Dauer widerstehen.

Deshalb hielt es B'Elanna für notwendig, sich wieder ins Getümmel zu stürzen. Sie nahm Anlauf, sprang genau im richtigen Augenblick und stieß die Knie an den verlängerten Rücken von Einauge.

Der Fremde knurrte schmerzerfüllt und tastete nach der getroffenen Stelle. Unterdessen nutzte der Nograkh den Umstand, nicht länger zahlenmäßig unterlegen zu sein – er schmetterte Widderhorn die Faust in die Magengrube. Als sich sein Kontrahent daraufhin zusammenkrümmte, schlug der Nograkh erneut zu, und sein wuchtiger Aufwärtshaken riß Widderhorn von den Beinen.

Zwei Sekunden später fiel er auf den Boden zurück und blieb bewußtlos liegen. Damit blieb nur noch Einauge als Gegner übrig, der noch immer schmerzerfüllt stöhnte. Der Nograkh trat auf ihn zu und blieb drohend vor ihm stehen.

»Ein ungleicher Kampf ist unehrenhaft«, sagte er ernst und voller Groll. »Und mein Volk hält nichts von unehrenhaften Kämpfen.«

Bei diesen Worten nickte er kurz in Richtung der anderen Nograkh, die ebenso aufmerksam lauschten wie Einauge. B'Elanna gewann den Eindruck, daß jeder von ihnen bereit gewesen wäre, in die Auseinandersetzung einzugreifen – der Narbige hatte nur schneller gehandelt als seine Artgenossen.

»Sie kamen mit den Kazon«, zischte Einauge und richtete einen knorrigen Finger auf B'Elanna. »Sie verdienen den Tod.«

»Ich hasse die Kazon ebenfalls«, erwiderte der Nograkh. »Aber dies sind keine Kazon. Meiner Ansicht nach gibt es nur eine Person, die den Tod verdient hat – ich meine *dich*.«

Er hob die Faust, und B'Elanna fürchtete, daß er zu einem tödlichen Schlag ausholte.

»Nein!« rief sie. »Lassen Sie ihn am Leben!«

Sie handelte impulsiv und näherte sich dem Nograkh. Er zögerte, sah erst sie an und dann Kim.

»Sie möchten nicht, daß er stirbt?« fragte er.

»Nein«, sagte die Chefingenieurin sofort.

Der Fähnrich schüttelte den Kopf. »Nein.«

Der Nograkh überlegte kurz, zuckte dann mit den Schultern und kehrte zu seinen Mitgefangenen zurück.

B'Elanna trat an Kims Seite, nur für den Fall, daß Einauge einen neuerlicher Angriff beschloß. Doch der Fremde entschied sich gegen diese Möglichkeit und kehrte brummend dorthin zurück, wo er zuvor gesessen hatte.

»Das war eine ziemliche Überraschung«, brachte der Fähnrich zwischen angeschwollenen Lippen hervor.

B'Elanna untersuchte ihn kurz, um sich zu vergewissern, daß er keine ernsten Verletzungen erlitten hatte. »Das kann man wohl sagen«, bestätigte sie.

Erneut sah sie zu dem Nograkh mit der Narbe – er sprach mit seinen Artgenossen.

»Offenbar hatten wir eine falsche Vorstellung von ihm und seinem Volk«, meinte Kim. »Er hätte auch tatenlos zusehen können, wie man uns zu Tode prügelte.«

»Ja«, erwiderte B'Elanna.

Die Nograkh mochten aggressiv und grausam sein, aber ganz offensichtlich gab es bei ihnen auch einen Ehrenkodex. Torres konnte es kaum glauben.

Und doch... Sie hatte es mit eigenen Augen gesehen.

»Es ist ein weiteres Beispiel dafür, daß die Dinge nicht immer das sind, was sie zu sein scheinen«, sagte Kim.

B'Elanna sah einmal mehr zum Nograkh, und diesmal bemerkte er ihren Blick. »Ersparen Sie mir solche Gemeinplätze, Starfleet – bis wir einen Weg in die Freiheit gefunden haben.«

Janeway stand vor Pacrias Quartier und wartete bis die Tür sich öffnete.

Pacria saß vor einem Computerterminal, das sich kaum von dem im Bereitschaftsraum des Captains unterschied. Ihr Gesicht wirkte verschlossen, so als fühlte sie sich bereits in die Defensive gedrängt.

Obwohl ich noch keine einzige Frage gestellt habe, dachte die Kommandantin.

»Captain Janeway ...«, sagte Pacria und nickte kurz.

»Wie geht es Ihnen?« fragte Janeway.

»Besser«, antwortete die Fremde.

In diesem einen Wort kam kühle Reserviertheit zum Ausdruck.

»Ich kann mir denken, weshalb Sie gekommen sind«, fuhr Pacria fort. »Kes hat Sie gebeten, mit mir zu sprechen.«

Janeway lächelte und ahnte, daß sie hier in eine ihr unbekannte Kontroverse verwickelt wurde. »Nein, da irren Sie sich. Ich bin aus eigenem Antrieb gekommen.«

Pacrias Gesichtsausdruck veränderte sich und zeigte Bedauern. »Bitte entschuldigen Sie. Ich glaube, ich habe voreilige Schlüsse gezogen.« Sie deutete auf einen Sessel. »Bitte nehmen Sie Platz.«

Janeway setzte sich. »Mein Besuch steht in Zusammenhang mit unserer Suche nach zwei vermißten Besatzungsmitgliedern«, sagte sie und versuchte, nicht zu viele Worte zu verlieren. »Sie wurden von den Kazon verschleppt ...«

»Ich habe von den Kazon gehört«, erwiderte Pacria. Sie klang ein wenig ungeduldig.

Die Kommandantin nickte. »Nun, die Kazon nahmen unsere Leute gefangen und verschleppten sie. Vor einer Weile entdeckten wir das Wrack eines Kazon-Kreuzers, und in jenem Raumgebiet fanden wir die Ionenspur eines anderen Raumschiffs.«

Janeway rieb sich die Hände. »Wir hoffen, daß die beiden Entführten noch leben und von dem Raumschiff fortgebracht wurden. Aber leider wissen wir nicht, wohin es unterwegs ist.«

»Eben erwähnten Sie eine Ionenspur«, sagte die Frau.

Diesmal zweifelte Janeway nicht mehr an Pacrias Ungeduld. Vielleicht hatte ihre Rekonvaleszenz nicht so große Fortschritte gemacht, wie der Doktor glaubte. Andererseits: Der holographische Arzt irrte sich bei solchen Einschätzungen nie.

»Das stimmt«, bestätigte Janeway. »Allerdings sind Ionenspuren nicht immer zu hundert Prozent zuverlässig. Außerdem verlieren sie sich oft, bevor man Gelegenheit bekommt, sie bis zu ihrem Endpunkt zu verfolgen.«

Pacria runzelte die Stirn. »Was erwarten Sie von mir?«

»Ich möchte, daß Sie sich die entsprechenden Daten ansehen«, sagte Janeway. »Vielleicht entdecken Sie bei der Ionenspur oder den übrigen energetischen Signaturen etwas, das Aufschluß darüber gibt, wer den Kazon-Kreuzer vernichtet hat.

Die Frau musterte sie einige Sekunden lang. »Na schön«, sagte sie. »Gewähren Sie mir Zugang zu den Daten – ich bin bereit, sie zu überprüfen. Immerhin stehe ich in Ihrer Schuld.«

Captain Janeway lächelte. »Wenn Sie uns einen Hinweis darauf geben können, wo sich unsere beiden vermißten Besatzungsmitglieder befinden … Dann stehen *wir* in *Ihrer* Schuld.«

10

B'Elannas zweiter Arbeitstag war vermutlich nicht schwerer als der erste, aber er fühlte sich anstrengender an. Sie wußte, daß es an der Strahlung lag. Die Radioaktivität saugte nach und nach die Kraft aus ihr heraus, verbrannte die Haut und bewirkte bohrende Kopfschmerzen.

Nach der Verarbeitung des Erzes wurden die Gefangenen in den Ruheraum zurückgeführt. Unterwegs, im Korridor, spürte Torres eine Hand an ihrer Schulter.

»Wenigstens bekommen wir Bewegung«, sagte Kim spöttisch. Sein Gesicht wirkte eingefallen und wächsern. »Wie ich hörte, findet an jedem Freitagabend ein Konzert statt. Vielleicht bekomme ich dabei Gelegenheit, auf meiner Klarinette zu spielen.«

Die Chefingenieurin sah ihn an. »Sie sind übergeschnappt, Starfleet.«

Der Fähnrich brummte und tastete nach der Platzwunde über dem einen Auge. Die entsprechende Stelle war gerötet und angeschwollen, vermutlich das Ergebnis einer Infektion.

»Wenn Sie doch nur recht hätten«, sagte er. »Dann müßte ich dies alles nicht mehr ertragen.« Er senkte die Stimme. »Wenn Captain Janeway eine Spur von uns hätte, B'Elanna – denken Sie nicht, daß sie ...«

»Ich denke überhaupt nichts«, unterbrach ihn Torres. »Ich warte nur auf eine Chance, von hier zu verschwinden. Mehr können wir uns derzeit nicht erhoffen.«

Kim nickte. »Ja.«

Sie erreichten den Ruheraum und kamen an einigen Nograkh vorbei, die an ihrem üblichen Platz kauerten. Zu ihnen gehörte auch der Narbige, der den beiden Starfleet-Offizieren zu Hilfe gekommen war, als sie von Einauge und seinen Freunden angegriffen wurden.

Vermutlich verdankten sie ihm ihr Leben.

B'Elanna blieb stehen, und Kim verharrte ebenfalls.

»Was ist?« fragte er.

»Ich möchte unserem Wohltäter danken«, erwiderte Torres. »Das erscheint mir richtig und angemessen.«

Der Fähnrich sah zum betreffenden Nograkh. »Glauben Sie? Ich meine, er hatte keine persönlichen Motive. Er fühlte sich einfach nur ... *verpflichtet*, in den Kampf einzugreifen.«

»Ein Grund mehr, um unsere Dankbarkeit zum Ausdruck zu bringen«, sagte B'Elanna.

Kim runzelte die Stirn. »Ich begleite Sie.«

»Das ist nicht nötig«, erwiderte Torres. »Außerdem wirkt eine Person weniger bedrohlich als zwei.«

Der Fähnrich überlegte kurz. »Na schön. Ich bin dort drüben, falls Sie mich brauchen.« Er deutete zur Wand. »Und wenn es Ihnen schwerfällt, mich zu erkennen: Halten Sie einfach nach einem Häufchen Elend Ausschau.«

B'Elanna lächelte. »In Ordnung.«

Dann ging sie zu dem Nograkh. Er sah sie kommen, blieb jedoch sitzen.

Torres holte tief Luft und streckte die Hand aus.

Er betrachtete sie aus silbergrauen Augen, ebenso wie die anderen Nograkh. Niemand von ihnen verstand, worum es B'Elanna ging.

»Es ist eine Geste der Freundschaft«, erklärte sie. »Man ergreift die Hand.«

Der Narbige betrachtete die Hand eine Zeitlang.

»Sie möchten Freundschaft mit mir schließen?« fragte er nach einer Weile.

B'Elanna hielt die Hand auch weiterhin ausgestreckt. »Sie haben uns geholfen, uns vielleicht sogar das Leben gerettet.«

»Es war ein ungleicher Kampf«, erwiderte der Narbige. »Wenn ich Ihnen nicht zu Hilfe gekommen wäre, so hätte jemand anders von uns eingegriffen.«

»Aber es griff nicht jemand anders ein«, betonte B'Elanna. »*Sie* halfen uns.«

Der Nograkh dachte darüber nach. Dann ergriff er die ihm dargebotene Hand, drückte aber sicher nicht mit seiner ganzen Kraft zu.

Gleichzeitig sah er zu ihr auf und suchte vielleicht nach einer Bestätigung dafür, daß ihm bei der Freundschaftsgeste keine Fehler unterliefen. B'Elanna nickte.

Daraufhin ließ er ihre Hand los und klopfte auf den Boden an seiner Seite, bedeutete ihr damit, neben ihm Platz zu nehmen.

Torres setzte sich. Die anderen Nograkh wichen fort, und einige von ihnen brummten leise. Offenbar waren sie bestrebt, dem Narbigen etwas mehr Privatsphäre zu gewähren.

»Ich heiße B'Elanna«, stellte sie sich vor, lächelte und versuchte, den in ihrem Leib brennenden Strahlungsschmerz zu ignorieren. »B'Elanna Torres.«

»Man nennt mich Tolga«, erwiderte der Nograkh und fügte hinzu: »Sie stammen von keiner mir bekannten Welt.«

B'Elanna nickte. »Meine Gefährten und ich wurden von einem Phänomen transferiert, das wir noch immer nicht ganz verstehen. Unsere Heimatwelten sind weit entfernt – so weit, daß die Zeit eines ganzen Lebens für die Rückkehr notwendig ist.«

Die Zeit eines normalen Lebens, fügte sie in Gedanken hinzu. *Uns bleiben keine Jahre, höchstens Monate oder gar nur Wochen. Dafür sorgt die Strahlung*. Doch darauf wies B'Elanna nicht hin. Statt dessen sagte sie: »Ich möchte Ihnen danken.«

Tolga wandte den Blick ab, und sein Gesicht wirkte wie eine steinerne Maske. »Schon gut. Ich habe so gehandelt, wie es die Ehre von mir verlangte.«

Ehre, dachte B'Elanna. Auch die Klingonen verwendeten dieses Wort. Und zwar sehr oft, wie sie von ihrer Mutter wußte.

Abrupt wandte sich der Nograkh ihr wieder zu, und seine silbernen Augen funkelten. »Wie kamen Sie hierher?«

Er schien daran interessiert zu sein, mehr über Torres zu erfahren, und sie sah keinen Grund, ihm die Auskunft zu verweigern. Allerdings widerstand sie der Versuchung, den Tag der Ehre zu erwähnen.

»Die Kazon-Ogla nahmen uns gefangen«, antwortete sie. »Dann wurde ihr Kreuzer von dem Schiff angegriffen, das uns hierherbrachte. Wir gerieten in neue Gefangenschaft, zusammen mit den Kazon.«

Tolga verzog kurz das Gesicht. »Pech für Sie.«

Er sah auf seine großen, kräftigen Hände hinab, und eine Zeitlang schien er sich für nichts anderes zu interessieren. Schließlich hob er den Blick wieder.

»Sie haben sich bestimmt gefragt, warum auch wir Nograkh hier sind, warum wir zusammen mit Ihnen Zwangsarbeit leisten müssen.«

»Ich habe darüber nachgedacht«, gestand B'Elanna.

Tolga schnitt erneut eine Grimasse. »Wenn Nograkh an einem solchen Ort untergebracht werden, so handelt es sich bei ihnen meistens um Kriminelle, um Diebe, Mörder oder Entweiher heiliger Stätten. Sind Sie mit solchen Leuten vertraut?«

B'Elanna bestätigte. Während ihrer Zeit beim Maquis war sie solchen Personen begegnet. Und mehr noch: Sie hatte selbst gestohlen, von den Cardassianern, im Namen der Freiheit.

»Ist das der Grund dafür, warum Sie hier sind?« fragte sie. »Weil Sie Dinge nahmen, die Ihnen nicht gehörten?«

Tolga gab ein kehliges Geräusch von sich, das sehr bitter klang.

»Nein. Niemand von uns ließ sich so etwas zuschulden kommen.« Er zögerte und suchte nach den richtigen Worten. »Wir waren Rebellen und versuchten, die Regierung unserer Heimatwelt zu stürzen.«

»Ich verstehe«, erwiderte B'Elanna. »Sie sind also ... politische Gefangene.«

Tolga dachte über die Bezeichnung nach. »Ja, ich glaube, so könnte man uns nennen.« Eine kurze Pause. »Die Zendak'aa versklavten unsere Welt für lange Zeit, so wie auch viele andere Welten. Schließlich erhoben wir uns gegen sie und streiften unsere Fesseln ab. Für jene von uns, die ihr Leben im Kampf gegen die Zendak'aa riskierten, ging ein Traum in Erfüllung. Nie wieder wollten wir Unterdrückung erfahren.«

B'Elanna ahnte, worauf die Schilderungen des Nograkh hinausliefen. »Aber leider kam es anders, oder?«

»Ja.« Tolgas Blick reichte in die Ferne. »Es kam anders, ja. Zwar vertrieben wir die zendak'aanischen Tyrannen, aber unsere eigenen nahmen ihren Platz ein. Und für einige von uns, auch für mich, ging der Kampf weiter.«

Es klang vertraut, und darauf wies B'Elanna hin.

»Wir kämpften für viele verschiedene Welten und viele Völker«, sagte sie und dachte an den Maquis. »Unsere Feinde waren die Cardassianer«, fügte sie hinzu und konnte den Zorn nicht ganz aus ihrer Stimme verbannen.

Tolga nickte. »Sie wissen also, wie so etwas ist. Man schlägt zu und flieht, immer wieder. Und man weiß, daß es nur eine Frage der Zeit ist, bis man gefaßt und zum Tode verurteilt wird.«

»Wir fragten uns oft, wem wir zuerst zum Opfer fallen würden: den Cardassianern oder den von uns zusammengeflickten Schiffen. O ja, ich weiß, was es bedeutet, dauernd auf der Flucht zu sein.«

Tolga runzelte die Stirn und starrte erneut in die Ferne. »Vor sieben Nächten griffen wir eine Waffenfabrik auf einem unserer Monde an und jagten sie in die Luft. Leider waren wir beim Rückzug nicht schnell genug. Wir wurden betäubt, wir alle. Als wir wieder zu uns kamen, befanden wir uns an Bord eines Raumschiffes, und dort sahen wir Sie zum erstenmal.« Er vollführte eine Geste, die nicht nur B'Elanna galt, sondern auch Kim.

»Haben Sie ein ordentliches Gerichtsverfahren bekommen?« fragte Torres.

Tolgas Gesichtsausdruck wies darauf hin, daß er diese Frage für einen schlechten Scherz hielt. »Nein. Wenn Arbeiter in den Erzstationen gebraucht werden, kann die Nograkh-Justiz sehr schnell handeln.«

B'Elanna verstand. Mit der klingonischen Justiz verhielt es sich ähnlich. Sie agierte ebenfalls sehr schnell, gnadenlos und oft im wahrsten Sinne des Wortes endgültig. Das hatte sie jedenfalls gehört.

In Tolgas Augen blitzte es. »Wenn ich doch nur in die Freiheit zurückkehren könnte«, brachte er hervor. »Ich wünsche mir nichts sehnlicher als die Chance, den neuen Tyrannen zu schwächen.« In seinen Wangen mahlten die Muskeln. »Wie gern ich den Kampf gegen ihn fortsetzen würde ...«

Stille folgte diesen Worten. B'Elanna wartete einige Sekunden lang, gab dann ihrer Neugier nach.

»Ich möchte Sie nicht beleidigen, aber... Der Nograkh, den Sie umbrachten – war sein Tod wirklich nötig?«

Tolga nickte. »Die Ehre verlangte das. Jener Mann verriet mich vor einigen Jahren, bevor ich an der Rebellion teilnahm. Nach der Nograkh-Tradition kann so etwas nicht einfach hingenommen werden.«

»Später kam es zu einem weiteren Kampf«, fuhr B'Elanna fort. »Sie unterbrachen ihn.«

Tolga zuckte mit den Schultern. »Auch dabei ging es um Verrat. Aber es wäre eine unfaire Auseinandersetzung gewesen. Der kräftigere Kontrahent muß jemanden finden, dessen physische Merkmale denen seines Gegners entsprechen, um sich dann im Kampf von ihm vertreten zu lassen.«

B'Elanna dachte darüber nach. »Ich verstehe.« Wieder folgte Stille. »Nun, es war angenehm, mit Ihnen gesprochen zu haben.« Sie erhob sich.

Tolga sah zu ihr auf. »Sie kämpfen gut«, sagte er. »Ich glaube, Sie werden hier länger überleben als einige andere.«

In diesen Worten kam nicht nur ein Lob zum Ausdruck, sondern auch eine düstere Prophezeiung.

»Danke«, erwiderte sie mit einem Hauch Ironie, wandte sich ab und kehrte zu Kim zurück.

Tolga faszinierte sie. An seiner Verbitterung konnte ebensowenig Zweifel bestehen wie daran, daß er zu kaltblütiger Gewalt fähig war. Trotzdem glaubte B'Elanna, auch etwas Edles in ihm zu erkennen: Er blieb sich selbst treu, hielt mit unerschütterlicher Entschlossenheit an seinen ethischen Prinzipien fest.

Er hatte sein Leben für jene Dinge riskiert, an die er glaubte, und genau darauf kam es bei einer edlen Gesinnung an.

Kes lehnte sich im Sessel zurück und musterte den Doktor auf der anderen Seite des Schreibtischs. »Jetzt wissen wir, worin das Problem besteht«, sagte sie.

»Pacria glaubt, Leid und Elend ihres Volkes seien der Preis für die Entwicklung des Heilmittels gewesen.«

»Ja«, bestätigte Kes und seufzte. »Und deshalb will sie nicht zulassen, daß wir sie behandeln.«

Der Doktor runzelte die Stirn. »Ich verstehe das nicht. Wenn Pacrias Volk das Heilmittel so sehr haßt – wieso enthielt der Bordcomputer dann entsprechende Daten?«

»Eine gute Frage«, meinte die Ocampa. »Offenbar benutzen alle Schiffe der Emmonac – auch Pacrias Forschungsschiff – die wissenschaftlichen Daten der Zendak'aa. Immerhin gibt es viele Bereiche, in denen zendak'aanische Experimente nicht auf Kosten der Emmonac stattfanden.«

»Jene Forschungen betreffen vor allem die biologischen Wissenschaften«, warf der Doktor ein.

»Ja«, bestätigte Kes. »Und was die anderen Daten betrifft, die auf Kosten der Emmonac gewonnen wurden ... Sie sind ebenfalls gespeichert, aus historischen Gründen: um Pacrias Volk daran zu erinnern, welches Leid ihnen die Unterdrücker bescherten.«

Der Doktor nickte langsam. »Ich verstehe.«

Einige Sekunden lang herrschte Stille, als sie beide über die Situation nachdachten. Schließlich brach Kes das Schweigen.

»Es ist verrückt«, sagte sie.

Der Holo-Arzt räusperte sich. »Ich bin geneigt, Ihnen zuzustimmen. Auf der Erde spricht man unter gewissen Umständen davon, sich ›ins eigene Fleisch zu schneiden‹. Ich glaube, diesen Ausdruck könnte man hier verwenden.«

»Letztendlich sind Forschungsdaten nichts weiter als Forschungsdaten«, sagte Kes. »Wenn man damit Leben retten kann, noch dazu das eigene, so ist es dumm, nicht darauf zurückzugreifen.«

»Auch in dieser Hinsicht bin ich ganz Ihrer Meinung«, entgegnete der Doktor. »Aber leider spielt es keine Rolle, was Sie und ich davon halten. Nur Pacrias Meinung zählt. Und sie will sich nicht behandeln lassen, weil sie etwas Schändliches in dem Heilmittel sieht.«

»Sie glaubt, daß viele Emmonac dafür sterben mußten«, fuhr Kes fort. »Aber wenn sie stirbt, wird dieser Liste ein weiteres Opfer hinzugefügt. Überlebt sie hingegen, sind all die anderen Emmonac wenigstens nicht umsonst gestorben. Ihr Tod bekäme dadurch einen Sinn.«

Der Doktor zuckte mit den Schultern. »Pacria sieht die Sache anders. Und jene Emmonac, die in Varrus' Klinik gestorben sind, teilten ihre Ansicht vielleicht. Aber sie sind tot, und deshalb können wir keine Gewißheit erlangen.«

Kes biß sich auf die Lippe. »Es muß doch eine Möglichkeit geben, Pacria zu helfen.«

»Wir haben nicht das Recht, für sie zu entscheiden«, führte der Doktor aus. »Wir können ihr nur helfen, wenn sie unsere Hilfe *möchte*. Und darauf deutet bisher leider nichts hin.«

Die Ocampa beugte sich vor, und in ihrem Gesicht zeigte sich für sie untypischer Zorn. »Sie sind *Arzt*. Wie können Sie einfach dasitzen und zusehen, wie jemand stirbt, ohne irgend etwas dagegen zu unternehmen?«

Der Doktor blieb ruhig. »Ich habe keineswegs vor, mich auf eine passive Rolle zu beschränken. Ganz im Gegenteil: Ich werde nach einem Heilmittel suchen, das nicht auf den Daten der Zendak'aa basiert.« Er seufzte. »Obwohl ich mit Pacrias Krankheit kaum vertraut bin. Ich fürchte, deshalb wird es mir kaum gelingen, rechtzeitig einen Erfolg zu erzielen.«

»Aber Sie versuchen es wenigstens«, sagte Kes sanft und schüttelte entschuldigend den Kopf. »Es tut mir leid. Ich wollte meinen Ärger nicht an Ihnen auslassen. Schließlich ist dies alles nicht Ihre Schuld.«

Der holographische Arzt nahm diese Worte mit einem knappen Nicken entgegen. »Um ganz ehrlich zu sein ... Ich bedauere sehr, beobachten zu müssen, daß Pacria leidet. Noch weitaus mehr belastet mich das Wissen, daß sie bald sterben wird. Aber ich bin Arzt. Ich kann meinen Patienten nichts aufzwingen. Ich darf keine Entscheidungen für sie treffen. Ich kann ihnen nur mehrere Möglichkeiten präsentieren und dann das Beste hoffen.«

»Selbst wenn das ›Beste‹ der Tod ist?« fragte Kes.

Der Arzt musterte sie ernst. »Ja.«

Auf rein intellektueller Ebene brachte Kes dem Standpunkt des Doktors volles Verständnis entgegen. Er war darauf programmiert, einen strengen ethischen Kodex zu achten, und natürlich konnte er nicht von seiner Programmierung abweichen.

Es gelang ihr sogar, einen Sinn in jener Ethik zu erkennen. Als Patientin hätte sie auf ihrem Recht bestanden, Entscheidungen bezüglich ihrer Behandlung zu treffen. Sie wollte immer in der Lage sein, selbst über ihr Schicksal zu befinden.

Doch Pacria machte ihrer Meinung nach einen großen Fehler. Ganz gleich, was der Doktor sagte: Kes konnte nicht einfach still sitzenbleiben, während die Emmonac starb. Es mußte einen Weg geben, sie trotz allem vor dem Tod zu bewahren.

Und wenn es einen solchen Weg gab, so wollte die Ocampa ihn finden. Das versprach sie sich, und dieses

Versprechen kam einem Eid gleich. Aber wo sollte sie anfangen? Worin bestand der erste Schritt?

Plötzlich fiel es ihr ein, und sie stand auf.

»Wir sehen uns später«, teilte sie dem Doktor mit und eilte zum Ausgang.

»Kes?« rief er ihr nach. »Was haben Sie vor?«

»Ich möchte mit dem Captain reden«, antwortete sie.

11

Pacria hatte Captain Janeway versprochen, die Daten zu überprüfen, die am Ort der Zerstörung des Kazon-Schiffes gesammelt worden waren. Dieses Versprechen wollte sie einlösen, soweit sie es vermochte.

Zuerst sah sie sich das von dem fremden Raumschiff hinterlassene Ionenmuster an. Zwar gehörten Triebwerkssysteme nicht unbedingt zu ihren Fachgebieten, aber sie kannte sich gut genug damit aus, um die entsprechende Technik zu identifizieren.

Die Ionenspur stammte eindeutig von einem zendak'aanischen Antrieb. Nun, das mußte nicht viel heißen. Mindestens sechs Völker in diesem Sektor benutzten die Triebwerkstechnik der Zendak'aa beziehungsweise geringfügige Modifikationen.

Als nächstes befaßte sich Pacria mit den molekularen Zerfallsmustern der Trümmer, um festzustellen, welche Waffen verwendet worden waren. Zwar gehörte sie nicht zu den militärischen Experten ihres Volkes, aber ihre Kenntnisse genügten auch hier, um zendak'aanische Technik zu erkennen. Doch auch das bedeutete nicht viel. Sechs oder sieben Völker befanden sich im Besitz von zendak'aanischen Waffensystemen, vielleicht sogar noch mehr.

Anschließend suchte Pacria nach organischen Rückständen, obwohl Captain Janeway sicher daran gedacht hatte, eine solche Analyse vorzunehmen. Sie fand nur wenig, nicht genug für eine Identifizierung des Opfers oder der Opfer – die Todesursache ließ sich erst recht nicht feststellen.

Pacria wußte, daß die Truat Nor nach einem Kampf dem All Gedächtnisstaub übergaben, und sie hielt danach Ausschau. Vergeblich. Was bedeutete, daß die Truat Nor nicht in Frage kamen.

Anschließend suchte Pacria nach Lücken im Trümmerfeld und Anzeichen von Gravitonpartikeln. Sowohl das eine als auch das andere bot vielleicht einen Hinweis auf die Taserrat, die gern Traktorstrahlen einsetzten, um bei den Resten ihrer Feinde Trophäen zu erbeuten.

Es gab weder Lücken noch Gravitonpartikel, was vermutlich auch die Taserrat ausschloß.

Abgesehen von diesen Feststellungen konnte Pacria kaum mehr in Erfahrung bringen. Sie hätte sich gern mit Captain Janeway in Verbindung gesetzt und ihr mitgeteilt, daß es ihr gelungen war, die beiden Vermißten zu lokalisieren. Leider konnte sie ihr nicht einmal Gewißheit dafür anbieten, daß sie noch lebten.

Pacria bedauerte es, sich nicht auf diese Weise für die Hilfe bedanken zu können, die ihr zuteil geworden war.

Kes stand vor dem Quartier des Captains und wartete darauf, daß der Computer die Kommandantin auf ihre Präsenz hinwies. Nach einigen Sekunden öffnete sich die Tür.

Janeway saß an ihrem Schreibtisch, wirkte müde und rang sich ein Lächeln ab.

»Hallo, Kes. Was kann ich für Sie tun?«

Die Ocampa nahm auf der anderen Seite des Schreibtischs Platz. »Es geht um Pacria«, begann sie.

Dünne Falten bildeten sich in Janeways Stirn. »Sie hat doch keinen Rückfall erlitten, oder? Ich habe sie vor kurzer Zeit besucht.«

»Oh, sie erholt sich gut«, erwiderte Kes. »Zumindest soweit es ihre Verletzungen betrifft. Aber ...«

»Ja?«

»Sie hat eine Krankheit«, sagte die Ocampa.

Janeway kniff die Augen zusammen. »Handelt es sich um ein ansteckende Krankheit? Stellt sie eine Gefahr für die Crew dar?«

»Nein, in dieser Hinsicht brauchen wir uns keine Sorgen zu machen.«

»In welcher dann?« fragte die Kommandantin.

Kes beschrieb die Krankheit. Janeway hatte eine wissenschaftliche Ausbildung genossen und konnte daher mit den Fachbegriffen durchaus etwas anfangen. Sie hörte mit großem Interesse und voller Anteilnahme zu.

»Die Krankheit führt also zum Tod«, sagte sie.

Kes nickte. »Aber wir könnten Pacria helfen. Der Doktor hat ein Heilmittel gefunden.«

Janeway musterte sie erstaunt. »Wo liegt dann das Problem?«

Kes beschrieb es ihr.

»Was ist mit einem alternativen Heilmittel?«

»Der Doktor arbeitet daran«, antwortete die Ocampa. »Bisher ohne Erfolg.«

Janeway atmete tief durch, lehnte sich zurück und dachte nach.

»Ich verstehe, warum Pacria diese Sache unerwähnt ließ. Sie wollte sie für sich behalten.« Die Kommandantin zögerte kurz. »Der Doktor hat natürlich recht. Wir können Pacria nicht zwingen, sich behandeln zu lassen. Und es deutet alles darauf hin, daß sie ihre Meinung nicht ändern will.«

Kes beugte sich vor, und ihre Haltung brachte Anspannung zum Ausdruck. »Wir können sie nicht sterben lassen, wenn wir die Möglichkeit haben, sie vor dem Tod zu bewahren.«

Janeway lächelte kummervoll. »Ich weiß, wie Sie fühlen. Und glauben Sie mir: Ich teile Ihre Empfindungen. Alles in mir sträubt sich dagegen, tatenlos zuzusehen. Aber es ist Pacrias Leben, und allein sie kann darüber entscheiden.«

Kes wandte den Blick ab. Sie hatte sich mehr von Captain Janeway erhofft, vielleicht einen Hinweis, der sie veranlaßte, die Dinge aus einer anderen Perspektive zu sehen. Oder eine Idee, mit der es möglich war, Pacrias Tod zu verhindern.

Schließlich erklang erneut Janeways Stimme. »Wieviel wissen Sie über die Zendak'aa?«

Kes zuckte mit den Schultern. »Nur das, was mir Pacria über sie erzählt hat. Sie waren Eroberer, die schreckliche Experimente durchführten.«

»Es müßte doch mehr Informationen über sie geben, oder?«

Die Ocampa nickte. »Entsprechende Daten wurden aus dem Bordcomputer von Pacrias Schiff transferiert. Aber ich verstehe nicht ganz, was ...« Sie unterbrach sich.

»Was das mit Pacria und ihrer Entscheidung zu tun hat, sich nicht behandeln zu lassen?« fragte Janeway. »Vielleicht ist es sogar sehr wichtig. Wenn wir mehr über die Zendak'aa und die von ihnen durchgeführten Experimente herausfinden, wird uns möglicherweise klar, warum Pacria das Heilmittel ablehnt.«

Die Miene der Ocampa erhellte sich. »Und dann könnte es uns gelingen, sie umzustimmen?«

»Ja«, sagte Janeway, obwohl ihr Gesicht nicht annähernd soviel Begeisterung zeigte. »Das ist zumindest eine Möglichkeit. Aber es gibt auch noch eine andere: Wenn Sie die Zendak'aa besser kennen ... Vielleicht stimmen Sie Pacria dann zu.«

Kes sah die Kommandantin an und stellte fest, daß

sie nicht scherzte. »Ich glaube, das wird nicht geschehen«, erwiderte sie.

Janeways Lippen formten erneut ein trauriges Lächeln. »Vielleicht nicht. Wie dem auch sei: Sie sollten sich sofort an die Arbeit machen. Ihren Schilderungen entnehme ich, daß Pacria nicht mehr viel Zeit bleibt.«

»Das stimmt leider.« Kes stand auf, ging zur Tür und zögerte dort. »Danke, Captain«, sagte sie.

Janeway richtete einen mitfühlenden Blick auf sie. »Danken Sie mir nicht zu früh.«

Kes verließ den Raum, und Janeway seufzte. Leider hatte sie nicht über Pacrias Zustand Bescheid gewußt, als sie die Emmonac bat, sich mit den Sondierungsdaten zu befassen.

Sie hob den Blick zum Interkom-Gitter in der Decke. »Janeway an Krankenstation.«

Das Bild auf dem Monitor wechselte und zeigte das Gesicht des holographischen Arztes. »Ja?« fragte er.

»Kes hat mich gerade auf Pacrias Zustand hingewiesen«, sagte Janeway.

Der Arzt runzelte die Stirn. »Sie hätten viel eher davon erfahren, wenn Sie bereit gewesen wären, meine Berichte zu lesen.«

»Da haben Sie sicher recht«, räumte die Kommandantin ein. »Wie dem auch sei: Ich wußte noch nichts von Pacrias Krankheit, als ich ihr einen Auftrag gab. Es ist natürlich nichts Anstrengendes. Ich bat sie, gewisse Daten nach Hinweisen auf Torres und Kim zu überprüfen. Sehen Sie in dieser Hinsicht irgendwelche Probleme?«

Der Doktor dachte kurz nach. »Es kann vermutlich nicht schaden«, erwiderte er schließlich. »Vielleicht ist es sogar eine willkommene Abwechselung für Pacria.«

Janeway nickte. »Gut. Halten Sie mich auf dem laufenden. Und noch etwas: Ich verspreche Ihnen, daß ich mir von jetzt an die Zeit nehmen werde, Ihre Berichte sofort zu lesen.«

Der Doktor hob den Kopf und erweckte den Eindruck, nur zum Teil besänftigt zu sein. »Bestätigung«, sagte er, und sein Gesicht verschwand wieder vom Monitor. Sensordaten kehrten auf den Schirm zurück.

Janeway stützte den Kopf in beide Hände und versuchte, sich auf die Buchstaben- und Zahlenkolonnen zu konzentrieren. Sie wußte, daß ihre Arbeit kaum mehr einen Sinn hatte, da bereits alle möglichen Analysen durchgeführt waren. Nur Pacria konnte aus diesen Informationen neue Erkenntnisse gewinnen.

Dennoch sah sich Janeway außerstande, auf weitere Untersuchungen zu verzichten. Die Daten stellten ihre einzige Verbindung zu B'Elanna und Kim dar. Deshalb kehrte Janeways Aufmerksamkeit immer wieder zu ihnen zurück.

Pacria unterbrach die Überprüfung der Daten und hielt es nicht mehr in ihrem Quartier aus. Sie brauchte unbedingt Bewegung, wollte noch etwas erleben, neue Personen kennenlernen.

Ihr blieb nicht mehr viel Zeit. Die Besatzungsmitglieder der *Voyager* waren ihr fremd, aber es handelte sich um intelligente Wesen, ausgestattet mit Gefühlen, mit dem Potential für Glück und Trauer, so wie sie selbst. Also bot ihre Präsenz einen gewissen Trost.

Sie war hungrig, und deshalb lenkte sie ihre Schritte in Richtung des Speisesaals. Dort konnte sie vermutlich beide Bedürfnisse befriedigen: das nach Gesellschaft ebenso wie das nach Nahrung.

Sie wurde nicht enttäuscht.

Als Pacria den Raum betrat, roch sie etwas so Wundervolles, daß ihr das Wasser im Mund zusammenlief. Sie passierte Tische, an denen Crewmitglieder saßen, folgte dem Geruch zu einer Art Kochnische. Dort fand sie einen Mann mit gelblicher Haut, goldenen Augen und einem fedrigen Haarbüschel, das ihm bis in den Nacken reichte.

Er sah auf, als sich Pacria näherte. Und er lächelte wie zuvor noch niemand an Bord dieses Schiffes. Es war ein bescheidenes Lächeln, das nichts erwartete, keine Ansprüche stellte, sie nur willkommen hieß, ohne irgendwelche Einschränkungen.

»Entschuldigen Sie bitte«, sagte sie. »Mein Name lautet Pacria.«

Der Mann nickte. »Ja, ich weiß. Ich bin Neelix und kümmere mich um das Essen.« Er deutete auf einen Topf. »Möchten Sie etwas davon?«

Pacria fragte nicht einmal, was der Topf enthielt. Der Duft war so herrlich, daß alles andere keine Rolle spielte. »Ja, gern.«

Neelix griff nach einer am Topf hängenden Schöpfkelle und rührte um. Anschließend füllte er einen Teller und reichte ihn Pacria.

»Hier«, sagte er. »Wenn Sie sich ein wenig gedulden, leiste ich Ihnen Gesellschaft.«

Er wiederholte den Vorgang mit offensichtlichem Vergnügen, griff mit der freien Hand nach einigen Gegenständen – unter ihnen auch Servietten – und kam hinter dem Tresen hervor.

Sie nahmen an einem nahen freien Tisch Platz. Neelix griff nach einem Behälter, der ein Getränk enthielt, und füllte zwei Gläser. Eins reichte er Pacria.

»Danke«, sagte sie.

»Nun?« Er richtete einen erwartungsvollen Blick auf sie. »Langen Sie ordentlich zu.«

Dazu ließ sich Pacria nicht zweimal auffordern und stellte fest: Der Eintopf schmeckte ebensogut wie er duftete. Neelix begann nicht sofort zu essen.

»Schmeckt es Ihnen?« fragte er.

Pacria nickte. »Sehr.«

Er lächelte. »Gut.« Dann schob auch er sich den Löffel in den Mund, und in seinem Gesicht zeigte sich fast so etwas wie Glückseligkeit.

»Es ist sehr angenehm, jemanden kennenzulernen, der an seiner Arbeit soviel Gefallen findet wie Sie«, sagte Pacria.

Neelix zuckte mit den Schultern. »Warum sollte mir meine Arbeit nicht gefallen? Die Leute kommen mit einem Bedürfnis, das ich befriedige. Wenn sie hier eintreffen, sind sie manchmal sehr ernst, und sie gehen mit einem Lächeln.«

»Das überrascht mich nicht«, erwiderte Pacria. »Erst recht nicht, wenn alle Ihre Mahlzeiten so köstlich sind wie diese.«

Neelix schüttelte den Kopf. »Ich spreche nicht vom Essen, obwohl das natürlich auch wichtig ist. Ich meine vielmehr die Kameradschaft. Wenn man weit von zu Hause entfernt ist und sich in einem anderen Quadranten aufhält, braucht man einen Ort, an dem man sich entspannen und mit jemandem reden kann, der aufmerksam zuhört und Anteilnahme zeigt. Und wenn eine solche Person nicht existiert, begnügt man sich mit dem Koch.«

»Ich verstehe«, sagte Pacria. Der Scherz ließ sie schmunzeln. »Wie dem auch sei: An Anteilnahme mangelt es Ihnen bestimmt nicht. Das sieht man.«

Neelix wurde nachdenklicher. »Die Crew dieses Schiffes ist zu meiner Familie geworden. Deshalb schmerzt es sehr, ein Besatzungsmitglied zu verlieren. Oder gar zwei, wie in diesem Fall.«

Pacria wußte sofort, von wem Neelix sprach. »Sie meinen die beiden Vermißten, nach denen Sie suchen.«

»Ja.« Neelix seufzte. »Wissen Sie, ich hatte einen kleinen Streit mit einer der beiden Personen. Aber vor ihrem Verschwinden kam sie zu mir, um sich zu entschuldigen. Darüber bin ich sehr froh. Ich finde die Vorstellung gräßlich, daß ihre letzten Gedanken an mich ...«

Neelix unterbrach sich, als ihn die Emotionen zu überwältigen drohten. Mit der Serviette betupfte er sich ein Auge, das ein wenig Flüssigkeit abzusondern schien.

»Ich sollte mich nicht auf diese Weise verhalten«, sagte er. »Immerhin bin ich der Moraloffizier dieses Schiffes. Ich sollte darauf hinweisen, daß die beiden Vermißten bestimmt gesund und munter zurückkehren. Allerdings habe ich diesmal ein schlechtes Gefühl ...«

»Es ist sehr schwer, jemanden zu verlieren«, pflichtete ihm Pacria bei. »Ich weiß, wovon ich rede. Die Besatzung meines Schiffes bestand aus fast zwanzig Personen, und ich bin die einzige Überlebende. Alle meine Kollegen starben.«

Falten bildeten sich in Neelix' Stirn. »Ja. Da haben Sie natürlich recht. Und ich beklage mich hier über den Verlust von zwei Freunden, deren Tod überhaupt nicht feststeht. Bitte entschuldigen Sie.«

»Sie brauchen sich nicht zu entschuldigen«, erwiderte Pacria und griff nach Neelix' Hand. »Wir sprechen hier nicht über Zahlen, Neelix. Wir sprechen über das Leben von Personen. Und jedes Leben ist wichtig.«

Er sah sie an. »Ja«, bestätigte er. »Ich schätze, da haben Sie recht.«

Plötzlich begriff Pacria, was sie gerade gesagt hatte. *Jedes Leben ist wichtig.*

Jedes Leben.

Jedes Leben.

Auch ihr eigenes.

Pacria sah auf ihren leeren Teller hinab – im Verlauf des Gesprächs hatte sie die ganze Portion verspeist. Sie schob den Stuhl zurück.

»Ich muß jetzt gehen. Ich habe Captain Janeway versprochen, ihr bei etwas zu helfen.«

Neelix nickte. »Kommen Sie erneut vorbei«, sagte er. »So oft Sie wollen. Montag serviere ich meine berühmte Kräuter-und-Knollen-Kasserolle.«

Montag. *Noch drei Tage*, dachte Pacria.

»Mal sehen«, entgegnete sie ausweichend.

Sie hätte gern mit einem klaren Ja geantwortet. Doch ein solches Versprechen konnte sie nicht geben, denn vielleicht lebte sie am Montag nicht mehr.

12

Die zweite Nacht an Bord der Erzstation unterschied sich von der ersten, aber sie war keineswegs besser.

B'Elanna konnte nicht Wache halten. Die Müdigkeit lastete wie ein schweres Gewicht auf ihr, und hinzu kam leichtes Fieber, hervorgerufen von der Strahlung. Dumpfer Schmerz nagte in ihrem Innern.

Kim ging es noch schlechter: Er schlief sofort ein, als sein Kopf auf den Arm sank – an Einauge und seine Kumpel schien er keinen Gedanken mehr zu verschwenden. Die Gefahr eines Angriffs hielt B'Elanna ohnehin für sehr gering, denn die übrigen Gefangenen teilten das Schicksal der Starfleet-Offiziere: Sie waren zu müde, um noch länger die Augen offenzuhalten.

B'Elanna schlief ein, aber sie fand keine richtige Ruhe. Immer wieder holte das Brennen in ihr sie in einen Dämmerzustand zwischen Schlafen und Wachen zurück.

Irgendwann spürte sie einen neuen Schmerz, deutlicher und stärker als jener, der ihr bereits vertraut geworden war. Er wiederholte sich in kurzen Abständen, und schließlich hob Torres die Lider. Ein Nograkh-Wächter stand vor ihr. Mit der einen Hand stieß er die Gefangene immer wieder an, und in der anderen hielt er ein Gewehr, dessen Lauf zur Decke zeigte.

»Du«, knurrte er.

»Ich?« erwiderte B'Elanna benommen.

»Ja«, bestätigte der Wächter und deutete mit dem

Daumen zum Ausgang. »Ein Erzbehälter im Verarbeitungsraum muß fortgebracht werden.«

Ein zweiter Wächter stand hinter ihm, und zwei weitere warteten an der Tür – sie alle beobachteten B'Elanna. Die übrigen Gefangenen schliefen oder erweckten zumindest einen solchen Eindruck.

Es herrschte noch immer ›Nacht‹ in der Station. Eine seltsame Zeit, um Erzbehälter zu befördern – noch dazu für einen einzelnen Gefangenen. Doch solche Überlegungen erübrigten sich. Es blieb B'Elanna keine andere Wahl als zu gehorchen.

Als sie in Richtung Ausgang schritt, hörte sie ein Geräusch hinter sich. Sie drehte den Kopf und sah, wie Kim aufstand.

»Ich helfe Ihnen«, sagte er und taumelte benommen.

»Nein«, erwiderte ein Wächter scharf und zielte mit dem Gewehr auf den Fähnrich. »Die Frau kommt allein mit.«

In seinen Augen zeigte sich ein Glanz, der B'Elanna nicht gefiel. Aber was auch immer sich jetzt anbahnte: Torres wollte nicht, daß Kim unter den derzeitigen Umständen sein Leben für sie aufs Spiel setzte.

»Es ist alles in Ordnung«, behauptete sie.

Kim schüttelte den Kopf, ohne den Blick vom Wächter abzuwenden. »Nein«, hauchte er. »Es ist nicht alles in Ordnung. B'Elanna, begreifen Sie denn nicht …«

»Sie bleiben *hier*«, zischte B'Elanna. »Das ist ein Befehl.«

Der Fähnrich schnaufte abfällig. »Das bedeutet derzeit nicht viel. Ein Kriegsgerichtsverfahren ist die geringste meiner Sorgen.«

B'Elanna bewunderte seine Tapferkeit. Kim mochte still und zurückhaltend sein, aber er ließ nie einen Freund im Stich. Allerdings: Die Situation blieb unverändert. Torres konnte nicht erlauben, daß er sich für sie opferte.

»Bleiben Sie hier«, wiederholte sie. »Bitte.«

Sie blickte dem Fähnrich tief in die Augen und versuchte, ihm ihre Botschaft ohne Worte zu vermitteln. Zuerst schien er nicht zu verstehen, aber dann begriff er und nickte.

Zufrieden setzte sich B'Elanna wieder in Bewegung und trat in den Korridor, gefolgt von dem Wächter. Schweigend schritten sie zum Verarbeitungsraum.

Dort stand tatsächlich ein mit Erz gefüllter Behälter. B'Elanna fragte sich, wie das möglich war. Tolga und die anderen hatten vor dem Ende der Schicht alle Container ins Lager gebracht.

Und wenn schon. Sie konnte die Wächter wohl kaum darauf hinweisen, daß sie für diese Dinge nicht zuständig war – sie mußte den Anweisungen Folge leisten.

B'Elanna trat zum Behälter, schloß die Hände um den Griff und zog den Container in die vom Wächter gewünschte Richtung.

Kes lehnte sich im Sessel zurück. Bei ihren Nachforschungen hatten sich viele interessante Dinge ergeben, aber leider wußte die Ocampa noch immer nicht, wie sie Pacria überreden sollte, sich behandeln zu lassen.

Das Summen des Türmelders unterbrach ihre Überlegungen: Es stand jemand im Korridor. »Herein«, sagte sie und drehte den Sessel.

Die Tür glitt beiseite, und Commander Chakotay betrat das Quartier. Seine Lippen deuteten ein kurzes Lächeln an. »Captain Janeway hat mir von Ihrem Problem berichtet. Besser gesagt: von Pacrias Problem.«

Kes sah auf den Monitor, der noch immer Informationen über die Zendak'aa zeigte. »Ich habe versucht, den Rat des Captains zu beherzigen und mehr über die Zendak'aa herauszufinden. Allerdings bin ich dabei nicht viel weiter gekommen. Zumindest bisher noch nicht.« Sie seufzte. »Möchten Sie Platz nehmen?«

Chakotay schüttelte den Kopf. »Danke, nein. Ich muß gleich zur Brücke zurück.« Er verschränkte die Arme. »Leider habe ich keine zusätzlichen Informationen über die Zendak'aa. Aber ich kann Ihnen einen Rat anbieten.«

Kes beugte sich vor. »Ich höre«, sagte sie und zeigte eine fast kindlich anmutende Aufmerksamkeit.

»Als ich ein Junge war, nahm mich mein Vater bei mehreren Jagdausflügen mit«, erzählte Chakotay. »Er bestand darauf, daß wir Pfeil und Bogen verwendeten, so wie vor Jahrhunderten. Erstaunlicherweise waren wir damit recht erfolgreich.

Bei einem dieser Ausflüge begleitete uns ein Freund. Er war ein guter Schütze, aber es mangelte ihm an Geduld. Das erste Tier, dem wir begegneten, erwies sich als groß und kräftig. Mein Freund konnte sich nicht zurückhalten und schoß, ohne sich zu vergewissern, daß keine Gefahr drohte.«

Chakotay lächelte dünn. »Der Pfeil traf meinen Vater in den Arm. Ich eilte zu ihm und wollte den Schaft aus der Wunde ziehen, aber das ließ er nicht zu. Kurz darauf kam mein Onkel. Er zog den Pfeil nicht etwa aus dem Arm, sondern stieß ihn noch tiefer hinein – um ihn dann auf der anderen Seite herauszuziehen.«

Kes schnitt eine Grimasse. »Das muß sehr schmerzhaft gewesen sein«, kommentierte sie. »Ihr Vater war sehr tapfer.«

Chakotay nickte. »Ja, das war er. Und auch klug. Klug genug, um folgendes zu wissen: Manchmal müssen wir mehr Schmerzen in Kauf nehmen, um dafür zu sorgen, daß die Pein schließlich nachläßt.«

Kes kniff die Augen zusammen. »Beziehen Sie sich dabei auf Pacrias Problem?«

»Ja. Ich weiß nicht, auf welche Weise es Ihnen gelingen könnte, sie umzustimmen. Aber ich kenne *Sie*, Kes. Ich weiß, wieviel Mitgefühl in Ihnen steckt. Ich hoffe, daß Ihnen dadurch kein Hindernis auf dem Weg zu Ihrem Ziel erwächst.«

Kes dachte über das nach, was sie gerade gehört hatte. Schließlich nickte sie. »Ich verstehe. Das glaube ich jedenfalls.«

»Gut«, erwiderte Chakotay. »Ich gehe jetzt. Bitte halten Sie mich auf dem laufenden, in Ordnung? Und geben Sie mir Bescheid, wenn ich Ihnen irgendwie helfen kann.«

»Ja, natürlich«, sagte die Ocampa.

B'Elanna biß die Zähne zusammen und rang mit dem Gewicht des Behälters.

Der Container allein war schon schwer genug, aber jetzt enthielt er auch noch Erz. Normalerweise wurden sie von zwei Arbeitern gezogen; manchmal waren sogar drei notwendig.

Sie gab sich alle Mühe, kam aber nur sehr langsam voran. Die Anstrengung ließ sie immer wieder stöhnen und keuchen, aber schließlich erreichte sie jene Öffnung in der Wand, die Zugang zu mehreren Korridoren gewährte.

Torres fragte sich nun, ob es wirklich klug gewesen war, Kims Hilfe abzulehnen. Sie bezweifelte plötzlich, ob sie wirklich allein zurechtkommen konnte.

Im Korridor richtete sie einen fragenden Blick auf den Wächter. Mit der Lagerung des Erzes hatte sie bisher nichts zu tun gehabt; daher konnte sie nicht wissen, wohin sie den Behälter bringen sollte.

Der Nograkh deutete mit der Waffe nach rechts. »Dort entlang.«

Erneut zerrte sie an dem schweren Container und brauchte ihre ganze Kraft, um ihn zu bewegen. Seine

Unterseite kratzte über den fleckigen Metallboden. Der Wächter folgte ihr in einem Abstand von mehreren Metern und lächelte. Die Anstrengungen der Gefangenen schienen ihn zu amüsieren.

Das weckte Zorn in B'Elanna, aber sie achtete darauf, sich nichts davon anmerken zu lassen. Sie unterdrückte den klingonischen Stolz, besann sich allein auf die klingonische Kraft. Schweiß ließ die schmutzigen Reste ihrer Uniform feucht werden, als sie den Behälter Zentimeter um Zentimeter durch den Korridor zog.

Sie kamen an einem Lagerraum vorbei, in dem Dutzende von Containern standen, aber der Wächter forderte sie auf, den Weg fortzusetzen.

Nach einer halben Ewigkeit gelangten sie zu einem anderen Raum, kleiner als der erste. Er wies auf eine Tür, die beiseite glitt, als sich B'Elanna ihr näherte.

Zwei Erzbehälter standen in dem Raum, und abgesehen davon war er leer.

»Hinein!« befahl der Wächter scharf.

Die vom Erz ausgehende Strahlung bescherte B'Elanna erneut ein unangenehmes Schwindelgefühl und verstärkte den dumpfen Schmerz in ihrem Innern. Erneut spannte sie die Muskeln und zog den Behälter durch die Tür. Der Wächter folgte ihr, und kurz darauf schloß sich der Zugang.

Der Nograkh grinste breit, und seine Zähne reflektierten das matte Licht. B'Elanna keuchte und trachtete danach, wieder zu Atem zu kommen.

»Das Leben eines Sklaven ist sehr hart«, sagte der Wächter. »Oft auch sehr gefährlich. Ich könnte es leichter und sicherer für dich machen. Wenn du mir Gelegenheit dazu gibst.«

Genau davor hat mich Kim warnen wollen, dachte Torres. Hier ging es nicht um Arbeit, sondern um weitaus intimere Dinge.

Und wenn sie dem Nograkh nicht freiwillig gab,

was er verlangte … Dann nahm er es sich vermutlich mit Gewalt. In diesem abgelegenen Lagerraum würde niemand ihre Hilferufe hören. Und selbst wenn sie nicht ungehört blieben – wer sollte ihr zu Hilfe kommen? Einer der anderen Wächter?

»Nun?« fragte der Nograkh.

Das Ziehen des Containers hatte B'Elanna viel Kraft gekostet, und jede einzelne Bewegung verstärkte den Schmerz. Wie sollte sie unter solchen Umständen Widerstand leisten?

Sie biß sich auf die Lippe und nickte. »Nur zu. Stellen Sie mit mir an, was Sie wollen.«

Die Worte schmeckten wie Galle, aber hier stand ihr Leben auf dem Spiel, und unter solchen Umständen mußte man sich der Notwendigkeit fügen.

Das Grinsen des Wächters wurde noch breiter, als er sein Gewehr an die Wand lehnte und näher kam. Er war groß und sehr kräftig gebaut, selbst für einen Nograkh – er überragte Torres um einen Kopf und wog mindestens doppelt soviel. Und er hatte keinen schweren Erzbehälter ziehen müssen.

Andererseits: Kraft war nicht alles. Als Klingone hätte er das gewußt.

B'Elanna preßte die Lippen zusammen, als sie seinen scharfen Schweißgeruch wahrnahm und er nach ihrem Haar tastete. Ganz plötzlich zog er sie an sich, und sie spürte seinen stinkenden Atem. Nur wenige Zentimeter trennten ihre Gesichter jetzt noch voneinander.

»Zeig mir, daß ich eine gute Wahl getroffen habe«, brummte der Nograkh.

»Du wirst es gleich erleben«, hauchte B'Elanna vielversprechend.

Dann rammte sie dem Wächter das Knie in die Leistengegend, was ihn dazu veranlaßte, einen schmerzerfüllten Schrei auszustoßen und sich zusammenzukrümmen. Unterdessen faltete B'Elanna die Hände und schmetterte sie mit ihrer ganzen Kraft auf den Nacken des Nograkh.

Der Wächter sank auf ein Knie, verlor aber nicht das Bewußtsein. Zwei weitere und noch wuchtigere Hiebe waren notwendig, um ihn endgültig ins Reich der Träume zu schicken.

Torres verlor keine Zeit, griff nach dem an der Wand lehnenden Gewehr und blickte durch die Tür. Niemand zu sehen. *Da können die Burschen von Glück sagen,* dachte B'Elanna und eilte durch den Korridor.

Sie hatte keinen richtigen Plan und wußte nur, daß sie diese unverhoffte Chance nutzen mußte – vielleicht ergab sich keine andere. Eine so gute Gelegenheit wollte sie nicht ungenutzt verstreichen lassen.

Die Rückkehr zum Hauptraum nahm nicht viel Zeit in Anspruch. Kein Wunder. Man kam wesentlich schneller voran, wenn man keinen schweren Erzbehälter ziehen mußte.

B'Elanna wurde erst langsamer, als die Wächter an der Tür in Sicht gerieten. Sie zögerte gerade lange genug, um das Gewehr zu heben, zu zielen und den Auslöser zu betätigen.

Der erste Nograkh begriff überhaupt nicht, was geschah. Doch als er von einer energetischen Entladung davongeschleudert wurde, war das Überraschungsmoment dahin. Der zweite Wächter wirbelte um die eigene Achse und hob seinen Strahler …

Er kam nicht dazu, von seiner Waffe Gebrauch zu machen. Wieder zuckte ein blauer Energiestrahl durch den Korridor und traf den Nograkh. *Zwei erledigt,* dachte B'Elanna. *Damit bleibt noch einer übrig.* Sie entschied, ihn auf die gleiche Weise außer Gefecht zu setzen wie die anderen Wächter: indem sie ihm entgegenstürmte und schoß.

Andernfalls hätte sie es schon bald mit erheblichen Problemen zu tun bekommen. Immerhin befanden sich viele Gefangene in dem Raum, und der Nograkh war bestimmt skrupellos genug, sie als lebende Schilde zu verwenden.

B'Elanna passierte den Zugang, ohne langsamer zu werden, hielt das Gewehr dabei schußbereit. Die Gefangenen sahen verblüfft auf und glaubten sicher, ihren Augen nicht trauen zu können. Der Wächter zeigte sich noch nicht – gut.

Dann erschien er plötzlich. Und er war vorbereitet, legte auf B'Elanna an, als sie auf ihn zielte. Sie schossen gleichzeitig.

Einer der beiden Duellanten schrie, wurde von dem Strahlblitz zurückgeschleudert und blieb bewußtlos liegen. Zum Glück war es nicht B'Elanna.

Torres hielt auch weiterhin Vorsicht für angebracht. Als sie den Raum verlassen hatte, waren drei Wächter zugegen gewesen. Aber das bedeutete nicht, daß sich die Anzahl der anwesenden Nograkh noch immer auf drei beschränkte.

Sie warf einen raschen Blick durch die Tür – keine weiteren Wachhunde in Sicht.

B'Elanna wußte, daß sich das schnell ändern konnte. Zwar gab es keine sichtbaren Überwachungsgeräte, aber vielleicht verfügten die Nograkh trotzdem über Möglichkeiten, den Beginn eines Aufstands zu registrieren. Außerdem: Während der Nacht fand doch ein Wachwechsel statt, oder?

Sie eilte zu Kim, der ebenso erstaunt wirkte wie die anderen Gefangenen – obgleich er gewußt hatte, daß eine Auseinandersetzung bevorstand, als B'Elanna fortgeführt worden war.

Er lächelte und machte keinen Hehl aus seiner Bewunderung. »Gute Arbeit, Maquis.«

Torres sah sich nach Tolga um. Ihre Blicke begegneten sich kurz, und sie glaubte, in seinen silbergrauen Augen neuen Respekt zu erkennen.

Dann wandte sie sich wieder an Kim. »Ich schlage vor, wir verschwinden von hier, Starfleet.«

Gemeinsam liefen sie zum Ausgang. Als sie an einem der betäubten Wächter vorbeikamen, griff der Fähnrich nach dem Gewehr des Betreffenden. Daraufhin waren *beide* Starfleet-Offiziere bewaffnet.

Und dabei blieb es nicht. Tolga und die anderen Gefangenen folgten ihnen, nahmen die restlichen Strahler.

Kim überprüfte die erbeutete Waffe. »Jetzt sieht die Lage schon ein wenig anders aus, Maquis.«

»Ja«, bestätigte B'Elanna.

Ihr Optimismus hielt sich in Grenzen, denn immerhin mußten sie gegen einen sehr starken Gegner antreten. Niemand von ihnen wußte, wie viele Wächter sich ihnen in den Weg stellen würden, und vielleicht gab es an Bord der Station auch noch automatische Sicherheitssysteme.

Torres bedeutete den anderen, an der Tür zu verharren, preßte dann den Rücken an die Wand und atmete tief durch, bevor sie in den Korridor spähte.

Was ihr fast das Leben gekostet hätte. Kaum zeigte sie sich, als auch schon blaue Energiestrahlen am Eingang vorbeirasten.

B'Elanna fluchte und wich hastig zurück.

»Es sind weitere Wächter eingetroffen«, sagte Kim.

»Das habe ich ebenfalls festgestellt«, erwiderte die Chefingenieurin.

»Wir greifen sie frontal an«, meinte einer der Nograkh. Mit einer großen Faust klopfte er an die Wand. »Sie können uns nicht alle erledigen.«

»Doch, das können sie«, widersprach B'Elanna und fügte hinzu: »Wenn wir den Raum verlassen, sind wir so gut wie tot.«

Der Zorn brannte immer heißer in ihr, als sie spürte,

wie die Chance entschwand, ohne genutzt werden zu können. Die Klingonin in ihr beeinträchtigte B'Elannas Rationalität, indem sie verlangte, sofort aktiv zu werden, den Feinden einfach entgegenzustürmen.

Aber das kam nicht in Frage. Sie wollte sorgfältig überlegen, bevor sie handelte. Es mußte einen anderen Ausweg geben als Selbstmord.

»He, was ist mit der Decke?« knurrte Tolga.

Torres blickte nach oben. Die Decke bestand aus einzelnen Platten, die in einem Haltegerüst steckten. Wenn es ihnen gelang, eine der Platten zu lösen... Vielleicht gab es dahinter genug Platz, um fortzukriechen. Es war zumindest einen Versuch wert.

Zwei mit Gewehren bewaffnete Nograkh eilten zur Tür – sie wollten B'Elanna ganz offensichtlich Zeit genug geben, Tolgas Vermutung zu überprüfen.

Sie richtete den Lauf der eigenen Waffe nach oben, betätigte den Auslöser und zerstörte zwei Platten. Dann bedeutete sie Tolga und einem anderen Nograkh, sie nach oben zu heben. Sie kamen der Aufforderung sofort nach.

B'Elanna sah sich um. Jenseits der Decke gab es tatsächlich genug Platz, und damit noch nicht genug: Sie entdeckte eine Öffnung, die es offenbar ermöglichte, den Gefängnisbereich zu verlassen.

Mit einem Wink forderte sie die anderen auf, ihr zu folgen.

Kim kam als nächster, gefolgt von zwei kleineren Mitgefangenen. B'Elanna wollte nicht warten, bis sich alle über der Decke befanden – auf Händen und Knien näherte sie sich der Öffnung.

Torres brauchte nicht lange, um sie zu erreichen. Adrenalin trieb sie an, und der Geruch von Freiheit stieg ihr in die Nase.

Die Öffnung gewährte Zugang in eine energetische Transferleitung, in der offenbar schon seit einer ganzen

Weile nichts mehr transferiert wurde. Und sie war nicht so dunkel, wie es eigentlich der Fall sein sollte: Weiter vorn zeigte sich mattes Grau.

Wir haben Glück, dachte B'Elanna und kroch durch die Öffnung.

»Harry?« flüsterte sie, um sich zu vergewissern, daß er ihr auch weiterhin folgte.

»Bin direkt hinter Ihnen.« Er sprach leise, aber seine Stimme hallte trotzdem in der Röhre wider.

Die Transferleitung endete so abrupt, wie sie begonnen hatte, und hinter ihr erstreckte sich ein weiterer Bereich über einer Decke. B'Elanna wußte nicht, welcher Raum darunter lag, aber sie nahm sich auch gar nicht die Zeit, darüber nachzudenken, schoß erneut und zerstörte eine weitere Platte.

Wenige Sekunden später blickte sie nach unten und atmete erleichtert auf: Sie befanden sich über einem der Räume, die für die Erzlagerung verwendet wurden. B'Elanna überließ Kim ihr Gewehr, schloß beide Hände um Gerüststangen, schob ihren Leib dann durch die Öffnung und ließ sich fallen.

Sie landete auf dem Boden, richtete sich sofort wieder auf und nahm vom Fähnrich die Gewehre entgegen. Anschließend sprang Kim ebenfalls.

B'Elanna gab ihm seine Waffe zurück und eilte dann zur offenen Tür. Dort verharrte sie, blickte kurz zurück und sah, wie weitere Gefangene durch die Öffnung in die Decke kletterten und den Lagerraum erreichten.

Torres hielt sich nicht damit auf, sie zu zählen; einige Nograkh waren zurückgeblieben, um die Wächter in Schach zu halten. B'Elannas Aufgabe bestand darin, einen Weg in die Freiheit zu finden.

Sie holte tief Luft, beugte sich vor und spähte in den Korridor. In beiden Richtungen war von Wächtern nichts zu sehen – noch nicht.

B'Elanna trat in den Gang und traf eine rasche Entscheidung. Links ging es zu der Luftschleuse, durch die sie in die Station gelangt waren – aber jener Korridor führte auch am Ruheraum vorbei. Torres hielt es für besser, sich nach rechts zu wenden.

Ihr Herz klopfte schneller, als sie durch den Gang lief. Sie wußte nicht, was sie erwartete – vielleicht befanden sie sich hier in einer Sackgasse. Trotzdem eilte B'Elanna weiter, in der Hoffnung, daß es sich um einen Ausweg handelte.

Diese Hoffnung mußte sie aufgeben, als sie weiter vorn, hinter einer Biegung, das Geräusch von Schritten vernahm. B'Elanna blieb stehen und hob die Hand, forderte ihre Begleiter auf, in die Richtung zurückzuweichen, aus der sie gekommen waren. Allem Anschein nach mußten sie doch den Weg nehmen, der am Ruheraum vorbeiführte.

Und dann stand ihnen auch diese Möglichkeit nicht mehr zur Verfügung. Torres hörte mehrere Schreie, drehte sich um und sah blaue Energiestrahlen. Jener Gefangene, den sie in Gedanken Einauge nannte, wurde getroffen und sank zu Boden.

Er war nicht betäubt – die Entladung hatte ihm einen großen Teil der Brust verbrannt.

B'Elanna biß die Zähne zusammen und wandte sich wieder um – das Geräusch der Schritte wurde lauter. Sie preßte sich an die rechte Wand, hob die Waffe und wartete darauf, daß sich die Wächter zeigten.

Ihre Geduld wurde nicht auf eine harte Probe gestellt. Mehrere Gestalten erschienen und eröffneten sofort das Feuer. B'Elanna schoß ebenfalls, aber die Energiestrahlen ihrer Waffe prallten an einem unsichtbaren Schild von jener Art ab, wie ihn die Nograkh auch bei der Übernahme des kleinen Kazon-Schiffes verwendet hatten.

Großartig, dachte die Chefingenieurin. *Als ob unsere Lage nicht schon ungünstig genug wäre*. Wenn nicht bald – sehr bald – etwas zu ihrem Vorteil passierte, mußte der Fluchtversuch kläglich scheitern.

Doch nichts dergleichen geschah. Geschützt von ihren Barrieren nahmen die Wächter einen Gefangenen nach dem anderen aufs Korn, und immer mehr von ihnen sanken zu Boden.

Es blieb B'Elanna nicht genug Zeit, ihre noch aktiven Mitstreiter zu zählen, doch das Gefühl sagte ihr, daß es weniger als zehn waren. Und es wurden immer weniger. Sie sah, wie Tolga getroffen und von der Wucht der energetischen Entladung an die Wand geschleudert wurde. Wenige Sekunden später erging es Kim ähnlich.

Torres schoß auch weiterhin auf die Wächter, aber sie erreichte nichts – ihre Strahlen zerstoben an den Schilden. Und die Nograkh dahinter grinsten nur.

Es darf nicht auf diese Weise enden, dachte sie. *Nicht nach all dem, was wir durchgemacht haben.* Der Freiheit so nahe zu sein …

Und dann wurde sie ebenfalls getroffen.

13

Tuvok sah auf die Anzeigen seiner Konsole, als DuChamps an ihn herantrat. »Sir«, sagte der junge Offizier, »ich habe da ein Problem.

Der Vulkanier nickte. »Ich weiß, Lieutenant. Auch ich bin mit dieser Sache beschäftigt gewesen. Vermutlich sind wir zum gleichen Schluß gelangt.«

DuChamps blickte in Richtung Bereitschaftsraum. »Ich schätze, ich sollte besser dem Captain Bescheid geben«, sagte er und wirkte alles andere als begeistert. Der Grund dafür war nicht schwer zu verstehen.

»Schon gut«, erwiderte Tuvok und half dem Menschen damit aus der Patsche. »Ich informiere Captain Janeway.«

DuChamps nickte dankbar. »Wie Sie meinen, Sir.«

Ernst kehrte er zu der Station zurück, deren Kontrollen normalerweise Fähnrich Kim bediente.

Tuvok seufzte und sah keinen Sinn darin, die Mitteilung hinauszuzögern. Wortlos stand er auf, um mit dem Captain zu reden.

B'Elanna stellte erstaunt fest, daß sie noch lebte. Über einem Auge hatte sie eine scheußliche Platzwunde, und hinzu kam ein brennender Schmerz, den sie auf die Strahlung zurückführte. Aber sie war nicht tot.

Sie sah sich rasch um. Kim lag einige Meter entfernt und schnitt eine Grimasse, aber ganz offensichtlich hatte er ebenfalls überlebt. Nicht alle von den Wächtern im Korridor verwendeten Waffen waren auf tödliche Emissionen justiert gewesen.

Was durchaus einen gewissen Sinn ergab. Immerhin hatten sich die Nograkh nicht unerhebliche Mühe gegeben, um neue Arbeiter für ihre Station zu bekommen – warum sie alle ins Jenseits schicken? Wer sollte sich dann um Verarbeitung und Transport des Erzes kümmern?

B'Elanna hörte etwas im Korridor. Erneut vernahm sie das Geräusch von Schritten – mehrere Personen näherten sich.

Sie kroch über den Boden und tastete nach Kims Arm, um seine Aufmerksamkeit zu wecken. Er hob die Lider.

»Was ist los?« stöhnte er.

»Ich weiß es nicht«, erwiderte B'Elanna. Aber das stimmte nicht ganz. Was auch immer jetzt passierte: Vermutlich hatte es etwas mit dem Ausbruchsversuch zu tun.

Immer näher kamen die Schritte, und andere Gefangene sahen ebenfalls auf, wechselten wortlose Blicke.

Und dann erschienen mehrere Wächter, schritten an den beiden Bewaffneten neben der Tür vorbei. Gleichzeitig wurde es so hell, daß B'Elanna die Augen abschirmen mußte. Kim folgte ihrem Beispiel.

»Aufstehen«, sagte einer der Wächter und deutete mit seinem Gewehr zur Wand. »Dort drüben hin.«

B'Elannas Gaumen war plötzlich trocken, als sie sich erhob. Zusammen mit Kim und den anderen Gefangenen bezog sie an der Wand Aufstellung.

Ja, dies hat eindeutig mit unserem Fluchtversuch zu tun, dachte sie. Aber mehr wußte sie leider nicht.

Als alle Gefangenen an der Wand standen, wandten sich die Wächter zur Tür um. Einige Sekunden verstrichen, und dann betrat jemand den Raum.

Es war ein Nograkh, den B'Elanna jetzt zum erstenmal sah. Zwar bot er ein ähnliches Erscheinungsbild wie die anderen – er hatte die gleiche kräftige Statur und eine vorstehende Stirn, trug ebenfalls einen Körperpanzer –, aber es gab einen wichtigen Unterschied. Eine Aura der Autorität umhüllte ihn.

Zweifellos bekleidete er einen höheren Rang als die Wächter. Vielleicht war er sogar der Stationskommandant. Was auch immer der Fall sein mochte: Er ließ B'Elanna nicht viel Zeit zum Nachdenken.

»Mein Name lautet Ordagher. Ich bin der Aufseher dieser Station, und daher liegt Ihr Leben in meiner Hand.«

Er zögerte und musterte die Gefangenen der Reihe nach. Bei Torres verweilte sein Blick etwas länger als bei den anderen.

»Es kam zu einem Ausbruchsversuch«, fuhr er fort. »Natürlich schlug er fehl. Wie dem auch sei: Ich kann solche Dinge nicht zulassen. Sie vergeuden Ressourcen, und so etwas muß unter allen Umständen vermieden werden.« In den Augen des Aufsehers blitzte es kurz. »Ich möchte wissen, wer den Ausbruchsversuch anführte, und ich erwarte unverzügliche Antwort.«

Von einem Augenblick zum anderen raste B'Elannas Puls. *Darum geht es also*, dachte sie. Unauffällig sah sie nach rechts und links, um festzustellen, wer sie verriet.

Aber niemand gab einen Ton von sich. Stille herrschte, abgesehen vom beständigen Brummen ferner Aggregate.

Ordagher kniff die Augen zusammen. »Ich bin kein sehr geduldiger Mann«, knurrte er drohend. »Ich frage noch einmal: Wer führte den Ausbruchsversuch an?«

Auch diesmal blieb alles still. B'Elanna schluckte. Wie war so etwas möglich? Es überraschte sie nicht, daß Kim darauf verzichtete, sie zu verraten. Ähnliches galt für Tolga, mit dem sie Freundschaft geschlossen hatte.

Aber die anderen Gefangenen? Sie schuldeten ihr nichts.

Trotzdem zeigte niemand auf sie. Alle blickten starr geradeaus und schwiegen, handelten damit gegen ihren Überlebensinstinkt.

Ordagher wurde nicht so zornig, wie B'Elanna es erwartet hatte. Er wirkte kaum überrascht. Vielleicht lag es daran, daß er ebenfalls ein Nograkh war.

»Sie haben also beschlossen, stur zu sein«, sagte der Aufseher und legte die Hände auf den Rücken. »Nun gut. Ich weiß, wie man mit Sturheit fertig wird.« Er drehte sich zu einem der hinter ihm stehenden Wächter um.

Ordagher gab keinen Befehl, aber das schien auch gar nicht nötig zu sein. Der betreffende Wächter setzte sich in Bewegung und blieb vor einem der Gefangenen – einem Nograkh – stehen.

Er hob das Gewehr und preßte den Lauf so fest unters Kinn des Gefangenen, daß er den Kopf nach oben neigen mußte. Der hilflos Nograkh blieb stumm, stand einfach nur da und starrte ins Leere.

Ordagher bedachte die übrigen Gefangenen mit durchringenden Blicken. »Ich frage Sie jetzt zum letztenmal, wer den Ausbruchsversuch geleitet hat. Wenn ich keine Antwort von Ihnen bekomme, stirbt dieser Mann anstelle des Rädelsführers.«

Die Nograkh schwiegen auch weiterhin. Sie schienen bereit zu sein, ihren Artgenossen sterben zu lassen. Vielleicht entsprach ein solches Verhalten ihren Traditionen, aber B'Elanna konnte so etwas nicht hinnehmen.

»Ich«, sagte sie laut und deutlich.

Der Aufseher wandte sich ihr zu. »Sie?« erwiderte er und runzelte die vorstehende Stirn. Er wirkte skeptisch.

»Ja, ich«, bestätigte B'Elanna. »Ich habe den Ausbruchsversuch angeführt.« Sie fragte sich, wie sie ihre Behauptung beweisen sollte, beschloß dann, gewisse Fakten zu nennen. »Ein Wächter versuchte, mich zu vergewaltigen, und ich nahm ihm das Gewehr ab. Der Rest passierte dann einfach.«

Ordagher schüttelte den Kopf. »Nein«, sagte er.

»Ich schwöre es.« B'Elanna holte tief Luft. »Wenn Sie jemanden töten wollen, so sollten Sie mich erschießen, niemanden sonst.«

Sie spürte die Blicke der anderen Gefangenen auf sich ruhen, insbesondere die von Tolga und Kim. Die Wächter starrten sie ebenfalls an. Und vielleicht sah auch der Nograkh mit dem Gewehrlauf unterm Kinn in ihre Richtung.

Der Aufseher dachte einige Sekunden lang nach, hob dann den Kopf und lachte. Es war ein gräßliches Geräusch, das von kalter Unbarmherzigkeit kündete.

Schließlich deutete Ordagher auf den Gefangenen, der noch immer den Lauf des Strahlers spürte.

»Töten Sie ihn«, sagte er schlicht.

Bevor B'Elanna irgend etwas unternehmen, bevor sie auch nur nach Luft schnappen konnte, drückte der Wächter ab. Ein blauer Strahl blitzte, bohrte sich in den Kopf des Gefangenen.

Tot fiel er zu Boden.

B'Elanna konnte es kaum fassen. Eine Mischung aus Entsetzen und Empörung überwältigte sie fast – sie spürte, wie ihre Augen feucht wurden.

Der Nograkh hatte sein Schicksal passiv und unerschrocken hingenommen, nicht ein einziges Wort zu seiner Verteidigung gesagt. Die ganze Zeit über war er bereit gewesen, mit seinem Schweigen eine Person zu schützen, die er kaum kannte.

»Bringen Sie die Leiche fort«, sagte Ordagher und fügte seinen Worten eine entsprechende Geste hinzu. »Und seien Sie von jetzt an doppelt so wachsam«, wies er die Wächter an. »Sonst erwartet Sie die gleiche Strafe wie jenen Mann.« Er sah die Gefangenen noch ein letztes Mal an, bevor er sich umdrehte und den Raum verließ.

Die Wächter bezogen ihre Posten am Ausgang, und es wurde wieder dunkel. Nacheinander zogen sich die Gefangenen zu ihren Schlafplätzen zurück.

Mit Ausnahme von B'Elanna. Sie blieb an Ort und Stelle stehen, versuchte noch immer, mit dem fertig zu werden, was gerade geschehen war. Es fiel ihr sehr schwer, einen klaren Gedanken zu fassen.

Nach einer Weile berührte sie jemand an der Schulter. Benommen wandte sie sich Kim zu, dessen Gesicht so weiß wie Kerzenwachs war.

»Ist alles in Ordnung mit Ihnen?« fragte er.

B'Elanna schüttelte den Kopf. Nein, natürlich war nicht alles in Ordnung mit ihr. Sie sah sich außerstande, die jüngsten Ereignisse einfach so hinzunehmen.

Jäher Zorn quoll in ihr empor, und sie hielt nach Tolga Ausschau. Er stand auf der anderen Seite des Raums, an seinem üblichen Platz.

Torres näherte sich wie ein Raubtier, das sich an Beute heranschlich.

Er kehrte ihr den Rücken zu, und als die Distanz schrumpfte, spürte er ihre Präsenz immer deutlicher. Schließlich blickte er über die Schulter, und das durch die Tür fallende Licht spiegelte sich in seinen silbergrauen Augen wider.

»Sie!« stieß B'Elanna hervor, und ihre Stimme klang wie das Knurren eines Wolfs.

Dann ballte sie die rechte Hand zur Faust und schlug so fest wie möglich zu. Tolgas Kopf neigte sich ruckartig zur Seite, und er taumelte.

B'Elanna versuchte, ihn auch mit der linken Faust zu treffen, aber der Nograkh hielt sie am Handgelenk fest. Eine Sekunde später schloß sich seine andere Hand um den rechten Unterarm der Angreiferin. Er stieß sie zu Boden, blockierte sie mit seinem beträchtlichen Gewicht.

Torres zappelte, konnte sich aber nicht befreien. Wütend spuckte sie. »Sie hätten ihn retten können!« fauchte sie. »Ein Wort von Ihnen hätte genügt. Aber Sie haben geschwiegen und ihn für mich sterben lassen!«

Tolga musterte sie aus zusammengekniffenen Augen. »Warum sollte ich mich in Manocs Bereitschaft einmischen, sich zu opfern?« erwiderte er. »Nur ein Barbar wäre fähig, seine Ehre zu beflecken.«

»Ich hätte sterben sollen!« heulte B'Elanna und versuchte nicht mehr, sich zu befreien. »Ich! *Ich* habe den Ausbruchsversuch angeführt!«

Der Nograkh nickte langsam. »Ja. Als Ihnen die Umstände Gelegenheit gaben, wurden Sie auf eine Weise aktiv, die Sie für richtig hielten. Und das gilt auch für Manoc.«

B'Elanna schüttelte den Kopf. »Ich hätte sterben sollen«, stöhnte sie. »Und niemand anders.«

Tolga schwieg. Stumm beobachtete er, wie Zorn und Kummer aus ihr wichen. Schließlich ließ er sie los, erhob sich und half ihr auf.

Kim hatte in der Nähe gestanden, zum Eingreifen bereit, falls es notwendig werden sollte. Aber er brauchte nicht zu intervenieren. Zu keinem Zeitpunkt erweckte der Nograkh den Eindruck, B'Elanna verletzen zu wollen, nicht einmal zu seiner eigenen Verteidigung.

Torres massierte sich die Handgelenke und sah zu Tolga auf. »Warum hat er mir nicht geglaubt?« fragte sie. »Warum hat er über mich gelacht?«

Der Nograkh hob und senkte die Schultern. »Ordagher hielt es für unmöglich, daß eine Frau den Ausbruchsversuch anführte.« Er zögerte kurz. »Er kennt Sie eben nicht so gut wie ich.«

B'Elanna nickte. Bevor diese Sache vorbei war, wollte sie dem Aufseher noch einen Denkzettel verpassen.

Janeway saß an ihrem Schreibtisch im Bereitschaftsraum und untersuchte noch immer jene Sondierungsdaten, die das Trümmerfeld im All betrafen, als der Türmelder summte.

»Herein«, sagte sie und lehnte sich im Sessel zurück.

Tuvok betrat den Bereitschaftsraum und hielt einen elektronischen Datenblock in der Hand. Sein Gesichtsausdruck verriet nichts, aber Janeway kannte den Vulkanier seit langer Zeit und ahnte, daß er mit schlechten Nachrichten kam.

»Nun?« fragte sie leise.

Dünne Falten bildeten sich in Tuvoks Stirn. »Ich muß Ihnen leider mitteilen, daß sich die Ionenspur aufgelöst hat – wir können sie nicht länger orten.«

Janeway biß sich auf die Lippe. »Läßt sich aus den bisherigen Ortungsdaten ein Kurs extrapolieren?«

Der Vulkanier überlegte, bevor er antwortete. »Das halte ich nicht für eine vielversprechende Strategie«, sagte er schließlich. »Es gibt viele Gründe, die ein Raumschiff veranlassen könnten, von seinem ursprünglichen Kurs abzuweichen, während es sich seinem Ziel nähert.«

»In der Tat«, pflichtete ihm die Kommandantin bei. »Auch ich sehe keine sehr vielversprechende Strategie darin, aber es ist die einzige, die wir haben.« Sie beugte sich vor. »Bitte entwickeln Sie ein Computermodell, das auf den zur Verfügung stehenden Daten basiert. Errechnen Sie auf dieser Grundlage den wahrscheinlichsten Kurs.«

Die Nasenflügel des Vulkaniers zuckten kurz. »Wie

Sie wünschen«, sagte er nur, stand auf und verließ den Raum.

Nachdem Tuvok gegangen war, blickte Janeway eine Zeitlang ins Leere und dachte über die Erfordernisse der Situation nach. Solche Überlegungen hatte sie seit dem Verschwinden von B'Elanna und Kim häufig angestellt.

Schließlich seufzte sie und sah zum Interkom-Gitter an der Decke.

»Commander Chakotay.«

»Ich höre«, meldete sich der Erste Offizier.

»Ich würde gern in meinem Bereitschaftsraum mit Ihnen sprechen«, sagte Janeway.

»Ich bin gleich bei Ihnen.«

Chakotay hatte Torres als Mitglied seines Kommandos beim Maquis gekannt, lange bevor er die *Voyager* zum erstenmal sah. Selbst wenn er nicht Janeways Erster Offizier gewesen wäre – er hatte es verdiente, über den Stand der Dinge Bescheid zu wissen.

14

Die graue Metalltür glitt vor Pacria beiseite, und sie blickte in einen Raum, den ihre Gastgeber ›Krankenstation‹ nannten. Er schien kleiner und heller zu sein als in ihrer Erinnerung, obgleich sie ihn erst vor zwei Tagen verlassen hatte.

Der Doktor wartete geduldig auf sie. »Möchten Sie nicht hereinkommen?« fragte er freundlich.

Pacria trat ein, sah sich um und stellte fest, daß sie allein waren – Kes hielt sich an einem anderen Ort auf. Das bedauerte sie. Die Ocampa konnte recht aufdringlich sein, aber Pacria wußte ihre Gesellschaft trotzdem zu schätzen.

»Bitte legen Sie sich hier aufs Bett«, sagte der Doktor. »Die Untersuchung dauert nur einige wenige Sekunden. Es geht mir allein darum, Ihre Biowerte zu überprüfen. Natürlich kann ich dabei auch feststellen, ob in Hinsicht auf die Geweberegenerierung Probleme auftraten.« Er wurde ernster. »Unter den gegenwärtigen Umständen gilt meine Sorge aber vor allem dem Virus.«

Als sich der Doktor mit ihr in Verbindung gesetzt und um diese Untersuchung gebeten hatte, sah Pacria zunächst keinen Sinn darin. Immerhin starb sie. Daran änderte sich nichts, ganz gleich, wie ihre Biowerte beschaffen sein mochten.

Dann erwachte die Wissenschaftlerin in ihr und erinnerte sich daran, daß Wissen einen eigenen, von allen anderen Dingen unabhängigen Wert hatte. Wenn der Doktor seine Forschungen fortsetzte, gelang es ihm vielleicht, ein Antigen zu lokalisieren oder wenigstens besser zu verstehen, was es mit diesem Virus auf sich hatte. Dann mochte er in der Lage sein, irgendwann einmal das Leben einer Person zu retten, die sich weniger als Pacria für die Herkunft des Heilmittels interessierte.

Eine derartige Vorstellung bereitete der Emmonac kein Unbehagen. Sie hielt es in jedem Fall für gut, Leben zu retten. Allerdings sträubte sich alles in ihr dagegen, ihr eigenes Leben durch das von den Zendak'aa entwickelte Heilmittel zu bewahren.

Sie streckte sich auf dem Bett aus, und der Doktor untersuchte sie mit einem kleinen Gerät. Es dauerte tatsächlich nur einige Sekunden, wie er versprochen hatte. Dann sah er vom Display des Geräts auf.

»Danke«, sagte er. »Sie können sich jetzt aufsetzen.«

Wieder kam Pacria der Aufforderung nach. »Ich nehme an, es gibt keine Überraschungen, oder?«

»Nur eine kleine«, erwiderte der holographische Arzt. »Der Umstand, daß Sie starker Strahlung ausgesetzt gewesen sind, hat die Verbreitung des Virus verlangsamt, wenn auch nur ein wenig. Eine weitere Strahlendosis könnte diesen Effekt verstärken.«

»Um wieviel?« fragte Pacria.

Der Doktor zuckte mit den Schultern. »Möglicherweise lassen sich zwei Tage gewinnen. Allerdings dauert die Rekonvaleszenz von der Strahlung fast ebenso lange.«

»Also ist im Grunde genommen überhaupt nichts gewonnen«, sagte Pacria.

»Nur sehr wenig«, gestand der Doktor. »Ich wollte Ihnen alle Möglichkeiten aufzeigen.«

Erklang bei diesen Worten ein Hauch von Sarkasmus in seiner Stimme? Oder bedauerte er, keine für sie akzeptable Behandlung zu finden? Was auch immer der Fall sein mochte: Pacria beschloß, nicht darauf einzugehen.

»Ich bin Ihnen dankbar«, sagte sie.

»Es ist nicht der Rede wert«, erwiderte der Holo-Arzt. »Übrigens: Ich habe etwas für Sie.«

Er kehrte kurz in sein Büro zurück, nahm dort einen Gegenstand von seinem Schreibtisch und brachte ihn der Frau.

»Ich wußte nicht, ob dieses Objekt einen sentimentalen oder anderen Wert für Sie hat«, erklärte der Doktor. »Sie waren bewußtlos, und deshalb konnte ich Sie nicht fragen. Ich nahm mir die Freiheit, dies in einem unserer Laboratorien säubern zu lassen. Der Gegenstand blieb zunächst fast völlig unter einer radioaktiv strahlenden Patina verborgen.«

Pacria nahm ihn entgegen und lächelte. Es handelte sich um eine flache, rechteckige Brosche aus Platin. Das erhöhte Symbol in der Mitte stellte zwei Vögel dar, die in harmonischen Spiralen aufstiegen.

»Mein Abzeichen«, sagte Pacria. Sie drehte es hin und her. »Ich habe es vor einem knappen Jahr erhalten.«

Acht Monate später hatte sie erfahren, daß sie mit dem Virus infiziert war. Sie fragte sich damals, wie ihre Kollegen auf diese Nachricht und ihren bevorstehenden Tod reagieren mochten. Nicht einmal im Traum wäre ihr die Möglichkeit eingefallen, sie könnte sie alle überleben.

Sie strich mit den Fingerkuppen über das Symbol, traf eine Entscheidung und gab die Brosche zurück. »Hier«, sagte sie. »Ein Geschenk für Sie. Dafür, daß Sie mir das Leben gerettet haben.«

Der Doktor musterte sie erstaunt. »Ich weiß eine solche Geste sehr zu schätzen. Allerdings muß ich Sie daran erinnern, daß ich ein holographisches Programm bin, und als solches kann ich mit derartigen Besitztümern nichts anfangen.«

»Ich brauche die Brosche nicht mehr«, sagte Pacria. »In einigen Tagen bin ich tot. Aber Ihr Programm existiert dann noch.«

Der Holo-Arzt runzelte die Stirn und nahm das Abzeichen entgegen. »Na schön«, sagte er. »Ich lege dieses Objekt...« Er zögerte kurz. »Auf meinen Schreibtisch?«

Pacria nickte. »Ein guter Platz. Dann hatte die Säuberung der Brosche wenigstens einen Si...« Sie unterbrach sich, als ihr plötzlich etwas einfiel. »Bei den Göttern!« brachte sie hervor. »Wieso habe ich nicht sofort daran gedacht?«

Der Doktor richtete einen fragenden Blick auf sie. »Woran hätten Sie denken sollen?«

»Ich muß in mein Quartier zurück«, sagte Pacria hastig und eilte zur Tür.

Sie öffnete sich gerade noch rechtzeitig vor ihr. Die Emmonac lief, so schnell sie konnte, zum nächsten Turbolift und keuchte, nicht nur aufgrund der Anstrengung, sondern auch vor Aufregung.

Der Captain, fuhr es ihr durch den Sinn. *Ich sollte dem Captain Bescheid geben.*

Nein, widersprach die Wissenschaftlerin in ihr. Erst mußte sie einen Bestätigung für ihren Verdacht finden, und *dann* konnte sie Bericht erstatten.

Mit der Gabel schob Paris Neelix' letzte kulinarische Kreation auf dem Teller hin und her, als er bemerkte, daß Chakotay den Speisesaal betrat. Der Erste Offizier sah aus, als hätte er seinen besten Freund verloren.

Paris seufzte. Er kannte das Gefühl.

Chakotay nahm ein Tablett mit Besteck und trat am Servierbereich des Talaxianers vorbei. Er bekam eine Portion von der gleichen undefinierbaren Masse, die auch auf dem Teller des Piloten lag, und ging dann zu einem freien Tisch.

Um mit seinen Gedanken allein zu sein? Oder weil er glaubte, derzeit keine sehr angenehme Gesellschaft zu bieten?

Paris trommelte mit den Fingern auf den Tisch, als er sich fragte, ob er beim Ersten Offizier Platz nehmen sollte? Er riskierte, ihn bei irgendwelchen Überlegungen persönlicher Natur zu stören.

Doch wenn man über solche Dinge nachdenken wollte, konnte man sich in sein Quartier zurückziehen, nicht wahr? Wenn Chakotay ungestört sein wollte, hätte er bestimmt nicht den Speisesaal aufgesucht.

Paris beschloß, diesmal auf Diskretion zu verzichten, hob sein Tablett und näherte sich dem Ersten Offizier. *Zum Teufel auch*, dachte er. *Das Schlimmste, was mir passieren kann, ist ein Kriegsgerichtsverfahren.*

Einmal waren Paris und Chakotay wie zwei Kampfhähne gewesen, bereit, sich gegenseitig zu zerfleischen, sobald sich einer von ihnen eine Blöße gab. Jene Feindschaft ging auf die harte Zeit beim Maquis zurück.

Chakotay hatte Starfleet verlassen und sich der Rebellengruppe angeschlossen, weil er ihre Prinzipien teilte und seine Heimatkolonie gegen die Cardassianer verteidigen wollte. Paris hingegen hatte als Kadett versagt und nie Gelegenheit zu einer beruflichen Laufbahn bei Starfleet gefunden.

Er ließ sich von Ort zu Ort treiben, nahm verschiedene Jobs an und verlor immer mehr die Selbstachtung. Er sank so tief, daß er bereit gewesen wäre, für jeden zu arbeiten, der seine Zeche bezahlte.

In Chakotays Augen wurde der junge Mann zum schlimmsten aller Söldner. Er sah jemanden in ihm, der überhaupt keine Werte und Bindungen hatte. Zu jenem Zeitpunkt entsprach das auch der Wahrheit.

Und dann, auf dem Planeten des Beschützers, riskierte Paris sein Leben, um Chakotay zu retten. Der ältere Mann hatte nie davon gesprochen, in Paris' Schuld zu stehen, aber sie wußten beide darüber Bescheid.

Das mochte einer der Gründe dafür sein, warum sich ihre Beziehung im Lauf der Zeit veränderte und eine neue Grundlage bekam, die aus gegenseitigem Respekt und sogar Zuneigung bestand. Chakotay behandelt Paris nicht besser als andere Besatzungsmitglieder, aber auch nicht schlechter.

Eines Tages rief Janeway Paris in ihren Bereitschaftsraum, und bei jener Gelegenheit war auch Tuvok zugegen – der Vulkanier wirkte noch ernster als sonst. Die Kommandantin sprach von einem Verräter an Bord und bat Paris um Hilfe bei seiner Entlarvung.

Der Plan war ganz einfach: Paris sollte den Anschein erwecken, der Mann zu sein, für den ihn viele zu Anfang gehalten hatten: ein unzufriedener, unzuverlässiger Störenfried. Jemand, der kein Vertrauen verdiente. Es klappte. Und von der ganzen Crew hatte sich Chakotay am schnellsten ködern lassen.

Daran gab es zu jenem Zeitpunkt nichts auszusetzen, denn dadurch spielte Paris seine Rolle noch überzeugender. Schließlich gelang es tatsächlich, die Person zu identifizieren, die den Kazon Informationen schickte.

Chakotay blieb zunächst verärgert, auch deshalb, weil er nicht eingeweiht worden war. Er gewann den Eindruck, daß ihm Captain Janeway nicht vertraut hatte – obwohl es für ihr Schweigen natürlich andere Motive gab. Und daß sie ausgerechnet Paris mit einer so heiklen Mission beauftragte ... Es mußte den Ersten Offizier sehr verletzt haben.

Aber schließlich kam er darüber hinweg. Und nicht nur das. Er schien Paris auch mit neuem Respekt zu begegnen.

Der Pilot blieb vor Chakotay stehen. »Was dagegen, wenn ich mich zu Ihnen setze?«

Der Erste Offizier sah so zu ihm auf, als sei er gerade aus tiefen Grübeleien geweckt worden. »Nein«, antwortete er schließlich. »Natürlich nicht. Setzen Sie sich.«

Paris nahm Platz. Eine Zeitlang schwiegen die beiden Männer, und dann beendete der Pilot die Stille.

»Was glauben Sie?« fragte er.

Chakotay sah ihn. »In welcher Hinsicht?«

»Ich meine, glauben Sie, daß unsere Freunde noch leben?«

Der Erste Offizier zuckte mit den Schultern. »Ja, ich denke schon.«

»Das klingt nicht sehr überzeugt«, sagte Paris.

Chakotay runzelte die Stirn. »Wenn Sie versuchen, mich aufzumuntern, so leisten Sie keine besonders gute Arbeit, Lieutenant.«

Paris lächelte. »Entschuldigung. Es ist schwer, in diesem Zusammenhang nicht ein wenig bitter zu sein.« Er zögerte. »Wissen Sie, ich habe mich von Anfang an für Harry verantwortlich gefühlt. Er wirkte so hilflos.«

Vielleicht hat es ihn jetzt erwischt, dachte Paris, sprach diesen Gedanken jedoch nicht laut aus.

»Wo haben Sie B'Elanna kennengelernt?« fragte er.

Chakotay blickte in die Ferne. »Auf Kaladan Drei, kurz nach dem Rückzug der Föderation von den Randwelten. Eine Gruppe des Maquis hatte dort eine Ladung Phasergewehre erbeutet. Meine Aufgabe bestand darin, sie in Empfang zu nehmen und weiterzuleiten.«

Paris schob den Inhalt seines Tellers erneut hin und

her. »Obwohl es dort zu jenem Zeitpunkt von Cardassianern wimmelte?«

»Ja«, bestätigte der Erste Offizier. »Natürlich mußte alles wie am Schnürchen klappen. Unsere Leute auf dem Planeten hielten sich bereit. Ich sendete das Signal, deaktivierte die Schilde und gab den Befehl, die Waffen an Bord zu beamen.« Er lachte leise. »Aber es wurden nicht nur die Phaser transferiert. Mitten unter den Gewehren befand sich eine Frau, die Sie kennen.«

»B'Elanna«, sagte Paris.

»Genau«, bestätigte Chakotay. »Sie schien der Ansicht zu sein, daß ihre Talente auf Kaladan Drei vergeudet waren. B'Elanna verfügte über Starfleet-Erfahrung, und deshalb ließ der Anführer unserer Gruppe auf Kaladan sie gehen. Zum Glück für uns. Wir flogen gerade los, als uns die Cardassianer entdeckten.«

»B'Elanna half Ihnen?« vermutete Paris.

»Und ob. Unser Schiff war kleiner und manövrierfähiger, aber wir konnten es nicht mit Geschwindigkeit und Feuerkraft der Cardassianer aufnehmen. Es sah ziemlich übel für uns aus. Dann rejustierte B'Elanna unsere energetischen Transferleitungen: Sie leitete die gesamte Energie in unsere Waffensysteme, um eine extrem starke Entladung zu ermöglichen.

Meiner Ansicht nach grenzte die Sache an Selbstmord. Die Leistungsgrenze unseres Triebwerks lag bei knapp Warp acht. Wie sollten wir genug Energie erzeugen, um die cardassianischen Schilde zu durchstoßen? B'Elanna wollte keine Zeit mit Erklärungen verlieren. Sie meinte, ich müßte ihr vertrauen.

Eigentlich hätte ich nicht auf sie eingehen und statt dessen Ausweichmanöver anordnen sollen. Doch irgend etwas in ihren Augen und ihrer Stimme veranlaßte mich, ihr eine Chance zu geben.«

Chakotay erinnerte sich und lächelte.

»Natürlich hielt sie einen Trumpf in der Hand. Auf

Kaladan Drei hatte sie Nachforschungen in Hinsicht auf cardassianische Schildfrequenzen angestellt.«

»Nachforschungen?« wiederholte Paris.

»Die entsprechenden Daten stammten aus Logbüchern des Maquis. Solche Informationen wurden seit dem Beginn der Rebellion gesammelt. Es ging vor allem darum, sie auf angemessene Weise zu korrelieren und dann die richtigen Berechnungen durchzuführen.«

Paris beugte sich vor – die Geschichte interessierte ihn immer mehr. »Woher wußte B'Elanna, welche Frequenz die richtige war?«

»Sie wußte es gar nicht«, erwiderte Chakotay. »Sie wählte die am häufigsten verwendete – und hoffte, daß alles gutging. Glücklicherweise traf sie die richtige Wahl. Unsere Salve durchschlug die cardassianischen Schilde so, als existierten sie überhaupt nicht.

Innerhalb weniger Sekunden wurden wichtige Bordsysteme des cardassianischen Kreuzers schwer beschädigt. Letztendlich mußten die Cardassianer ihre ganzen Bemühungen darauf konzentrieren, das eigene Raumschiff zusammenzuhalten – sie konnten uns nicht an der Flucht hindern.«

Paris nickte anerkennend. »Ein vielversprechender Anfang für B'Elannas Tätigkeit.«

Chakotay nickte. »Ja. Leider fanden die Cardassianer bald heraus, daß wir ihre Schildfrequenzen kannten, und daraufhin nahmen sie natürlich sofort Veränderungen vor. Wie dem auch sei: Es schien B'Elanna immer wieder zu gelingen, ihnen einen Schritt voraus zu sein.«

Kurze Stille folgte, und der Erste Offizier preßte die Lippen zu einem dünnen Strich zusammen. »Ich hätte an die Möglichkeit einer von den Kazon vorbereiteten Falle denken sollen. Ich hätte so etwas irgendwie ... voraussehen müssen.«

Paris richtete einen ungläubigen Blick auf den Ersten Offizier. »Glauben Sie wirklich, Sie wären in der Lage gewesen, dies alles zu verhindern?«

Chakotay antwortete nicht sofort.

»Ich bin der stellvertretende Kommandant dieses Schiffes«, sagte er schließlich. »Ich bin für das verantwortlich, was mit der Crew geschieht – im Guten wie im Schlechten.«

Der Pilot schüttelte den Kopf. »Die Crew besteht nicht aus Kindern, Commander. Sie können sie nicht vor allem schützen, weder im All noch sonst irgendwo.«

In Chakotays dunklen Augen zeigte sich Schmerz, als er Paris ansah. »Ich verstehe, was Sie meinen und worauf Sie hinauswollen, Lieutenant. Ja, ich verstehe es gut. Aber daran zu glauben … Das ist eine ganz andere Geschichte.«

Ja, dachte Paris. *Eine ganz andere Geschichte. Ich fürchte nur, daß in ihr für Harry und B'Elanna kein Happy-End vorgesehen ist.*

Janeway hatte beschlossen, auf die Brücke zurückzukehren, als ihr Name aus den Interkom-Lautsprechern ertönte.

»Captain Janeway? Hier spricht Pacria.«

»Ich höre«, erwiderte die Kommandantin.

»Ich muß Sie sprechen«, sagte die Emmonac. »Vielleicht habe ich in den Sondierungsdaten etwas entdeckt.«

»Ich bin gleich bei Ihnen« entgegnete Janeway.

15

Kurze Zeit später glitt die Tür zu Pacrias Quartier beiseite; die Emmonac saß am Computerterminal. Das Licht der graphischen Darstellungen auf dem Monitor spiegelte sich in ihren Augen wider.

»Nun?« fragte der Captain und trat an die Seite der Frau.

»Hier«, sagte Pacria und deutete auf den Bildschirm.

Janeway blickte über die Schulter der Emmonac und sah eine Analyse der Sondierungsdaten, die das Trümmerfeld im All betrafen. Sie kannte diese spezielle Darstellung, hatte sich selbst eingehend damit beschäftigt: Die Informationen gaben Auskunft über die chemische Zusammensetzung aller Fragmente.

Die Kommandantin bemerkte nichts Außergewöhnliches und sah Pacria an. »Mir fällt nichts auf.«

Die Emmonac berührte eine Schaltfläche und vergrößerte einen Teil der Graphik, der daraufhin das ganze Projektionsfeld beanspruchte. Auf den ersten Blick betrachtet schien er sich nicht vom Rest zu unterscheiden – die einzelnen Fragmente zeigten praktisch die gleiche Größe und Zusammensetzung wie in anderen Bereichen des Trümmerfelds.

Dann weckten rote Punkte Janeways Aufmerksamkeit. »Radioaktive Partikel«, stellte sie fest.

Pacria nickte. »Ja, das stimmt.«

Janeway musterte sie erstaunt und begriff noch immer nicht, was es damit auf sich hatte. »Könnte die

Strahlung auf den Einsatz der Waffensysteme des fremden Raumschiffs zurückgehen?«

»Nein«, sagte Pacria. »Nur ein Volk in diesem Teil des Alls verfügt über entsprechende Waffen: die Emmonac. Und wir zerstören nicht einfach irgendwelche Schiffe so wie in diesem Fall.«

Janeway überlegte kurz. »Die radioaktiven Partikel müssen also von woanders stammen.«

»Ja«, pflichtete Pacria ihr bei. »Und wenn wir sie uns noch genauer ansehen ...« Sie betätigte die Kontrollen und erhöhte die Vergrößerungsstufe. »Dann stellen wir fest, daß es sich um eine ganz besondere Art von radioaktivem Material handelt: um Orillium.«

»Davon höre ich jetzt zum erstenmal«, gestand Janeway.

»Diese Substanz gibt es nur an einem mir bekannten Ort«, sagte Pacria. »In einem Asteroidengürtel, der den Zendak'aa einst als Rohstofflager diente. Er ist etwa zwölf Lichtjahre vom Trümmerfeld entfernt.«

»Ich möchte ganz sicher sein, dies alles richtig zu verstehen«, sagte Janeway. »Glauben Sie, das Orillium stammt aus jenem Asteroidengürtel? Aber wie gelangte es ins Trümmerfeld? Es hätte doch spätestens in dem Augenblick verschwinden müssen, als das betreffende Schiff in den Warptransit ging.«

»Die meisten Raumschiffe in diesem Sektor wurden entweder direkt von den Zendak'aa gebaut oder entsprechen zendak'aanischen Konstruktionsmustern. Und die Zendak'aa-Schilde passen sich den Konturen eines Schiffes nicht so gut an wie die der *Voyager*. Zwischen ihnen und der Außenhülle bleibt ziemlich viel Platz frei. Wenn die Schilde gesenkt und anschließend reaktiviert werden, bleibt manchmal Material an der Außenhülle haften.«

Janeway nickte. »Ein Schiff hätte also die Schilde in der Nähe einer Erzstation senken können, um sie anschließend wieder zu heben und dann dort zu deaktivieren, wo wir das Trümmerfeld fanden – wodurch es radioaktiven Staub zurückließ.«

»Ja«, bestätigte Pacria.

»Aber die Kazon kommen dafür nicht in Frage«, fuhr Janeway fort. »Sie sind Nomaden. Normalerweise befassen sie sich nicht mit solchen Arten der Rohstoffgewinnung.«

»Das stimmt«, sagte Emmonac. »Ein derartiges Verhalten entspräche nicht dem, was ich über sie gehört habe. Aber es gibt zwei andere Völker, die nur zu gern bereit wären, eine zendak'aanische Erzstation zu übernehmen: die Torren'cha und die Nograkh.«

Janeway fiel noch etwas anderes ein. »Wenn der radioaktive Staub tatsächlich auf die von Ihnen beschriebene Weise zum Trümmerfeld gelangte, so muß der Zerstörer die Schilde wenigstens einmal gesenkt haben. Aus welchem Grund?«

Pacria zuckte mit den Schultern. Über diesen Punkt schien sie noch nicht nachgedacht zu haben. »Um ein Erkundungsschiff in den Hangar zurückkehren zu lassen. Oder um das angegriffene Schiff zu plündern.«

»Oder um Gefangene aufzunehmen«, spekulierte Janeway hoffnungsvoll.

Die Emmonac dachte über diese Möglichkeit nach und sah den Captain an. »Was bedeutet, daß Ihre vermißten Besatzungsmitglieder vielleicht noch leben.«

»Ja«, sagte Janeway und versuchte, ihre Aufregung unter Kontrolle zu halten. »Können Sie mir die Position der Erzstation nennen?«

»Nicht die *exakte* Position«, erwiderte Pacria. »Aber ich kann Ihnen die Richtung zeigen. Leider weiß mein Volk nicht viel über jenes Raumgebiet.«

Sie blickte auf den Schirm, nannte Koordinaten und fügte hinzu: »Ich wünsche Ihnen Glück, Captain.«

Janeway wollte zur Brücke zurückkehren, um den Offizieren mitzuteilen, was sie in Erfahrung gebracht hatte – es mußte so schnell wie möglich eine Kurskorrektur durchgeführt werden.

Aber sie beherrschte ihre Ungeduld lange genug, um ›Danke‹ zu sagen.

Pacrias Lippen deuteten ein Lächeln ein. »Gern geschehen.«

Janeway eilte zum nächsten Turbolift und dachte dabei an den Schatten, den sie im Gesicht der Emmonac gesehen hatte. Sie hoffte, daß es Kes irgendwie gelang, Pacria umzustimmen.

Die Tür des Turbolifts öffnete sich, und Chakotay drehte den Kopf. Captain Janeway kehrte auf die Brücke zurück, und sie wirkte recht aufgeregt.

»Ist was passiert?« fragte er, als sie zum Kommandosessel trat.

»Wir haben einen Durchbruch erzielt«, erwiderte Janeway und erklärte ihm, was sie damit meinte.

Der Erste Offizier hörte aufmerksam zu, und kurze Zeit später war er ebenfalls aufgeregt.

Unglücklicherweise mußte jemand den Advocatus Diaboli spielen, Pacrias Entdeckungen und Janeways Zuversicht in Frage stellen. Allem Anschein nach kam diese Pflicht Chakotay zu.

»Und wenn es in dem Sektor nicht nur einen Asteroidengürtel gibt?« fragte er.

»Pacria weiß von keinem anderen«, erwiderte der Captain. »Und ihr Fachgebiet ist stellare Kartographie.«

Chakotay runzelte die Stirn. »Aber wer sagt uns, daß der Zerstörer zur Erzstation zurückgekehrt ist? Warum sollte er überhaupt dorthin fliegen?«

Janeway dachte nach. »Erzstationen brauchen Arbeiter, insbesondere dann, wenn es um die Verarbeitung gefährlicher Substanzen geht. Darin könnte die Aufgabe des fremden Raumschiffs bestanden haben: Vielleicht sollte es neue Arbeiter für die Station herbeischaffen.«

»Es kämen noch viele andere Möglichkeiten in Frage«, erwiderte der Erste Offizier. »Zum Beispiel Zwangsrekrutierung – vielleicht brauchten die Unbekannten Soldaten. Es könnte ihnen auch darum gegangen sei, die Crew ihres Schiffes zu ergänzen.«

»Das läßt sich nicht ausschließen«, räumte Janeway ein. »Aber wir haben festgestellt, daß es zwischen dem Raumschiff und dem Asteroidengürtel eine Verbindung gibt. Ich halte es für wahrscheinlich, daß die Unbekannten dorthin zurückkehren.«

Chakotay sah sie an. Janeway konnte ihm keine Gewißheit anbieten, nur Spekulationen und Vermutungen. Doch er kannte sie lange genug, um ihre Meinungen und Situationsbewertungen zu schätzen zu wissen.

Umgekehrt verhielt es sich ebenso.

»Na schön«, sagte er schließlich. »Ich gebe auf.«

Janeway wandte sich an Paris. »Ändern Sie den Kurs, Lieutenant«, sagte sie und gab ihm die Koordinaten.

»Aye, Captain«, bestätigte der Pilot.

Chakotay sah zum Hauptschirm, der dahingleitende Sterne zeigte. Er hoffte, daß die Kursänderung sie tatsächlich dem Ziel näher brachte, aber freuen würde er sich erst, wenn er B'Elanna und Kim gefunden hatte.

Mit schmutziger, zerrissener Kleidung und verbrannter Haut stand Kes mitten im Lager der Kazon-Ogla und beobachtete ihre spartanische Umgebung.

Die Sonne stand hoch am Himmel: ein großer, gleißender Feuerball. Der Schatten eines einfachen

Zelts schützte Kes vor dem grellen, heißen Glanz, aber er gewährte keinen Schutz vor der vom Boden reflektierten Hitze.

Das Lager bestand zum größten Teil aus solchen Zelten, aber es gab auch noch die knochenweißen, teilweise im Boden verborgenen Ruinen uralter Gebäude, die an eine vergangene Zivilisation erinnerten. Und im Osten standen sechs Scoutschiffe der Kazon.

Damit hatte es sich. Hier hielt man vergeblich nach weiten Plätzen und Kühle spendenden blauen Springbrunnen Ausschau. Hier fehlten hohe Decken, anmutig geschwungene Torbögen und das Auge des Betrachters erfreuende Kunstwerke.

Außerdem fehlten lächelnde Gesichter.

Damit konnte man an einem solchen Ort gewiß nicht rechnen. Nicht in dieser Wüste, die sich außerhalb des Lagers endlos in alle Richtungen erstreckte. In jener Ödnis gab es nur spärliches Gestrüpp, kleine Eidechsen und Insekten, die ständig ums Überleben kämpfen mußten.

Auch die Kazon-Ogla führten hier kein leichtes Leben. Ihre Wasservorräte waren auf ein gefährliches Minimum geschrumpft – schorfige Gesichter und spröde Lippen wiesen deutlich darauf hin. Sie befanden sich nur deshalb in der Wüste, um seltene Mineralien aus dem Boden zu gewinnen, die sie anderen Kazon-Sekten verkaufen konnten.

Sie behaupteten, Kes' Herren zu sein, aber ihre Kleidung sah nicht viel besser aus. Und sie waren auch nicht viel besser ernährt.

Kes seufzte. Sie erinnerte sich an jene Mischung aus Neugier und Abenteuerlust, die sie veranlaßt hatte, ihre unterirdische Heimat zu verlassen. Ebenso deutlich entsann sie sich an die Wildheit, mit der Männer und Frauen der Kazon sie gepackt hatten, als sie aus dem Tunnel kam. Anschließend traten und verfluchten die Kazon sie, als sie feststellen mußten, daß sich der Zugang zur subplanetaren Welt hinter ihr geschlossen hatte.

Das Leben bei diesen Leuten kam der Hölle gleich. Immer wieder mußte die zart gebaute Kes Dinge schleppen, die viel zu schwer für sie waren. Und wenn sie sich dabei etwas zuviel Zeit ließ, wurde sie wegen angeblicher Faulheit bestraft.

Die Ocampa erinnerte sich an ihr Elend im Lager, an die Erniedrigung, daran, wie ein Tier behandelt zu werden. An die Verzweiflung darüber, Freunde und Verwandte nie wiederzusehen.

Es war Kes alles andere als leicht gefallen, diese spezielle holographische Simulation zu programmieren und sich ihr dann auszusetzen. Alles wirkte so echt, daß ein Teil von ihr die *Voyager* für eine Illusion hielt und diese Umgebung für die Realität.

Immer wieder mußte sie sich selbst darauf hinweisen, keine Sklavin der Kazon mehr zu sein. Neelix und die Crew der *Voyager* hatten sie gerettet, sie in Sicherheit gebracht.

Kes wollte sich noch einmal mit der Angst konfrontieren, die sie damals empfunden hatte. Sie konnte sich keine schrecklichere Situation vorstellen – nie zuvor war sie mit so grausamen Leuten konfrontiert gewesen. Um ihre derzeitigen Erlebnisse noch intensiver zu gestalten, hatte sie bestimmte Sicherheitsfunktionen des Holo-Decks außer Kraft gesetzt: Sie konnte jetzt verletzt werden.

Sie hoffte, auf diese Weise in der Lage zu sein, sich in Pacrias emotionale Situation zu versetzen und ihren Haß auf die Zendak'aa besser zu verstehen. Es ging ihr darum, Chakotays Rat zu befolgen – vielleicht fand sie auf diese Weise eine Möglichkeit, Pacrias inneren Schmerz zu lindern.

»Ocampa-Hündin!« rief jemand hinter ihr.

Kes drehte sich um und hob gerade noch rechtzeitig die Arme, um sich einigermaßen zu schützen. Die Faust des Kazon streifte ihr Gesicht nur, aber sie schmeckte trotzdem Blut, taumelte und fiel.

Die Wucht des Aufpralls preßte ihr die Luft aus den Lungen. Kes wußte, daß der Angreifer in unmittelbarer Nähe stand, dazu bereit, erneut zuzuschlagen. Deshalb versuchte sie sofort, sich in die Höhe zu stemmen. Bevor sie ganz auf die Beine kommen konnte, wurde sie von hinten gepackt und herumgerissen.

Plötzlich blickte sie ins Gesicht von Maje Jabin, Oberhaupt der Kazon-Ogla. Ärger und Zorn verwandelten Jabins Miene in eine Grimasse.

Ich hätte damit rechnen sollen, dachte die Ocampa.

Jabin war integraler Bestandteil des Holo-Programms – die Simulation sollte ebenso schmerzhaft sein wie das, was sie damals wirklich erlebt hatte. Jabin verdankte sie einen großen Teil des Leids, an das sie sich erinnerte.

»Hast du nichts Besseres zu tun, als hier herumzulungern?« fauchte der Kazon. Speichelreste bildeten weißen Schaum in seinen Mundwinkeln.

Er schlug noch einmal zu, und sein Handrücken traf das Gesicht der Ocampa. Ihre Knie zitterten, aber irgendwie gelang es ihr, auf den Beinen zu bleiben.

»Oder hältst du Arbeit für unter deiner Würde?« fragte Jabin höhnisch.

Er riß an ihrem Haar und zog den Kopf näher. Es tat sehr weh, aber Kes ertrug die Pein.

Es blitzte in den Augen des Kazon. »Möchtest du vielleicht die Füße hochlegen und zusehen, wie die *Kazon* arbeiten?«

Er fletschte die Zähne und schlug erneut zu, und dann noch einmal. Bis die blutigen Lippen der Ocampa angeschwollen waren und ihr sogar die Kraft fehlte, um ihr Leben zu betteln.

Aber der Maje wollte sie gar nicht töten. Warum sollte er sie umbringen, wenn er seinen Frust an ihr auslassen konnte? Nein, er würde Kes am Leben erhalten, solange sie ihm Gelegenheit gab, sich besser zu fühlen, indem er sie quälte.

Kes sah ihn an, und heiße Tränen der Scham rannen ihr über die sonnenverbrannten Wangen. Sie erinnerte sich an alle Einzelheiten. Die Ocampa lehrten ihre Kinder, nicht zu hassen, aber in jenem Augenblick war sie dem Haß näher gewesen als jemals zuvor in ihrem kurzen Leben.

Wer gab Jabin das Recht, sie gegen ihren Willen festzuhalten? Wer gab ihm das Recht, sie wie ein Lasttier zu behandeln, sie zu schlagen und sie zu entwürdigen?

Sie hätte ihm gern gesagt, was sie von ihm hielt. Sie hätte gern das grimmige Lächeln aus seinem Gesicht vertrieben.

Aber Kes blieb stumm – und nicht nur deshalb, weil sie weitere Schläge vermeiden wollte. Sie schwieg, weil sie Jabin nicht verraten wollte, wie sehr er sie gedemütigt hatte. Sie wollte ihm keine Genugtuung gönnen …

Die Ocampa unterbrach ihre Überlegungen. Sie glaubte, auf etwas gestoßen zu sein. Die ersten Konturen einer Idee zeichneten sich ab …

Genugtuung, dachte sie.

Ja, Genugtuung.

Mühsam stand Kes auf und blickte zum Himmel hoch, an dem noch immer eine gnadenlose Sonne gleißte. Dort stellte sie sich irgendwo den Kontrollmechanismus des Holodecks vor.

Die Kazon-Ogla starrten sie an. Zeigten auf sie. Verfluchten sie, lachten sie aus. Und Jabin, ihr größter Peiniger, lachte lauter als alle anderen.

»Programm beenden«, sagte Kes. Das Sprechen mit den angeschwollenen Lippen fiel ihr schwer.

Von einem Augenblick zum anderen verschwanden die Kazon, das Lager und die Wüste. An den Wänden bildeten gelbe Linien ein Gittermuster auf schwarzem Grund.

Vielleicht hatte Kes eine Möglichkeit gefunden, Einfluß auf Pacria auszuüben. Doch zuerst mußte sie zur Krankenstation – in ihrem derzeitigen Zustand konnte sie für niemanden etwas tun.

16

Janeway las Tuvoks letzten Bericht, der leider keine guten Nachrichten enthielt.

Sie befanden sich inzwischen in Sensorreichweite der von Pacria genannten Koordinaten, doch dort schien es keinerlei Raumstationen zu geben.

Alles deutete darauf hin, daß sie erneut eine Enttäuschung hinnehmen mußten.

Ihre Vorräte gingen immer mehr zur Neige, und hinzu kam die Ungewißheit ihrer derzeitigen Mission. Unter solchen Umständen riet der gesunde Menschenverstand dazu, die Suche aufzugeben, einen Schlußstrich zu ziehen und sich mit den Konsequenzen abzufinden.

Die Kommandantin der *Voyager* hielt viel von Rationalität. Das hatte sie immer wieder bewiesen.

»Janeway an Commander Chakotay«, sagte sie laut.

»Hier Chakotay.«

»Ich würde Sie gern sprechen, Commander. In meinem Bereitschaftsraum.«

Kurze Stille folgte. »Ich bin gleich bei Ihnen«, erwiderte der Erste Offizier.

Es dauerte nicht lange, bis der Türmelder summte, und nach einem knappen ›Herein‹ von Janeway betrat Chakotay den Bereitschaftsraum. Er sah wie jemand aus, der das Schlimmste erwartete.

»Tuvok hat Ihnen Bericht erstattet«, sagte Chakotay.

»Ja«, bestätigte Janeway.

Der Erste Offizier preßte kurz die Lippen zusammen. »Wir können sie nicht einfach so aufgeben«, sagte er dann. »Darauf haben wir beim Maquis großen Wert gelegt. Was auch immer geschah: Wir ließen niemanden im Stich.«

Janeway seufzte und deutete auf die andere Seite des Schreibtischs. »Bitte nehmen Sie Platz, Commander.«

Chakotay setzte sich, aber Haltung und Gesicht brachten auch weiterhin Entschlossenheit zum Ausdruck.

Janeway drehte den Tischmonitor, damit der Erste Offizier einen Blick auf das Projektionsfeld werfen konnte. Er las die aktuellen Angaben über die Wasser- und Lebensmittelvorräte, sah dann auf.

»Wir brauchen neuen Proviant«, stellte er fest. »Aber dadurch ändert sich nichts. Zumindest nicht für mich. B'Elanna und Harry sind noch immer irgendwo dort draußen, und wir müssen sie finden.«

»Ich möchte unsere Freunde ebensowenig aufgeben wie Sie«, sagte Janeway ruhig. »Deshalb habe ich Lieutenant Tuvok gebeten, einen Kurs zu extrapolieren, als sich die Ionenspur auflöste. Aus dem gleichen Grund bekam Paris von mir nicht den Befehl zur Kursumkehr, als ich die Ergebnisse der letzten Sondierungen erfuhr.«

Chakotay kniff die Augen zusammen. »Aber?«

Der Captain beugte sich vor. »Ich gebe B'Elanna und Kim nicht auf – in dieser Hinsicht können Sie ganz beruhigt sein. Ich möchte die Suche fortsetzen, ganz gleich, wie es um unsere Vorräte bestellt ist.«

Chakotay musterte die Kommandantin überrascht. Offenbar hatte er eine Auseinandersetzung erwartet. »Warum bin ich dann hier?«

Janeway lehnte sich wieder zurück. »Wir hoffen alle, daß die beiden Vermißten noch leben, aber wir müssen auch die Möglichkeit einkalkulieren, daß sie tot sind.

Und beide nahmen sehr wichtige Aufgaben an Bord dieses Schiffes wahr.«

Chakotay nickte. »Mit anderen Worten: Wir sollten eine Übergangsphase vorbereiten. Nur für den Fall.«

»Ja, nur für den Fall«, wiederholte Janeway. »Bitte suchen Sie den Maschinenraum auf und treffen Sie dort alle Vorbereitungen. Der Übergang sollte möglichst glatt sein, wenn er sich nicht vermeiden läßt.« Sie nannte dem Ersten Offizier die Einzelheiten. »Ich glaube, das sind wir der Crew schuldig.«

Chakotay lächelte ein wenig traurig. »Ja. Da haben Sie vermutlich recht.« Er stand auf. »Ist das alles?«

»Das ist alles«, bestätigte der Captain. »Sie können gehen.«

Der Erste Offizier ging zur Tür, blieb dort noch einmal stehen und sah zum Schreibtisch zurück. »Danke«, sagte er.

»Danke wofür?« fragte Janeway. »Es sind auch meine Freunde.«

Chakotay zögerte einige Sekunden lang, ohne ein Wort zu sagen. Dann drehte er sich um und verließ den Bereitschaftsraum.

Janeway war wieder allein und wandte sich erneut dem Monitor zu. Die Daten im Projektionsfeld sahen nicht besser aus als vorher: Der gesunde Menschenverstand verlangte noch immer, die Suche aufzugeben und zum nächsten Planeten der Klasse M zu fliegen.

Die Kommandantin hielt auch weiterhin viel von Rationalität, aber in diesem besonderen Fall wollte sie eine Ausnahme machen. Sie konnte und wollte sich nicht dazu durchringen, zwei Besatzungsmitglieder der *Voyager* ihrem Schicksal zu überlassen.

Janeway und ihre Crew waren aufeinander angewiesen – das durfte sie nicht vergessen. Sie wollte die Suche nicht aufgeben, solange es den Hauch einer Chance gab, daß B'Elanna und Kim noch lebten.

Trotz der harten Arbeit und ihrer Erschöpfung konnte B'Elanna nicht schlafen. Alles schmerzte, vor allem der Hals. Die Strahlung machte sich immer mehr bemerkbar und nahm ihr die Kraft.

Sie sah zu Kim, der unruhig neben ihr schlief. Dunkle Ringe zeigten sich unter seinen Augen, und die ungesunde Gesichtsfarbe wies deutlich darauf hin, wie sehr er litt. B'Elanna war sicher, daß sie selbst nicht viel besser aussah.

Sie hatten eine Chance bekommen, diesem langsamen Tod zu entkommen – eine bessere Chance, als sie sich erträumen konnten. Aber es war ihnen nicht gelungen, sie zu nutzen. Und eine zweite Gelegenheit dieser Art bekamen sie bestimmt nicht.

Auf der anderen Seite des Raums bewegte sich jemand, und zwar bei den Nograkh-Gefangenen. B'Elanna beobachtete, wie Tolga aufstand und in ihre Richtung schritt.

Sie gab keinen Ton von sich, als er neben ihr niederkauerte, so als sei er auf der Suche nach einem neuen Schlafplatz. Er wandte der Tür den Rücken zu, und die Chefingenieurin stellte fest, daß sein Gesicht ebenfalls Anzeichen von Erschöpfung offenbarte. Doch in Tolgas Augen brannte ein seltsames Feuer.

»B'Elanna Torres«, flüsterte er, »ich brauche Ihre Hilfe.«

Sie musterte ihn. »Wobei?«

Tolga sah sich um. »Bei der Flucht aus diesem elenden Kerker«, flüsterte er etwas lauter.

B'Elanna glaubte, ihren Ohren nicht trauen zu können. Tolga konnte unmöglich das gesagt haben, was sie gehört hatte. »Wie bitte?«

Der Nograkh runzelte die Stirn. »Es geht um unsere *Flucht*.«

Torres starrte ihn so an, als hätte er sie aufgefordert,

Dom-Jot mit der Kai von Bajor zu spielen. So absurd erschien ihr seine Absicht.

»Wir haben es schon einmal versucht«, erinnerte sie ihn. »Und zwar ohne großen Erfolg, wenn ich mich recht entsinne.«

»Beim letzten Mal wußte ich nicht, was ich jetzt weiß«, erwiderte Tolga.

B'Elanna setzte sich etwas weiter auf. »Und was wissen Sie jetzt?«

»Ich weiß, daß man vom Korridor aus ein sekundäres Kontrollzentrum erreichen kann.«

»Ein sekundäres Kontrollzentrum«, murmelte die Chefingenieurin.

Sie rief sich ins Gedächtnis zurück, was sie gesehen hatte, während sie durch die Gänge gestürmt war. An irgendein Kontrollzentrum erinnerte sie sich nicht.

»Ich habe es bemerkt, kurz bevor uns die Wächter stellten«, fuhr Tolga fort. »Eine graue Tür mit zwei Beschlägen. Dahinter befinden sich die Kontrollen – von dort aus kann eine einzelne Person alle Waffen in dieser Station deaktivieren.« Er zögerte kurz. »Das glaube ich jedenfalls.«

»Sie sind nicht sicher?« fragte B'Elanna skeptisch.

»Meine Erfahrungen sind auf Kampfschiffe beschränkt«, erklärte Tolga. »An Bord solcher Kreuzer gibt es mindestens zwei sekundäre Kontrollzentren. Was ich hier gesehen habe, deutet auf eine ähnliche Konfiguration hin. Ich bin ziemlich sicher, daß wir dort entsprechende Kontrollen vorfinden.«

B'Elanna überlegte. An Bord von Föderationsschiffen gab es ähnliche Einrichtungen. Aber dies war weder ein Föderationsschiff noch ein Kampfkreuzer der Nograkh. Wenn sich Tolga in Hinsicht auf die graue Tür irrte ...

»Wenn es uns gelingt, das Kontrollzentrum zu erreichen ...« Aufregung ließ Tolgas Stimme rauher klingen. »Dann können wir die Waffen der Wächter deaktivieren. Und da wir in der Überzahl sind ...«

»Sollten wir eigentlich imstande sein, die Wächter zu überwältigen«, sagte B'Elanna.

»Ja. Wenn der nächste Erztransporter eintrifft, übernehmen wir ihn und verschwinden von hier. Stunden- oder gar tagelang wird niemand bemerken, daß es an Bord der Station ein Problem gibt.« Er beugte sich näher zu ihr. »Die Nograkh wären bereit, *mir* zu folgen, doch bei den anderen ist das wahrscheinlich nicht der Fall. Leute wie ich sind bei ihnen nicht sehr beliebt. Aber eine Person wie *Sie*, die bereits ihren Respekt gewonnen hat ...«

B'Elanna seufzte. »Ich bin bereit, die Führung zu übernehmen. Aber was ist, wenn sich hinter der grauen Tür kein Kontrollzentrum befindet?«

Tolga zuckte mit den Schultern. Er war ganz offensichtlich der Meinung, daß sie alles auf eine Karte setzen mußten.

Die Alternative bestand darin, langsam aber sicher zu sterben. Und B'Elannas Hoffnung auf Rettung schwand rasch. Sie glaubte noch immer, daß es der *Voyager* schließlich gelingen würde, sie zu finden, aber vielleicht waren sie dann schon tot.

Tolga schnitt eine Grimasse. »Ich möchte hier nicht an der Strahlenkrankheit zugrunde gehen. Wenn wir das Kontrollzentrum nicht erreichen, oder wenn es gar nicht existiert ... Dann sterben wir im Kampf. Für einen Krieger ist das doch kein schlechter Tod, oder?«

B'Elanna dachte darüber nach. »Da haben Sie recht«, stimmte sie dem Nograkh zu.

»Sie sind also bereit, uns anzuführen?« fragte Tolga.

»Ja, das bin ich«, bestätigte Torres.

Der Nograkh nickte und kehrte zu seinem Platz zurück, was B'Elanna Gelegenheit gab, Kim zu wekken und ihn einzuweihen.

Chakotay betrat den Maschinenraum und sah sich um. Sofort spürte er eine Veränderung.

Er wußte nicht genau, worum es sich handelte. Alle Techniker und Ingenieure arbeiteten mit der gleichen Tüchtigkeit wie zuvor. Mit einem Blick auf die Displays einer nahen Konsole stellte der Erste Offizier fest, daß alle Systeme einwandfrei funktionierten.

Und doch war etwas anders als sonst.

»Kann ich Ihnen helfen, Sir?« erklang eine Stimme hinter ihm.

Chakotay drehte sich um und sah Lieutenant Carey. Der rothaarige Mann wirkte fast wie eine Glucke, die versuchte, ihre Küken zu schützen.

In gewisser Weise hielt Carey die Triebwerke für seine Kinder und den Maschinenraum für sein Nest. Diese Haltung war recht deutlich geworden, als er die Nachfolge des ursprünglichen Chefingenieurs der *Voyager* antrat, um kurze Zeit später von B'Elanna Torres abgelöst zu werden.

»Ich muß mit Ihnen reden«, sagte der Erste Offizier ernst.

Chakotay führte Carey in eine Ecke des Maschinenraums und sah ihm dann in die Augen.

»Wir setzen die Suche nach Lieutenant Torres und Fähnrich Kim fort«, sagte er. »Aber wir müssen uns auch auf die Möglichkeit vorbereiten, daß wir sie nicht finden. Für diesen Fall möchte der Captain, daß Sie als Chefingenieur tätig werden.«

Carey nickte. »Wie ich hörte, hat sich bei der Suche bisher nicht viel ergeben.«

»Das stimmt leider«, bestätigte Chakotay.

Carey blickte auf seine Hände hinab. »Wissen Sie, es gab einmal eine Zeit, zu der ich auf diese Nachricht anders reagiert hätte. Ich will damit nicht sagen, daß ich Lieutenant Torres jemals etwas Schlimmes wünschte – ich bin nicht *so* dumm gewesen.

Aber Sie erinnern sich bestimmt an unsere Differenzen.«

Der Erste Offizier entsann sich gut daran. Bei einem Streit hatte B'Elanna zugeschlagen und Carey an mehreren Stellen das Nasenbein gebrochen.

»Zuerst habe ich sie nur für einen Hitzkopf des Maquis gehalten«, fuhr Carey fort. »Für jemanden, der sich nicht um Regeln und Vorschriften schert. Das war ein Irrtum, wie sich schließlich herausstellte.« Er sah auf. »Nichts für ungut, Sir.«

Chakotay nickte wortlos.

»Ich habe unter der Leitung von mehreren Chefingenieuren gearbeitet, wie Sie meiner elektronischen Personalakte entnehmen können«, sagte Carey. »Niemand von ihnen verstand sein Handwerk so gut wie Lieutenant Torres. Und niemand wurde so sehr geschätzt wie sie.«

Der Erste Offizier schluckte. »Ja«, entgegnete er. »Ich weiß. Und ich bin Ihnen dankbar dafür, daß Sie ausdrücklich darauf hinweisen, Mr. Carey. Wie dem auch sei: Wir müssen auf alles vorbereitet sein.«

Carey nickte. »Aye, Commander. Sie können sich auf mich verlassen.«

Chakotay lächelte schief. »Genau das wollte ich von Ihnen hören. Leisten Sie auch weiterhin gute Arbeit, Lieutenant.«

»Ich werde mir alle Mühe geben«, sagte Carey.

Der Erste Offizier wandte sich ab und schritt in Richtung Ausgang. Er hielt nach wie vor an der Hoffnung fest, daß B'Elanna Torres und Harry Kim noch lebten, daß Carey nicht die Leitung des Maschinenraums übernehmen mußte.

Aber bei allen Schutzgeistern und Seelenfreunden: Mit jeder verstreichenden Minute wurden Chakotays Hoffnungen geringer.

17

Janeway betrat die Brücke und freute sich nicht gerade auf das, was jetzt bevorstand. Immerhin hatten sie alle gehofft, daß sich durch Pacrias Hinweis wirklich etwas Konkretes ergab.

Doch bisher war es nicht gelungen, eine neue Spur von B'Elanna und Kim zu finden. Sie hatten Zeit und wertvolle Ressourcen geopfert, ohne irgend etwas zu entdecken.

Ihnen blieb nichts anderes übrig, als es noch einmal mit dem ursprünglichen Plan zu versuchen, der auf Tuvoks Extrapolationen beruhte. Janeway hielt nicht besonders viel davon, aber sie sah keine andere Möglichkeit.

Außerdem: Sie war die Kommandantin der *Voyager*. Und das bedeutete, daß sie alle schwierigen Entscheidungen treffen mußte.

Sie nahm im Kommandosessel Platz und wandte sich an den Piloten. »Mr. Paris?«

Er drehte sich um und schien zu ahnen, was nun bevorstand. »Aye, Ma'am?«

»Neuer Kurs«, sagte Janeway. »Zwei drei vier Komma zwei.«

»Bestätigung«, sagte Paris und versuchte, sich seine Enttäuschung nicht anmerken zu lassen. Er berührte mehrere Schaltflächen. »Kurs wird geändert«, meldete er mit einer Stimme, die nur pflichtbewußt klang, nicht aber begeistert.

»Captain«, sagte Tuvok.

Janeway sah in seine Richtung und fragte sich, was er ihr mitteilen wollte. Hatte er seine Meinung inzwischen geändert? Sah er die Situation jetzt aus einer anderen Perspektive?

»Ja, Lieutenant?«

Das Gesicht des Vulkaniers blieb ausdruckslos, aber in seinen Augen zeigte sich ein ganz besonderer Glanz – er schien etwas entdeckt zu haben.

»Die Fernbereichsensoren orten etwas«, sagte Tuvok. »Ich glaube, es handelt sich um eine Art Raumstation.«

Janeway stand auf und näherte sich der taktischen Konsole. Ihr Herz schlug plötzlich schneller. »Eine Raumstation?« *Vielleicht* die *Raumstation*? dachte sie.

»Ja«, bestätigte der Vulkanier. »Zwar deutet nichts darauf hin, daß die beiden Vermißten dorthin gebracht wurden, aber es ist das einzige künstliche Objekt in diesem Raumsektor.«

Janeway nickte. »Können Sie eine visuelle Erfassung vornehmen?«

»Ich versuche es.«

Wenige Sekunden später änderte sich die Darstellung des Hauptschirms. Janeway mußte genau hinsehen, um mitten im Projektionsfeld ein graues Etwas zu erkennen: eine von Asteroiden umgebene Raumstation.

Asteroiden. *Erzgewinnung*, dachte die Kommandantin. Es sah immer vielversprechender aus.

Allem Anschein nach war die Station unbeschädigt und in Betrieb. Mit etwas Glück befanden sich B'Elanna und Kim dort, vielleicht nicht gerade munter, aber hoffentlich gesund.

»Wir müssen die Sache überprüfen, Captain«, sagte Chakotay.

»Der Meinung bin ich auch«, erwiderte Janeway. Sie kniff die Augen zusammen und wandte sich an den Piloten. »Mr. Paris, ich nehme die Anweisung zurück, die ich Ihnen eben gegeben habe. Wir setzen den Flug auf dem alten Kurs fort.«

Paris lächelte. »Freut mich sehr, Sir«, sagte er, und seine Finger huschten noch schneller als vorher über die Schaltelemente.

Neben dem Captain murmelte Chakotay etwas in seiner indianischen Muttersprache. Janeway verstand die Worte nicht, glaubte aber, daß sie Hoffnung zum Ausdruck brachten.

Sie sah den Ersten Offizier an und lächelte. »Höchstgeschwindigkeit«, sagte sie.

Immerhin trennte sie noch eine ziemlich große Entfernung von der Station, und Janeway war ebenso versessen darauf wie die anderen, sie zu erreichen.

Vielleicht wünschte sie es sich sogar noch etwas mehr.

B'Elanna erwachte, als jemand sie am Arm berührte. Zum Glück war sie geistesgegenwärtig genug, keinen überraschten Schrei von sich zu geben oder zuzuschlagen.

Eine Sekunde später sah sie, wem die Hand gehörte: Kim. Unmittelbar im Anschluß daran begriff sie auch, warum der Fähnrich sie geweckt hatte. Sie stemmte sich auf einem Ellenbogen hoch und ließ ihren Blick durch den Raum schweifen.

Die meisten Gefangenen waren wach. Und wer noch schlief, wurde gerade geweckt. Es herrschte eine gespannte, erwartungsvolle Atmosphäre – B'Elanna dachte an ein Raubtier, das sich zum Sprung duckte.

Die drei Wächter außerhalb der Ruhekammer bemerkten offenbar nichts. Gut so. Wenn sie Verdacht geschöpft hätten, wäre es kaum möglich gewesen, sie zu überlisten.

B'Elanna sah zu Tolga. Er spürte ihren Blick und erwiderte ihn. Seine stumme Botschaft lautete: *So oder so – wir haben die letzte Schicht in der erzverarbeitenden Anlage hinter uns gebracht*. Entweder gelang es ihnen, in die Freiheit zurückzukehren, oder sie starben.

Auch B'Elanna lag nichts daran, die Schufterei fortzusetzen und dabei von der Strahlung langsam verbrannt zu werden. Aber sie wollte diese Sache *lebend* überstehen.

»Es wird Zeit«, flüsterte ihr Kim zu.

»Höchste Zeit«, pflichtete ihm die Chefingenieurin bei.

Sie wartete, bis alle bereit zu sein schienen. Dann sah sie zu Ogis, einem der Nograkh. Der Krieger nickte und trat zu Widderhorn, der sich völlig ahnungslos gab.

Ogis murmelte etwas und stieß mit dem Stiefelabsatz zu. Widderhorn reagierte, griff nach dem Fuß des Aggressors und brachte den Nograkh zu Fall. Und damit nicht genug: Er stürzte sich auf ihn.

Das weckte die Aufmerksamkeit der Wächter. Sie sahen sich an und lächelten, kamen dann in den Ruheraum. Allerdings achteten sie zunächst darauf, einen sicheren Abstand zu den beiden Kämpfenden zu wahren. Aber sie wirkten nicht besorgt, nur amüsiert.

Was sich als ein Fehler erweisen würde, wenn alles nach Plan lief.

Unterdessen rangen Widderhorn und der Nograkh so miteinander, als meinten sie es ernst. Was vielleicht tatsächlich der Fall war. Einerseits arbeiteten sie auf ein gemeinsames Ziel zu, aber andererseits ließen sie sich jetzt auch von ihren Instinkten leiten.

Dagegen gab es nach B'Elannas Ansicht nichts einzuwenden – es machte die ganze Angelegenheit nur noch glaubwürdiger.

Schließlich hatten die Wächter genug gesehen. Einer wartete bei der Tür, und die beiden anderen näherten sich, um den Kampf zu beenden. Eine halbe Sekunde lang schienen B'Elanna, Kim und die anderen Gefangenen den Atem anzuhalten – und dann wurden sie schlagartig aktiv.

Tolga trat nach dem Arm des ersten Wächters. Der betreffende Nograkh ließ die Waffe fallen, und ein anderer Gefangener griff danach. Ein dritter brachte ihn zu Fall.

Der zweite Wächter drehte sich um und hob sein Gewehr, doch jemand stieß den Lauf nach oben. Er kam nicht dazu, den Auslöser zu betätigen, denn plötzlich hingen Gefangene wie Kletten an ihm.

Das einzige Problem bestand nun in dem Wächter an der Tür. B'Elanna sah, wie er zögerte und sich zu fragen schien, ob er eingreifen oder besser Hilfe holen sollte. Er wählte die erste Möglichkeit.

Der Mann hob seinen Strahler und rief eine Warnung, doch die Gefangenen schenkten ihm keine Beachtung und ließen nicht von den beiden anderen Wächtern ab. Der Nograkh an der Tür knurrte und feuerte.

Ein Strahlblitz raste durch den Ruheraum und bohrte sich in den Rücken eines Gefangenen. Der Getroffene fluchte und sank zu Boden – die Entladung hatte ein großes Loch in seinem Rücken hinterlassen.

Der Wächter schoß erneut und tötete einen weiteren Gefangenen.

B'Elanna war bereits losgelaufen und wurde immer schneller. Was der Aufmerksamkeit des Wächters nicht entging: Er drehte sich zu ihr um.

Aber er konnte nicht mehr rechtzeitig reagieren.

Torres sprang, streckte die Hände der Kehle des Nograkh entgegen und drückte so fest zu, daß der Mann keine Luft mehr bekam. Mit einer Hand hielt er das Gewehr fest, und mit der anderen versuchte er, B'Elanna abzuwehren – vergeblich.

Jemand packte den Wächter von hinten, und eine

dritte Person riß ihm den Strahler aus der Hand. Dann verschwand der Nograkh unter einem Berg aus zornigen Gefangenen, was B'Elanna keineswegs bedauerte – sie brachte es nicht fertig, dem Wächter auch nur einen Hauch von Mitgefühl entgegenzubringen.

Wie man in den Wald hineinruft, so schallt es heraus, dachte Torres.

Kim trat zu ihr. »Alles in Ordnung?« fragte er.

»Es ging mir nie besser«, log sie.

Tolga warf ihr eine der erbeuteten Waffen zu. »Hier entlang!« rief B'Elanna und hob den Strahler wie ein Banner.

Sie eilte zur Tür, spähte hinaus und hielt nach weiteren Wächtern Ausschau. Als sie weit und breit niemanden sah, forderte sie die übrigen Gefangenen mit einem Wink auf, ihr zu folgen.

Sie sprintete los und verließ den Raum in Richtung sekundäres Kontrollzentrum. Kim und die anderen blieben ihr dicht auf den Fersen.

Janeway blieb lange im Kommandosessel sitzen, sah zum Hauptschirm und beobachtete die ferne Raumstation. Fast unmerklich wurden sie und der Asteroidenschwarm größer, bis die entsprechende Darstellung das ganze Projektionsfeld füllte.

Jetzt trennten sie nur noch wenige Flugminuten vom Ziel, und Janeway spürte ein flaues Gefühl in der Magengrube. Es war eine Sache, tagelang zu suchen – und eine ganz andere, dem Moment der Wahrheit nahe zu sein. Bald würde sich herausstellen, ob sich ihre bisherigen Bemühungen gelohnt hatten.

Nicht nur Janeway beobachtete die Raumstation. Chakotay brachte ihr ebenso großes Interesse entgegen. Das galt auch für Tuvok. Und für Paris, der an Bord der *Voyager* eine neue Familie gefunden hatte – er verabscheute die Vorstellung, zwei Mitglieder jener Familie zu verlieren.

Die Ortung der Station gibt uns allen eine zweite Chance, dachte Janeway. Die Chance, dem Schicksal ein Schnippchen zu schlagen und zwei Freunde zu retten. Und ohne Pacria, die selbst eine zweite Chance erhalten hatte, als die *Voyager* ihr Forschungsschiff fand, wäre das nicht möglich gewesen.

Auf diese Weise wurde ein Ausgleich geschaffen.

Wenn es im Delta-Quadranten so etwas wie Gerechtigkeit gab, dann würden sie B'Elanna und Kim finden, lebend und unverletzt. Und vielleicht bekamen die beiden Vermißten anschließend Gelegenheit, jene Frau kennenzulernen, die einen wichtigen Beitrag zu ihrer Rettung geleistet hatte.

Janeway wußte nicht, ob es Kes gelingen würde, Pacria umzustimmen und sie dadurch am Leben zu erhalten. Sie hatte keine Ahnung, mit welchen Mitteln die Ocampa ihr Ziel zu erreichen hoffte und wie die Emmonac reagieren mochte. Von ganzem Herzen wünschte sie sich, daß Pacria für ihre harte Arbeit belohnt wurde.

Und zwar mit etwas, an dem ihr besonders viel lag.

Die Kommandantin beugte sich vor, als ihr der Hauptschirm eine Veränderung zeigte.

»Raumschiffe«, sagte sie.

»Ja«, bestätigte Tuvok. »Sechs, um ganz genau zu sein.«

Der Captain beobachtete die Schiffe. »Sie sind zu klein, um für taktische Zwecke eingesetzt zu werden. Vermutlich handelt es sich um Transporter.«

Die Schiffe flogen zur Raumstation und leiteten dort Andockmanöver ein. Sie wirkten wie grimmige, graue Kinder, die versuchten, von einer ebenfalls grimmig anmutenden Mutter Nahrung zu bekommen.

Nun, es ergab durchaus einen Sinn. Eine derartige

Verarbeitungsstation brauchte Rohmaterialien, und das daraus gewonnene Erz mußte fortgebracht werden. Und ohne Transportertechnik ließ sich das nur mit Frachtschiffen erledigen.

Chakotay trat an die Seite der Kommandantin. »Wir wissen nicht, wozu jene Schiffe imstande sind. Beim Maquis verfügten wir über Transportschiffe, die ein ziemlich großes Kampfpotential hatten. Und vielleicht sind die kleinen Raumer schneller, als wir glauben.«

Janeway bedachte ihn mit einem nachdenklichen Blick. »Schlagen Sie vor, hier zu warten, bis die Schiffe wieder fortfliegen?«

Der Erste Offizier runzelte die Stirn. »Ich denke schon. Glauben Sie mir, Captain: Niemand möchte schneller zur Station als ich. Aber ich kann sehr geduldig sein, wenn sich dadurch unsere Aussichten verbessern, B'Elanna und Kim zu retten.«

Janeway überlegte kurz. »Na schön«, sagte sie. »Wir gedulden uns zunächst.«

Sie wandte sich dem Piloten zu, der bereits auf Anweisungen wartete.

»Relativgeschwindigkeit null, Mr. Paris. Wir geben den Transportern Zeit, ihre Angelegenheiten zu erledigen und wieder zu verschwinden.«

Wenn es nicht zu lange dauert, fügte Janeway in Gedanken hinzu.

B'Elanna lief vor den anderen Gefangenen durch den halbdunklen Korridor. Sie hoffte, mit jedem Schritt nicht nur der Freiheit näher zu kommen, sondern auch der Chance, zur *Voyager* zurückzukehren.

Plötzlich traten weiter vorn Wächter in den Gang und versperrten den Weg. Ihre Mienen wiesen darauf hin, daß sie diesmal nicht die geringste Rücksicht nehmen wollten.

Immerhin unternahmen die Gefangenen den zweiten Ausbruchsversuch innerhalb weniger Tage. Aufseher Ordagher mußte inzwischen zu dem Schluß gelangt sein, daß diese Zwangsarbeiter zuviel Ärger machten.

Wächter und Gefangene eröffneten gleichzeitig das Feuer, destruktive Energie zischte und fauchte. Auf beiden Seiten gingen Männer zu Boden; Sterbende hauchten röchelnd ihren letzten Atem aus.

Glücklicherweise waren diese Wächter nicht mit mobilen Schilden ausgerüstet. Vielleicht hatten sie hastig aufbrechen müssen, ohne die Gelegenheit, sich vollständig auszurüsten.

Aber trotzdem verfügten die Mistkerle über einen großen Vorteil: Sie waren besser bewaffnet und brauchten nur einen kleinen Teil des Ganges zu verteidigen.

Und im Gegensatz zu den Gefangenen mußten sie nicht vorrücken. Sie konnten sich darauf beschränken, ihre Stellung zu halten, bis Verstärkung eintraf.

Beide Seiten feuerten immer wieder. Grelle Blitze jagten durch den Korridor. Hier und dort erklangen schmerzerfüllte Schreie. Weitere Kämpfer sanken zu Boden, unten ihnen der Nograkh neben B'Elanna – eine Entladung verbrannte ihm den größten Teil des Kopfes.

Torres griff nach seinem Gewehr und warf es einem Mitstreiter zu, zielte dann wieder auf die Wächter und schoß. Anschließend preßte sie sich flach an die Metallwand, um nicht getroffen zu werden, als die Nograkh das Feuer erwiderten. Mehrere Strahlen verfehlten sie, und daraufhin legte sie wieder an, betätigte erneut den Auslöser ihrer Waffe.

Beim zweiten Schuß traf sie einen Wächter – die Wucht der energetischen Entladung warf ihn nach hinten, und er blieb reglos liegen. B'Elanna nahm sofort einen anderen Wächter ins Visier, und auch diesmal traf sie das Ziel. Ein weiterer Gegner ausgeschaltet.

Die anderen Gefangenen erwiesen sich ebenfalls als gute Schützen. Lücken entstanden in den Reihen der Feinde. Es dauerte nicht lange, bis nur noch drei Wächter auf den Beinen standen. Dann zwei. Dann nur noch einer.

Und dann niemand mehr.

Überall lagen Körper auf dem Boden, aber zum Glück stellten sie keine unüberwindlichen Hindernisse dar. Was noch wichtiger war: Auch die Waffen der Wächter lagen auf dem Borden des Korridors, und mit ihnen wuchs die Schlagkraft der Gefangenen.

B'Elanna sah sich um. Tolga war unverletzt, ebenso Kim, der gerade nach einem Strahler griff. Aber mehr als zehn Mitglieder ihrer Streitmacht hatten den Kampf um die Freiheit mit dem Leben bezahlt.

Wenn ihnen die Überlebenden keine Gesellschaft leisten wollten, durften sie nicht länger an diesem Ort verharren. Erneut übernahm B'Elanna die Führung. Ihre Begleiter zögerten nur lange genug, um den außer Gefecht gesetzten Wächtern die Gewehre abzunehmen.

Und dann setzten sich die Gefangenen wieder in Bewegung, strömten wie eine Flutwelle durch den dunklen Gang. Das sekundäre Kontrollzentrum konnte nicht mehr weit entfernt sein.

18

B'Elanna hielt ihre Waffe schußbereit, als sie eine Kurve des Korridors hinter sich brachte – und eine große graue Tür mit zwei Beschlägen sah. Sie entsprach genau Tolgas Beschreibungen.

Tolga schloß zu ihr auf, reichte seine Waffe einem anderen Nograkh und schob die Abdeckung eines ›Beschlags‹ beiseite – darunter kam eine Tastatur zum Vorschein. Er zögerte nicht und gab sofort einen Code ein.

Wenige Sekunden später öffnete sich die Tür. Sie gewährte Zugang zu einem kleinen Raum mit vielen Konsolen. Tolga trat ein, nachdem er die anderen Gefangenen aufgefordert hatte, Wache zu halten.

Kim näherte sich B'Elanna. »Wieso kannte er den Code?« fragte er.

Die Chefingenieurin zuckte mit den Schultern und beobachtete den Teil des Korridors, der sich vor ihr erstreckte. »Er gehörte zur Crew eines Nograkh-Kampfschiffes. Vielleicht wird überall der gleiche Code verwendet.«

»Das sind seltsame Sicherheitsmaßnahmen«, kommentierte der Fähnrich.

»Wir sind keine Nograkh«, erwiderte B'Elanna. Offenbar sah man bei Tolgas Volk diese Dinge aus einer anderen Perspektive.

Plötzlich hörte Torres Schritte, die sich schnell näherten. Sie gab ihren Begleitern ein Zeichen und richtete das Gewehr auf eine etwa zwanzig Meter entfernte Abzweigung.

Schwerbewaffnete Wächter sprangen in den Korridor, und grimmige Entschlossenheit glitzerte in ihren silbergrauen Augen. Sie legten sofort auf die Gefangenen an, ganz offensichtlich mit der Absicht, alle zu töten.

Doch B'Elanna und ihre Mitstreiter eröffneten das Feuer vor den Wächtern und schickten ihnen blauweiße Energieblitze entgegen. Dann preßten sie sich an Wände und Boden, um keine leicht zu treffenden Ziele zu bieten.

Doch die Wächter schossen gar nicht. Zumindest nicht sofort. Und kurz darauf sah B'Elanna den Grund dafür.

Die Nograkh verfügten über Schilde wie jene Krieger, denen Torres an Bord des Kazon-Schiffes begegnet war. Hier und dort bemerkte sie ein vages Wabern, das auf die Existenz ansonsten unsichtbarer Schirmfelder hinwies.

Die Wächter hinter den Schilden grinsten siegessicher, hoben ihre Waffen und bereiteten sich darauf vor, in aller Ruhe einen Gefangenen nach dem anderen zu erschießen.

Unter ihnen befand sich auch Ordagher, und sein Lächeln wirkte besonders spöttisch. Die Gefangenen waren ein Ärgernis für ihn gewesen – ein Ärgernis, das er nun aus der Welt schaffen wollte.

Wenn kein Wunder geschieht, gelingt ihm das auch, dachte B'Elanna.

Die Gefangenen verfügten nicht über Schilde und waren somit lebende Zielscheiben. Sie konnten sich nicht einmal zurückziehen, denn dann hätten die Wächter gesehen, was Tolga beabsichtigte.

Ihnen blieb keine andere Wahl, als an Ort und Stelle zu verharren und erneut auf die Wächter zu schießen, in der Hoffnung, sie wenigstens zu blenden.

Einige Gefangene traten vor – die meisten von ihnen Nograkh –, um B'Elanna und die restlichen Gefangenen zu schützen. Nicht mit Individualschilden, sondern mit ihren Körpern. Sie opferten sich, damit andere leben konnten.

Sie erlitten schwere Verbrennungen und starben einer nach dem anderen.

Es war ein entsetzlicher Anblick, und B'Elanna gab einen protestierenden Schrei von sich, ebenso wie Kim.

Und dann fand der Angriff der Wächter ein jähes Ende.

Nach den grellen Entladungen mußte B'Elanna mehrmals blinzeln, bevor sie die Mienen der Gegner erkennen konnte. Dort zeigte sich jetzt kein Spott mehr, sondern Zweifel.

Und sogar Furcht. Etwas war geschehen und schien die Wächter zu verunsichern.

B'Elanna wußte Bescheid. Waffen und Schilde der Wächter funktionierten nicht mehr. Tolga hatte sie deaktiviert – es war ihm ganz offensichtlich gelungen, die richtigen Kontrollen zu finden.

Der Nograkh kam gerade aus dem Kontrollzentrum. In seinem Gesicht zeichnete sich kein Triumph ab, sondern kühle Entschlossenheit. Er trat vor, schien dabei überhaupt nicht auf die Wächter zu achten. Nach einigen Metern blieb er neben einem gefallenen Mitgefangenen stehen, bückte sich und nahm die Waffe des Toten.

»Schießen kann man damit jetzt nicht mehr«, knurrte er, und Zorn erklang in seiner Stimme. »Aber bestimmt läßt sich damit der eine oder andere Schädel einschlagen.« Im Anschluß an diese Worte drehte er das Gewehr und hielt es am Lauf.

Ordagher konnte nicht zum hohen Rang des Aufsehers aufgestiegen sein, ohne manipuliert und Intrigen gesponnen zu haben. Aber der kehlige Schrei, den er jetzt ausstieß, kündete nicht von Arglist. Es gab nichts Hintergründiges und Verschlagenes in der Wut, die in seinen Augen loderte, als er Tolga entgegenstürmte und sein Gewehr dabei wie eine Keule schwang.

Wie zwei Raubtiere, die um die Vorherrschaft kämpften, trafen die beiden Nograkh in der Mitte des Ganges aufeinander und schlugen mit den Strahlern zu. Die übrigen Gefangenen folgten Tolga und stürzten sich auf den zahlenmäßig unterlegenen Gegner.

Eins mußte man den Wächtern lassen: Sie wichen nicht zurück. Sie versuchten, dem Ansturm so gut wie möglich standzuhalten. Aber die Tapferkeit nützte ihnen nicht viel. Die Gefangenen fegten über sie hinweg wie ein Targ, der eine ganze Kolonie von Yolok-Würmern zertrampelte.

B'Elanna befand sich mitten im Kampfgetümmel und rammte einem Wächter das Gewehr unters Kinn. Als der Mann taumelte, schmetterte sie ihm die Waffe mitten ins Gesicht. Der Nograkh sank auf die Knie, weigerte sich aber hartnäckig, das Bewußtsein zu verlieren. Mit einem Hieb an den Hinterkopf schickte ihn Torres endgültig ins Land der Träume.

Neben ihr trat Kim gegen einen weiteren Wächter an – wie Stöcke prallten die beiden Gewehre immer wieder aneinander. Der Fähnrich konnte kaum hoffen, diesen Kampf zu gewinnen: Ihm fehlten Kraft und Ausdauer des Nograkh. Außerdem hatten ihn Strahlungsfieber und Erschöpfung geschwächt – ein wuchtiger Schlag seines Gegners riß ihm die Waffe aus der Hand.

Ein oder zwei schreckliche Sekunden lang beobachtete Torres, wie Kim hilflos dastand, sich nur noch mit seinen Armen schützen konnte. Der Nograkh vor ihm holte zum tödlichen Hieb aus.

B'Elanna konnte dem jungen Fähnrich nicht zu Hilfe eilen; zu viele Kämpfende befanden sich zwischen ihnen. Sie beobachtete das Geschehen und fluchte hingebungsvoll.

Plötzlich erschien Widderhorn wie aus dem Nichts und stieß Kims Gegner an die Wand. Irgendwie gelang es ihm, dem Wächter die Waffe aus der Hand zu zerren. Und mit einer Wildheit, auf die jeder Klingone stolz gewesen wäre, hob er das Gewehr und schlug den Nograkh bewußtlos.

Anschließend dauerte der Kampf nicht mehr lange. Die Gefangenen setzten sich aufgrund ihrer zahlenmäßigen Überlegenheit durch, und nicht ein Wächter blieb auf den Beinen. Die Anstrengung ließ B'Elanna keuchen, und als sie zurücksah, stellte sie fest: Tolga hatte seinen Kampf ebenfalls gewonnen.

Er stand vor dem blutüberströmten Ordagher, packte den Aufseher mit einer Hand an der Uniformjacke und hob mit der anderen das Gewehr.

Aber er brauchte nicht noch einmal zuzuschlagen. Ordagher war tot: Dicht über der Stirn hatte ihm der Gewehrkolben den Schädelknochen zerschmettert.

Tolga ließ die Leiche auf den Boden fallen, drehte sich dann zu B'Elanna um und erwartete ihre Anweisungen.

Sie deutete auf die überall herumliegenden Waffen. »Nehmt die Gewehre«, sagte sie. Ihre Worte galten nicht nur Tolga, sondern allen Gefangenen. »Wenn wir sie eingesammelt haben, aktivieren wir sie vom Kontrollzentrum aus. Dann können wir die übrigen Wächter abwehren, bis ein Transporter eintrifft.«

Genau in diesem Augenblick blinkten im Kontrollraum rote und blaue Lichter. Unmittelbar darauf erklangen auch akustische Signale.

B'Elanna sah erst Kim an und dann Tolga. Sie lächelte schief. »Ich glaube, es trifft gerade ein Transporter ein.«

Tolga eilte in den Raum, dichtauf gefolgt von

B'Elanna und Kim. Der Nograkh prüfte die Anzeigen und schüttelte dann den Kopf.

»Es ist kein Transporter«, sagte er und wandte sich an Torres. »Besser gesagt: Es ist nicht nur *ein* Transporter. Es sind *sechs*.«

Sechs, dachte B'Elanna. »Und an Bord befinden sich Nograkh, die sich wohl kaum über unsere Flucht freuen würden.«

Tolga nickte. »Aber sie wissen noch nicht, was hier geschehen ist. Wenn wir uns beeilen, gelingt es uns vielleicht, sie zu überraschen.« Er begann damit, die erbeuteten Waffen zu reaktivieren.

Einige Sekunden später merkte B'Elanna, wie Energie in ihren Strahler zurückkehrte. Jetzt waren sie bewaffnet – zumindest die meisten von ihnen. Und Tolga hatte bereits darauf hingewiesen: Die Besatzungen der Transportschiffe rechneten beim Erreichen der Station bestimmt nicht mit Problemen.

Aber die Gefangenen waren nicht imstande, alle sechs Transporter gleichzeitig unter ihre Kontrolle zu bringen. Sie mußten sich auf zwei Schiffe konzentrieren und hoffen, sich damit absetzen zu können, bevor die Besatzungen der anderen Transporter Verdacht schöpften.

B'Elanna sprach laut genug, damit sie alle hörten. »Wir übernehmen die ersten beiden Transporter, die andocken. Wenn wir hart und schnell genug zuschlagen, sollten wir einen Erfolg erzielen können.«

Tolgas Augen glitzerten unter der vorstehenden Stirn, als er die übrigen Gefangenen musterte. »Ich kenne mich mit solchen Schiffen aus und fliege das erste. Was das zweite betrifft ...«

Er wandte sich an B'Elanna, aber sie schüttelte den Kopf. »Kim. Er ist ein besserer Pilot als ich.«

Tolga sah den Fähnrich an. »Kim. Also gut.«

In den Wangen des jungen Starfleet-Offiziers mahlten die Muskeln. »Ich werde mir alle Mühe geben«, sagte er, obgleich er noch etwas blasser geworden war.

Zufrieden schloß Tolga die Tür des Kontrollzentrums und führte die Gruppe zum Andockbereich.

Janeway wurde immer ungeduldiger. Schon seit einer Stunde wartete die *Voyager*, doch die Transportschiffe blieben an der Raumstation angedockt.

»Die Sache gefällt mir nicht«, wandte sie sich an den neben ihr stehenden Chakotay.

»Mir auch nicht«, erwiderte er.

Janeway preßte kurz die Lippen zusammen. »Vielleicht brechen die Transporter erst in einigen Stunden auf. Oder gar erst in einigen *Tagen*.«

»Und wenn sie die Station schließlich verlassen ... Vielleicht nehmen sie mehr mit als nur Erz.«

Die Kommandantin musterte den Ersten Offizier. »Halten Sie es für möglich, daß die Schiffe auch Gefangene transportieren? Vielleicht von einer Erzstation zur anderen?«

»Das könnte durchaus der Fall sein, wenn in einer anderen Station dringend Arbeiter gebraucht werden«, entgegnete Chakotay. »Und wenn wir die Station sondieren, *nachdem* B'Elanna und Kim fortgebracht wurden ...«

Janeway nickte langsam. »Wenn wir sie nicht lokalisieren ...«

»In dem Fall hätten wir keine Antwort auf die Frage, ob B'Elanna und Kim fortgebracht wurden oder ob sie sich nie in der Raumstation befanden.«

Janeway schüttelte den Kopf. Wenn so etwas geschah, gab es zu viele unbekannte Faktoren – dann war es praktisch unmöglich, die Vermißten zu finden.

Fazit: Entsprechende Entwicklungen mußten verhindert werden.

»Ich habe meine Meinung geändert«, sagte der Erste Offizier. »Ich möchte nicht länger warten.«

Janeway nickte. »Ich auch nicht.« Sie hob die Stimme und wandte sich an Paris. »Wir fliegen zur Station, Lieutenant. Warp sechs. Gehen Sie auf Impulsgeschwindigkeit, wenn wir noch zwei Millionen Kilometer vom Asteroidengürtel entfernt sind.«

»Aye, Ma'am«, bestätigte der Pilot.

»Alarmstufe Rot«, ordnete der Captain an. »Gefechtsstationen besetzen. Mr. DuChamps, ich brauche eine taktische Analyse der ...«

Janeway unterbrach sich, als ihr der Hauptschirm eine plötzliche Veränderung zeigte. Zwei Transportschiffe lösten sich von der Raumstation, und sie schienen es dabei ziemlich eilig zu haben.

Sie erweckten den Eindruck zu *fliehen*.

B'Elanna stand auf einer Seite der Luftschleuse, Kim auf der anderen. Ein weißes Indikatorfeld wies darauf hin, daß draußen ein Transportschiff ein Andockmanöver durchführte. So lautete jedenfalls Ogis' Erklärung.

Und Ogis sollte es eigentlich wissen. Wie Tolga hatte er zur Crew eines Nograkh-Kampfschiffes gehört.

Das weiße Licht verwandelte sich in ein rotes Glühen. Die beiden Starfleet-Offiziere hoben ihre Waffen und sahen Ogis an.

»Wie lange?« fragte Torres.

»Eine Minute«, antwortete der Nograkh. »Vielleicht auch etwas weniger oder etwas mehr.«

Widderhorn stand ebenfalls in der Nähe und nickte. »Kommt darauf an, wie eilig sie es damit haben, ihre Fracht loszuwerden.«

Die Besatzung des Transporters schien es *sehr* eilig damit zu haben. Nach nur zehn Sekunden öffnete sich das Schott, und der Kommandant des Transportschiffes trat in die Schleuse – dadurch bot er ein leicht zu treffendes Ziel.

Ogis setzte ihn mit einem Schuß außer Gefecht. Anschließend wurden B'Elanna, Kim und Widderhorn aktiv, die agiler waren als die übrigen Gefangenen. Sie eilten durch die Schleuse und nahmen sich den Rest der Crew vor.

In der Hauptkabine stießen sie auf zwei Nograkh. B'Elanna erledigte einen von ihnen, Kim den anderen. Allerdings: Ogis hatte darauf hingewiesen, daß die Besatzung solcher Transporter normalerweise aus fünf Personen bestand.

Chefingenieurin und Fähnrich setzten den Weg fort, um die fehlenden beiden Crewmitglieder zu finden. Widderhorn folgte ihnen. B'Elanna wandte sich nach rechts, in Richtung Bug, und Kim eilte nach achtern.

Torres fand einen Nograkh an den Navigationskontrollen, und ihr Erscheinen überraschte ihn ganz offensichtlich. Sie schoß, bevor er reagieren konnte, betäubte ihn mit einem Strahl, der ihn mitten auf der Brust traf.

Als sie sich umdrehte, sah sie einen blauweißen Lichtblitz im rückwärtigen Teil des kleinen Schiffes. Ein erstickter Schrei folgte. Kurze Zeit später kehrte Kim zurück, und seine Lippen deuteten ein grimmiges Lächeln an.

»Er wußte überhaupt nicht, wie ihm geschah«, sagte der Fähnrich.

»Zum Glück für uns«, erwiderte B'Elanna.

Die nächste Aufgabe bestand darin, die Bewußtlosen fortzubringen, was sie innerhalb weniger Sekunden erledigten. Anschließend schlossen sie sowohl Innen- und Außenschott der Luftschleuse als auch die Luke des Transporters.

Kim ließ sich in den Pilotensessel sinken, und B'Elanna nahm hinter ihm Platz. Widderhorn besetzte den Feuerleitstand, um die Waffenkontrollen zu bedienen. Die übrigen Gefangenen drängten sich in Hauptkabine und Heckabteil zusammen.

Es konnte losgehen.

»Was ist mit Tolga?« fragte Ogis.

B'Elanna schüttelte den Kopf. »Wir können nicht auf ihn warten – oder er auf uns. Sobald wir unterwegs sind, nehmen wir eine Sondierung vor und versuchen, ihn zu orten.«

Dann geschah etwas, das die Chefingenieurin innerlich erstarren ließ. Etwas, auf das sie nicht vorbereitet war. Eine Stimme erklang.

»Ebra? Hören Sie mich?«

Die Worte stammten nicht von jemandem, der sich an Bord des Transporters befand – sie schienen überall um sie herum zu erklingen. B'Elanna fluchte halblaut und sah zur Decke hoch, wo an Bord von Starfleet-Schiffen Kommunikationsgitter installiert waren.

Irgend etwas hatte das Interkom-System aktiviert. Torres dachte an den von ihr betäubten Nograkh – bevor er das Bewußtsein verlor, mochte es ihm gelungen sein, noch ein Schaltelement zu betätigen. Wie auch immer: Es gab eine unerwünschte Kom-Verbindung mit einem der anderen Transportschiffe.

Und der offene Kom-Kanal betraf nicht Tolgas Schiff – daran konnte kein Zweifel bestehen.

»Melden Sie sich, Ebra!«

Ogis bedeutete Kim, keinen Ton von sich zu geben, näherte sich dann den Kontrollen und berührte Schaltflächen. Schließlich hob er den Kopf.

»Hier spricht Ebra. Aufgrund von Statik gibt es Probleme bei der Übertragung von Kom-Signalen. Was wollen Sie?«

Einige Sekunden lang herrschte Stille an Bord des anderen Transporters, und B'Elanna hoffte inständig, daß die Nograkh auf Ogis' Trick hereinfielen.

Doch das schien nicht der Fall zu sein. Torres hörte, wie jemand hastige Anweisungen erteilte, und dann wurde die Kom-Verbindung unterbrochen.

B'Elanna biß kurz die Zähne zusammen und wandte sich an Kim. »Bringen Sie uns weg von hier, Fähnrich. Und zwar *sofort*.«

Kim blickte durch ein Fenster, und B'Elanna beugte sich vor, um festzustellen, was seine Aufmerksamkeit geweckt hatte: ein Asteroidengürtel.

Sie erinnerte sich daran, was er ihr über Paris' Holodeck-Programm erzählt hatte. *Verdammt*, dachte sie. *Ein Asteroidengürtel. Ausgerechnet.*

»Soll ich die Navigationskontrollen übernehmen?« fragte sie.

Der Fähnrich schüttelte den Kopf. »Nein, ich werde schon damit fertig.«

B'Elanna biß sich auf die Lippe und hoffte, daß Kim recht behielt.

19

Mein Gott! fuhr es Kim durch den Sinn, als er den Transporter von der Raumstation fortsteuerte. *Daß mir so etwas passieren muß …*

Sie waren von einem Asteroidengürtel umgeben. Von einem verdammt großen noch dazu.

Jetzt wußte er, woher die Erzstation ihren Nachschub bezog. An Rohmaterial herrschte in diesem Raumbereich gewiß kein Mangel.

Ein Asteroidengürtel, wiederholte er. *Lieber Himmel.*

Er hatte bereits bewiesen, daß er unter solchen Umständen Fehler machte. Er erinnerte sich auch an seine Behauptung, daß es wahrscheinlich nie notwendig werden würde, unter solchen Umständen zu navigieren. Und es kam noch schlimmer: Er mußte damit rechnen, schon bald von feindlichen Schiffen verfolgt zu werden.

Ganz zu schweigen von Strahlungsfieber, halb betäubten Reflexen und einem bohrenden Stechen in den Knochen. Seine Hände schmerzten, als er Schaltelemente betätigte.

Er wurde mit einem weiteren Problem konfrontiert: Die Kontrollen unterschieden sich natürlich von denen an Bord eines Starfleet-Shuttles, was für ihn bedeutete, daß er sich nicht allein auf seinen Instinkt verlassen konnte. Er mußte immer wachsam bleiben, um die Kollision mit einem der Felsbrocken im All zu verhindern.

Wenigstens befand sich der Ortungsmonitor auch

hier auf der rechten Seite, wo er ihn erwartete. Und den Sensoren schien eine ähnliche Funktionsweise zugrunde zu liegen, denn die Asteroiden wurden als weiße Punkt dargestellt.

Aber in diesem Fall handelte es sich nicht um ein Holodeck-Programm, sondern um die Realität. Wenn dem Fähnrich ein Fehler unterlief, konnte die Sache nicht mit einem Reset in Ordnung gebracht werden. Dann waren sie erledigt, tot.

Kim blickte auf den Monitor und schauderte nicht nur wegen des Fiebers. Im Asteroidengürtel gab es keine klar erkennbare Flugschneise. Selbst bei Impulsgeschwindigkeit mußte es sehr schwer sein, Kollisionen zu vermeiden.

Eine Hand schloß sich um seine Schulter, und er brauchte nicht den Kopf zu drehen, um festzustellen, daß sie B'Elanna gehörte. »Wie sieht's aus, Starfleet?«

»Bestens«, erwiderte Kim mit gespielter Zuversicht. Er schluckte. »Ein Kinderspiel.«

Er hatte das letzte Worte gerade ausgesprochen, als einige blauweiße Energieblitze vorbeirasten, weiter vorn einen Asteroiden trafen und einen Teil von ihm explodieren ließen. Die Entladungen hatten das Transportschiff nur um wenige Meter verfehlt.

Kim schaltete den Monitor kurz auf Hecksicht um und sah, woher die Strahlen kamen – die anderen Transporter hatten mit der Verfolgung begonnen und wollten die Gefangenen ganz offensichtlich nicht entkommen lassen.

Janeway beugte sich im Kommandosessel vor und beobachtete die Flugmanöver der kleinen Schiffe im Asteroidenschwarm mit mehr als nur beiläufigem Interesse.

Sie schienen entkommen, von der Station fliehen zu

wollen. Nein, nicht alle, begriff Janeway. Zwei von ihnen. Und die anderen nahmen die Verfolgung auf.

Es gleißte, und dann noch einmal. Die Transporter feuerten aufeinander.

»Was ist da los?« fragte die Kommandantin und hoffte, daß einer der Brückenoffiziere ihre Frage beantworten konnte.

Tuvok meldete sich als erster zu Wort, aber selbst er konnte ihr nur Offensichtliches anbieten. »Offenbar beobachten wir eine Auseinandersetzung.«

Vielleicht handelte es sich um einen Streit zwischen Angehörigen des Stationspersonal – um einen Streit, der nun in direkte Gewalt ausartete. Aber Janeway spürte, daß etwas anderes dahintersteckte, etwas in der Art eines Ausbruchs.

»Es ist Harry!« entfuhr es Paris.

Janeway wechselte einen Blick mit Chakotay. »Wie kommen Sie darauf?« fragte sie den Piloten.

Paris deutete zum Hauptschirm. Das Projektionsfeld zeigte mehrere Transportschiffe, die durch den Asteroidengürtel flogen und dabei immer wieder den Kurs änderten. Ein Schiff hatte einen kleinen Vorsprung und wich mehreren Energiestrahlen aus.

»Sehen Sie nur!« sagte Paris, als sei das Geschehen Beweis genug. »Es ist Harry, verdammt! Wir haben solche Manöver auf dem Holodeck geübt!«

Captain Janeway hob den Blick und sah den Konflikt im Asteroidengürtel aus einer neuen Perspektive. Es war nicht *irgendein* Ausbruch, nicht *irgendein* Fluchtversuch. Möglicherweise befand sich Kim an Bord, und vielleicht auch B'Elanna.

»Entfernung zwei Millionen Kilometer«, meldete Chakotay.

»Gehe auf Impulsgeschwindigkeit«, fügte Paris hinzu. Mit geübtem Geschick huschten seine Finger über die Kontrollen. »Kurs zwei drei zwei Komma acht.«

Im Asteroidengürtel blitzte es erneut, aber auch diesmal gelang es dem fliehenden Transporter, der destruktiven Energie auszuweichen.

Janeway schloß die Hände um die Armlehnen des Kommandosessels. *Na los*, dachte sie, als könnte sie die *Voyager* mit diesen Worten antreiben. Sie wollte nicht den ganzen weiten Weg zurückgelegt haben, um jetzt beobachten zu müssen, wie die beiden vermißten Offiziere starben.

Einer der Verfolger feuerte erneut, und ein Blitz raste durchs All. Kim riß den Transporter nach Steuerbord, und wieder traf der Energiestrahl einen Asteroiden, verdampfte einen Teil von ihm.

»Wer sitzt an der Waffenkonsole?« rief B'Elanna, obwohl sie es genau wußte. »Zeigen Sie den Mistkerlen, daß wir uns zur Wehr setzen können!«

Widderhorn hatte gerade damit begonnen, entsprechende Schaltelemente zu betätigen, als eine tiefere Stimme erklang. Sie kam erneut aus dem Kom-System. »Hier spricht Tolga.«

»Tolga!« entfuhr es jemandem. »Er hat es also geschafft.«

»Vorerst ja«, meinte jemand anders.

»Wir sollten uns besser teilen«, schlug Tolga vor. »Wir treffen uns auf der anderen Seite des Asteroidengürtels.«

»Einverstanden«, sagte B'Elanna.

Auf der anderen Seite, dachte Harry und schaltete den Monitor wieder auf Bugsicht um. *Wenn ich es bis dahin schaffe. Wenn wir nicht gegen einen Felsbrocken prallen oder von einem Strahl getroffen werden. Wenn …*

Plötzlich glaubte er, eine Stimme zu hören: Paris' Stimme, so wie auf dem Holodeck.

»Sie schaffen es, Harry.«

Der Fähnrich brummte leise und wischte sich

Schweiß von der Stirn. »*Wieso sollte die Sache diesmal anders ablaufen als beim letztenmal*?« fragte er in Gedanken.

Paris gab ihm jene Antwort, die er bereits kannte. »*Ich spür's einfach. Konzentrieren Sie sich jetzt, Harry. Die Asteroiden kommen schnell näher.*«

Der erste Felsen schwoll rasch an, und Kim biß die Zähne zusammen, drehte hart nach Backbord ab. Um dem zweiten Asteroiden auszuweichen, zwang er das kleine Transportschiff nach Steuerbord. Und dann wieder nach Backbord.

Jedesmal spannte er die Muskeln, rechnete mit einer Erschütterung, die auf eine Kollision hindeutete oder von einem Energiestrahl verursacht wurde. Aber nichts dergleichen geschah.

Vielleicht fiel es den anderen Transportern schwer, ihn genau genug anzupeilen und den Zielerfassungsfokus auszurichten. Vielleicht hatten ihre Piloten alle Hände voll zu tun, ihm durch den Asteroidenschwarm zu folgen. Oder vielleicht machte ihnen Widderhorn mit einigen gut gezielten Schüssen das Leben schwer.

Was auch immer der Fall sein mochte: Kim durfte keine Gedanken daran verschwenden, mußte ganz darauf konzentriert bleiben, die Navigationskontrollen zu bedienen.

Steil nach unten. Nach Steuerbord. Wieder nach unten und anschließend abrupt nach Backbord.

Nach oben, nach unten. Ein kompliziertes Korkenziehermanöver, um einigen kleineren Asteroiden auszuweichen – es ließ den Transporter erzittern. Und dann wieder nach Steuerbord.

Kim aktivierte die Manövrierdüsen und beobachtete, wie der Felsen voraus nach Backbord glitt – aber leider nicht schnell genug. Es blieb ihm nichts anderes übrig, als die Geschwindigkeit zu reduzieren und den Manövrierdüsen ein wenig mehr Zeit zu geben. In einem Abstand von nur einem halben Meter sauste das Transportschiff an dem Asteroiden vorbei.

Kim atmete tief durch, versuchte sich vom Fieberdunst zu befreien und lenkte den Transporter erneut hart nach Steuerbord und dann nach Backbord. Dann ging es über einen Felsen hinweg, und ein weiterer mußte unten passiert werden.

Er schaltete kurz auf Hecksicht um und stellte fest, daß ihn die anderen Schiffe noch immer verfolgten. Aber nicht alle – nur drei. Das vierte hatte sich vermutlich an Tolgas Fersen geheftet.

Zurück zur Bugsicht. Kim schätzte, daß inzwischen die Hälfte des Asteroidengürtels hinter ihnen lag. Die halbe Strecke, ohne einen Kratzer …

Nach links, nach unten, nach oben, zur anderen Seite. Nach unten, nach oben, nach Backbord und Steuerbord ausweichen. Allmählich näherten sie sich dem Ende des Asteroidenschwarms.

Kims Augen brannten und schienen geschwollen zu sein. Er blinzelte. *Halt noch ein wenig länger durch*, forderte er sich selbst auf. *Nur noch ein wenig länger*. Nur noch einige Sekunden bis zum offenen Raum, dort konnte er frei manövrieren.

Mit unendlicher Geduld betätigte er die Kontrollen, achtete dabei auf alle Einzelheiten. Ein Felsen nach dem anderen glitt beiseite, aber immer wieder erschien vorn ein neuer.

»*Nicht schlecht*«, erklang Paris' Stimme hinter seiner Stirn.

»*Noch habe ich es nicht geschafft*«, erwiderte Kim.

Unmittelbar darauf bekam er die Bestätigung. Als er einen großen Asteroiden auf der Steuerbordseite zurückließ, erbebte der Transporter so heftig, daß er fast aus dem Sessel gerutscht wäre. Eine zweite Erschütterung folgte, noch heftiger als die erste.

»Was ist da los, zum Teufel?« entfuhr es ihm.

Aber er kannte die Antwort: Den Verfolgern war es gelungen, den Zielerfassungsfokus auszurichten und den Transporter zu treffen. Bisher hielten die Schilde, aber wenn der Beschuß weiterging, dauerte es bestimmt nicht lange, bis sie instabil wurden.

Kim beugte sich über die Kontrollen und brachte das kleine Schiff auf der Steuerbordseite an dem Asteroiden vorbei. Er spürte, wie ihm kalter Schweiß ausbrach, und er versuchte, nicht darauf zu achten. Steil nach oben, um einem weiteren Felsen auszuweichen, und dann nach Backbord.

Sie hatten jetzt fast den Rand des Asteroidengürtels erreicht. Kim flog an einem weiteren großen Felsbrokken vorbei – der hinter ihnen auseinanderplatzte, als er von einem Energiestrahl getroffen wurde. *Besser er als wir*, dachte der Fähnrich und warf einen Blick auf die nächsten Hindernisse.

Er riß die Augen auf, als er voraus zwei Asteroiden sah, praktisch Seite an Seite. Der Abstand zwischen ihnen betrug höchstens fünf Meter.

Es war die gleiche Situation wie im Holodeck-Programm. Nun, vielleicht nicht *genau* die gleiche, aber zumindest im großen und ganzen. Und bisher hatten Kims Versuche, ein solches Manöver durchzuführen, nie zum Erfolg geführt. *Ich habe die Sache immer vermasselt*, dachte er. *Jedesmal kam es zu einer fatalen Kollision.*

Der Fähnrich hielt nach einer anderen Möglichkeit Ausschau, aber es gab keine. Überall schwebten Asteroiden im All und versperrten den Weg. Die einzige Alternative bestand darin, in die Richtung zurückzufliegen, aus der er kam, um dann einen anderen Kurs zu wählen. Aber in dem Fall hätten die Verfolger sofort die Chance genutzt, den Transporter zu vernichten.

Kim konzentrierte sich auf die schmale Passage und begann damit, das kleine Schiff zu drehen. Es reagierte nicht so schnell auf den Schub der Manövrierdüsen wie das Holodeck-Shuttle. Einmal mehr biß der junge Fähnrich die Zähne zusammen und versuchte, die Trägheit des Transporters mit einigen zusätzlichen Schubphasen zu kompensieren, als sich das Schiff den beiden Asteroiden näherte.

Er hörte die Stimme von Tom Paris. »*Sie können es schaffen.*«

Doch das Manöver klappte nicht. Die Drehung des Transporters reichte nicht aus.

Eine Kollision mit einem der Asteroiden stand bevor, vielleicht sogar mit beiden. B'Elanna und alle anderen Personen an Bord würden sterben, nur einen Katzensprung von der Freiheit entfernt.

Es sei denn ...

Kim wandte sich an Widderhorn und rief ihm eine Anweisung zu. »Feuern Sie nach vorn! Holen Sie ein Stück aus dem Asteroiden auf der Backbordseite heraus!«

Widderhorn zögerte, aber nur für einen Sekundenbruchteil. Dann zielte er auf den betreffenden Asteroiden und berührte Schaltelemente – ein blauweißer Strahlblitz zuckte dem Felsen entgegen.

An der einen Seite kam es zu einer heftigen Explosion, die Tausende von Felsbrocken fortwirbelte. Die energetische Druckwelle erfaßte den Transporter und ließ ihn ein wenig nach Steuerbord abtreiben. Kim korrigierte den Kurs mit Hilfe der Manövrierdüsen und hoffte, daß ihr Schub ausreichte.

Wenn nicht, endete ihre Flucht hier und jetzt, in einem Chaos aus Feuer und berstendem Fels. Der Fähnrich empfand ein solches Schicksal als so ungerecht, daß er nicht darüber nachdenken wollte.

Er blickte aus dem Fenster und fragte sich noch immer, ob sie es geschafft hatten. Lag der Asteroidengürtel bereits hinter ihnen? Oder stand ihnen die fatale

Kollision noch bevor? Kims Hände schlossen sich so fest um die Armlehnen, daß die Knöchel weiß hervortraten, und er starrte auch weiterhin nach draußen.

Schließlich begriff er, daß kein Zusammenprall drohte. Der Transporter würde nicht an einem Asteroiden zerschellen. Die Insassen brauchten jetzt nicht mehr zu befürchten, zerfetzt und ins Vakuum des Alls geschleudert zu werden. Der Bildschirm zeigte keine Asteroiden mehr, nur noch Sterne.

Kim glaubte, nie etwas Schöneres gesehen zu haben. Und er rechnete nicht damit, jemals wieder etwas so Herrliches zu sehen, selbst dann nicht, wenn er zweihundert Jahre alt wurde.

Er schaltete auf Hecksicht um und versuchte, die Verfolger zu lokalisieren, was angesichts der vielen Asteroiden alles andere als leicht war. Dann geschah etwas, das Ortungen noch weiter erschwerte.

Etwas kollidierte mit einem Asteroiden, und scharlachrotes Feuer entflammte. Eine zweite Explosion folgte, dann eine dritte.

Die anderen Transporter, dachte Kim. Sie hatten es nicht geschafft. Besser gesagt: Der erste von ihnen hatte es nicht geschafft, und seine Explosion riß die beiden anderen mit ins Verderben.

B'Elanna klopfte dem Fähnrich auf die Schulter, beugte sich vor und lächelte. »Gute Arbeit, Starfleet.«

Kim nickte. Die Anspannung während der letzten Minuten hatte ihn erschöpft. »Ich habe uns tatsächlich mit heiler Haut aus dem Asteroidengürtel gebracht. Tom wäre sicher stolz auf mich.«

Es blieb noch immer ein feindliches Schiff übrig – jener Transporter, der Tolga verfolgte. Aber in dieser Hinsicht machte sich Kim kaum Sorgen – vermutlich war es dem Nograkh bereits gelungen, den Gegner zu erledigen. Wie dem auch sei: Er wollte Gewißheit haben.

Der Fähnrich schaltete auf Bugsicht, flog am Rand des Asteroidengürtels entlang und suchte nach einer Spur von Tolgas Schiff. Zuerst entdeckte er überhaupt nichts.

Dann bemerkte er etwas, das sich zwischen den Asteroiden bewegte, einem dunklen, geheimnisvollen Fisch gleich, der durchs seichte Wasser eines Sees schwamm. Das Etwas schien allein zu sein, von niemandem begleitet oder verfolgt zu werden.

Aber um welchen Transporter handelte es sich? Um Tolgas Schiff oder den Verfolger?

B'Elanna gingen offenbar ähnliche Gedanken durch den Kopf, denn sie öffnete einen externen Kom-Kanal.

»Tolga«, sagte sie. »Sind Sie das?«

Keine Antwort.

Kim fluchte halblaut. »Waffen vorbereiten«, wies er Widderhorn an.

Er warf einen kurzen Blick über die Schulter und sah, wie Widderhorn Schaltelemente betätigte, die notwendigen Justierungen vornahm. Dann wandte sich der Fähnrich wieder seinen eigenen Kontrollen zu und traf Vorbereitungen für den Angriff.

»Tolga!« rief B'Elanna. »Antworten Sie, wenn Sie mich hören!«

Plötzlich erklang eine vertraute Stimme. »Ich bin's«, erwiderte der Nograkh. »Mit uns ist alles in Ordnung, aber … B'Elanna, passen Sie auf! Hinter Ihnen!«

Kim reagierte instinktiv. Er schaltete auf Hecksicht um – und sah einen Kampfkreuzer, noch größer als jener, der das Kazon-Schiff zerstört und sie zur Erzstation gebracht hatte.

Und er kam direkt auf sie zu.

20

B'Elanna beobachtete das große Schiff, das sich ihnen näherte. An mehreren Stellen zeigten sich Waffenkuppeln, und die Gondeln deuteten auf ein hohes Warppotential hin. Im Vergleich dazu wirkten die ihr bekannten Kazon-Raumer wie Ausflugsschiffe.

Der Riese hielt mit der grimmigen Entschlossenheit eines klingonischen Targ auf sie zu.

»Das energetische Niveau der Waffensysteme steigt«, meldete Widderhorn.

Das überraschte Torres nicht. Bestimmt wußte der Kommandant des großen Schiffes inzwischen vom Ausbruch der Gefangenen, und vermutlich war bereits eine Sondierung durchgeführt worden.

B'Elanna wandte sich an Kim. »Ausweichmanöver, Starfleet.«

»Ich versuch's«, erwiderte der Fähnrich.

Er steuerte den Transporter nach Backbord, wodurch ein erster Energiestrahl das Ziel verfehlte. Andererseits: Vielleicht war es nur ein Warnschuß.

»Ich habe eine Idee«, sagte Kim.

»Wir können eine gebrauchen«, entgegnete B'Elanna.

Der Fähnrich aktivierte die Manövrierdüsen und flog im Kreis über dem Kreuzer – dort schien er nicht über Waffensysteme zu verfügen. Vielleicht bot sich ihnen dort tatsächlich ein gewisses Maß an Sicherheit, denn der Gegner versuchte nicht, auf sie zu feuern.

Aber er versuchte, sie mit einem Traktorstrahl zu erfassen.

»Wir müssen weg von hier«, sagte B'Elanna.

»Ich weiß«, antwortete Kim.

Doch der Fluchtkurs brachte sie wieder in Reichweite der feindlichen Waffen. Und der Kreuzer schien bestrebt zu sein, die gute Gelegenheit zu nutzen.

Seine Waffenkuppeln wurden aktiv und schleuderten blauweiße Strahlblitze nach dem viel kleineren Schiff. Kims geschickte Flugmanöver bewahrten den Transporter vor einem Treffer, aber auf Dauer konnten sie den Strahlen sicher nicht entgehen.

Tolga erging es ähnlich: Es gelang ihm nur ganz knapp, der destruktiven Energie zu entgehen. Schließlich kam ein Ausweichmanöver zu spät, und das kleine Schiff wurde an der Steuerbordseite getroffen.

Es entstand kein Loch in der Außenhülle – zumindest konnte B'Elanna keins erkennen –, aber zweifellos sank die Kapazität der Schilde.

»Wir halten dies nicht mehr lange durch«, warnte Kim.

»Ja, ich weiß«, erwiderte Torres.

Sie dachte darüber nach, mit welchem Manöver sich die Transporter in Sicherheit bringen konnten. Es mußte irgendeine Möglichkeit geben ...

Plötzlich fiel ihr etwas ein. Ja, es gab da ein Manöver, aber es war nicht gerade erfreulich. Wie dem auch sei: B'Elanna sah keine andere Chance.

Die beiden Transporter konnten es nicht mit dem Kampfkreuzer aufnahmen – es fehlte ihnen an Feuerkraft und Geschwindigkeit. Aber wenn einer von ihnen mit dem großen Schiff kollidierte, wenn sich seine Crew opferte ...

Dann mochte der andere Transporter entkommen.

»Tolga«, sagte die Chefingenieurin. »Hier spricht B'Elanna.«

»Ich höre«, lautete die Antwort.

Sie schilderte ihm ihren Plan. Kim und die anderen warfen ihr verblüffte Blicke zu, aber niemand erhob Einwände. *Niemand.*

»Es ist eine gute Idee«, sagte der Nograkh. »Aber Sie haben Pech – ich hatte sie zuerst«

»Was?« entfuhr es Torres.

»Beschleunigen Sie«, riet ihr Tolga. »Verschwinden Sie so schnell wie möglich.«

B'Elanna starrte auf die Monitore und beobachtete, wie Tolgas Transporter eine Schleife flog und in Richtung Kreuzer zurückkehrte. Es lief ihr kalt über den Rücken.

»Nein«, sagte sie. Und dann noch einmal, lauter: »Nein!«

Aber wenn der externe Kom-Kanal noch immer geöffnet war, so schenkte Tolga ihren Worten keine Beachtung. Seine Aufmerksamkeit galt jetzt allein dem Kamikaze-Manöver.

Der Kommandant des großen Kampfschiffes ahnte offenbar, was Tolga beabsichtigte, aber der kleine Transporter war weitaus manövrierfähiger – das größere Schiff hatte viel mehr Masse.

Tolgas Transporter raste heran, und ein Ausweichmanöver kam für den Kreuzer nicht in Frage. Die einzige Alternative bestand daran, auf das kleine Schiff zu feuern, in der Hoffnung, es rechtzeitig zu vernichten.

»Tolga«, hauchte B'Elanna.

Und dann prallte der Transporter gegen den Kreuzer, mit einer Wucht, die Torres körperlich zu spüren glaubte. Die Plasmatanks des kleinen Schiffes platzten, und Feuer leckte aus ihnen hervor. Einen Sekundenbruchteil später kam es zu einer verheerenden Explosion.

Das grelle Licht verblaßte sofort wieder, wich rasch

der Dunkelheit des Alls. Im schwächer werdenden Schein beobachtete B'Elanna die Reste von Tolgas Schiff.

Viel war nicht davon übrig. Die vordere Hälfte des Transporters steckte im Rumpf des Kreuzers, und atomare Glut loderte in der anderen Hälfte.

An Bord konnte niemand überlebt haben. In einer solchen Hölle gab es keinen Platz für Leben.

B'Elanna fühlte ein Stöhnen tief in ihrer Kehle, und sie verschluckte es. Sie wollte einfach nicht glauben, was ihr die Augen mitteilten.

Aber ein kühlerer, härterer Selbstaspekt in ihr war bereit, sich mit der Realität abzufinden. Der Krieger namens Tolga lebte nicht mehr, hatte sich ebenso geopfert wie die anderen Leute an Bord seines Schiffes.

Ihr Opfer blieb nicht umsonst. Überall an Bord des Nograkh-Kreuzers gingen die Lichter aus, und auch das Glühen der Warpgondeln ließ nach, als die Triebwerkspulen abkühlten. Allem Anschein nach hatte Tolga genau gewußt, wo sich die empfindlichen Stellen des größeren Schiffes verbargen.

B'Elanna erinnerte sich an seine Bemerkungen in ihrer gemeinsamen Gefängniszelle. Tolga hatte einmal zur Crew eines solchen Kreuzers gehört – kein Wunder, daß er sich damit auskannte.

Die Zelle ... Dort hatte er Kim das Leben gerettet. *Dort habe ich gelernt, ihn zu respektieren, sogar einen Freund in ihm zu sehen*, dachte B'Elanna. Vielleicht wäre im Lauf der Zeit sogar mehr zwischen ihnen möglich gewesen ...

Aber Tolga existierte jetzt nicht mehr.

Bevor sich B'Elanna ganz dieser neuen, veränderten Wirklichkeit stellen konnte, vernahm sie ein rhythmisches Summen. Kim wandte sich ihr zu und richtete einen verwunderten Blick auf sie – in seinem Gesicht zeichneten sich die gleichen gemischten Gefühle ab, die in Torres vibrierten.

»Jemand versucht, einen Kom-Kontakt mit uns herzustellen«, sagte der Fähnrich.

B'Elanna sah erneut auf die Displays und schluckte. Inzwischen waren an dem großen Kreuzer fast keine Lichter mehr zu sehen. Und er trieb nun antriebslos im All, mit Tolgas Transporter im Rumpf.

»Was wollen die Nograkh von uns?« fragte Widderhorn.

Tiefe Falten bildeten sich in Kims Stirn, als er die Kontrollen betätigte. »Einen Augenblick«, sagte er. »Ich glaube, die Kom-Signale stammen gar nicht von dem Kreuzer.«

B'Elanna wandte sich erst an ihn. »Ist ein zweites Kampfschiff im Anflug?« Sie schauderte innerlich, als sie daran dachte, daß Tolgas Selbstopfer umsonst gewesen sein mochte ...

Der Fähnrich schüttelte den Kopf. »Nein. Ich ...« Plötzlich hob er den Kopf und lächelte mit einer Erleichterung, die völlig fehl am Platz wirkte. »Ich glaube, es ist die *Voyager*.«

B'Elanna beugte sich über seine Schulter hinweg und sah auf die Anzeigen der Instrumente. Es handelte sich tatsächlich um jene Frequenz, die normalerweise von der *Voyager* benutzt wurde. Die Nachricht selbst war verstümmelt, was vermutlich auf starke Störstrahlung zurückging, verursacht vom Plasmainferno, das im Wrack von Tolgas Schiff wütete.

Aber die Frequenz ...

»Hören wir uns die Mitteilung an«, sagte B'Elanna.

Kim betätigte ein Schaltelement, und einen Augenblick später erklang die angespannte, von Statik untermalte Stimme Captain Janeways.

»... *Voyager*. Wenn Sie das sind ... Melden Sie sich,

Mr. Kim. Ich wiederhole: Wenn Sie sich an Bord jenes Schiffes aufhalten ...«

B'Elanna legte dem Fähnrich die Hand auf die Schulter und drückte kurz zu. »Sie haben recht«, sagte sie und konnte die Aufregung nicht aus ihrer Stimme verbannen. »Es ist die *Voyager*. Ist ein visueller Empfang möglich?«

»Ich versuch's«, erwiderte Kim.

Kurz darauf veränderte sich die Darstellung des Hauptschirms. Ein neues Bild entstand, von Interferenzen zerfasert und zerrissen. Aber trotzdem war Janeway zu erkennen.

Ihre Stimme drang aus den Lautsprechern, begleitet von lautem Knistern und Knacken. »... wenn Sie an Bord sind ... melden Sie sich, Fähnrich. Ich muß wissen, ob ...«

»Captain Janeway«, sagte B'Elanna, »hier spricht Lieutenant Torres. Fähnrich Kim und ich sind mit diesem Schiff von dem Ort entkommen, an dem man uns gefangenhielt. Derzeit droht uns keine Gefahr, obwohl sich das schnell ändern könnte.«

Janeway runzelte die Stirn, als sie versuchte, B'Elannas Worte zu verstehen. Die Interferenzen machten sich bei den Kom-Geräten der *Voyager* offenbar ebenso bemerkbar wie bei denen des Transporters.

Nach einigen Sekunden wandte sich Janeway Tuvok zu, der im Hintergrund stand. Offenbar erteilte sie ihm eine Anweisung, denn der Vulkanier betätigte die Kontrollen der taktischen Station und gab dann eine Antwort, woraufhin die Kommandantin wieder nach vorn sah.

»... einen Transfer versuchen ...«, sagte sie. »... unsere Schilde heben ... beeilen, damit wir nicht zu lange schutzlos sind.«

Kim blickte zu B'Elanna. »Die *Voyager* will uns an Bord beamen, Maquis.«

Torres nickte. »Ich hab's gehört.«

Sie hielt das für durchaus vernünftig. Ihr Schiff war zu groß, um in einem Hangar der *Voyager* untergebracht zu werden – also kam nur ein Transport in Frage, um die Insassen an Bord zu holen.

Allerdings dauerte es vermutlich noch eine Weile, bis ein solcher Transfer stattfinden konnte. Vielleicht beeinflußte die von Tolgas Wrack ausgehende Störstrahlung nicht nur die Kommunikationssignale, sondern auch den ringförmigen Sperrstrahl.

»Wir sollen *gebeamt* werden?« fragte Widderhorn – er wußte nicht, was es damit auf sich hatte.

Kein Wunder. Im Delta-Quadranten war *niemand* mit der Transportertechnik vertraut – deshalb wollten die Kazon-Ogla sie unbedingt erbeuten.

»Warten Sie's nur ab«, teilte B'Elanna Widderhorn mit.

Sie brauchten sich nicht lange zu gedulden.

Im einen Augenblick befanden sie sich im Kontrollraum des kleinen Transportschiffes und wechselten stumme Blicke. Im nächsten standen sie alle auf einer Transporterplattform an Bord der *Voyager*.

Janeway sah neben dem Transporterchef von den Kontrollen auf. Torres versuchte, ihren Gesichtsausdruck zu deuten. Sie erkannte Freude – und auch noch etwas anderes.

Erleichterung?

»Ist alles in Ordnung mit Ihnen?« fragte die Kommandantin und näherte sich der Plattform.

B'Elanna wollte antworten, daß sie sich gut fühlte, doch eine plötzliche Schwäche in den Knien hinderte sie daran. Sie taumelte, und Janeway war sofort zur Stelle, um sie zu stützen.

»Strahlung«, sagte die Kommandantin und deutete die Symptome der Chefingenieurin auf den ersten

Blick. Sie sah Kim an und kniff die Augen zusammen. »Sie ebenfalls.«

B'Elanna brachte ihre Knie wieder unter Kontrolle. »Unser Zustand ist nicht so schlecht, wie es den Anschein hat«, behauptete sie.

Janeway kniff die Augen zusammen. »Von wegen.« Sie hob den Kopf. »Krankenstation, hier spricht der Captain. Bereiten Sie Betten vor, Doktor. Ich habe hier einige Fälle von Strahlenkrankheit für Sie.«

»Bringen Sie sie her«, erwiderte der holographische Arzt. »Ich habe schon seit einigen Tagen keine Strahlungspatienten mehr gehabt. Daher kann ich ein wenig Übung gebrauchen.«

B'Elanna lächelte unwillkürlich, als sie den ironischen Ton hörte. Sie freute sich darüber, wieder daheim zu sein. Und hinzu kam eine Genugtuung ganz besonderer Art: Zusammen mit Kim hatte sie die Hälfte der Gefangenen von der Erzstation gerettet.

Aber noch besser wäre es gewesen, auch die andere Hälfte zu retten. Erneut dachte sie an Tolga, an seine Kraft, seinen Mut. Die Erinnerungen schmerzten.

»Was ist los?« Janeway neigte den Kopf ein wenig zur Seite und sah B'Elanna tief in die Augen. »Werden die Schmerzen schlimmer?«

Die Chefingenieurin schüttelte den Kopf. »Nein, das ist es nicht, Captain.«

»Was dann?«

Die Tür des Transporterraums glitt auf, und Torres rechnete damit, daß einige Sicherheitswächter eintraten, um sie und ihre Begleiter zur Krankenstation zu eskortieren.

Ein Kloß formte sich in ihrem Hals, als sie versuchte, die Frage des Captains zu beantworten. »Wissen Sie ... Vor wenigen Minuten habe ich gesehen, wie jemand starb, um mir das Überleben zu ermöglichen.«

»Und wer war das?« erklang eine vertraute Stimme.

B'Elanna glaubte kaum, ihren Ohren trauen zu können. Sie wandte sich der Tür zu und beobachtete, wie Tolga den Transporterraum betrat, begleitet von Tuvok und einigen ehemaligen Gefangenen.

Fassungslos schüttelte sie den Kopf.

»Was ...?« brachte sie hervor.

Tolga kniff die Augen zusammen, durchquerte den Raum und umarmte sie, so wie ein Krieger einen anderen.

Er lebt, dachte sie und spürte den festen Druck seiner Arme. *Er lebt*!

»Wie ist so etwas möglich?« fragte der Nograkh und ließ sie los. Er nickte in Richtung des Vulkaniers. »Ihre Leute haben uns irgendwie aus dem Transporter geholt, bevor er mit dem Kreuzer kollidierte. Die Sache ist mir ein Rätsel.«

Tuvok offenbarte subtile Anzeichen von Unbehagen, als er Captain Janeway ansah. »Eigentlich wollte ich diese Personen direkt zur Krankenstation bringen. Doch als Tolga erfuhr, daß es eine Möglichkeit gab, Lieutenant Torres wiederzusehen ...«

Janeway nickte. »Ich verstehe. Und seien Sie unbesorgt, Mr. Tuvok – Sie haben die richtige Entscheidung getroffen.«

Der Vulkanier wölbte eine Braue. »Ich mache mir *nie* Sorgen, Captain. So etwas ist unlogisch.«

B'Elanna war noch immer verwirrt und musterte den Captain. »Woher wußten Sie, daß Tolga und seine Crew auf unserer Seite sind?«

Janeway hob und senkte die Schultern. »Wir waren zur Erzstation unterwegs. Dann orteten wir sechs kleine Schiffe, die es ziemlich eilig hatten, sie zu verlassen. Eins von ihnen führte ein Flugmanöver durch, das Mr. Paris vertraut erschien.« Sie sah zu Kim. »Sie sind ein guter Pilot, Mr. Kim.«

Der Fähnrich lächelte schief. »Danke, Captain.«

»Anschließend fiel es uns ein wenig schwer festzustellen, wer ihre Verbündeten waren – falls es überhaupt welche gab«, fuhr Janeway fort. »Doch dann erschien der Kampfkreuzer und nahm zwei der kleinen Schiffe aufs Korn – daraufhin hatten wir eine ziemliche klare Vorstellung davon, was vor sich ging.«

»Sie richteten den Transferfokus aus«, sagte B'Elanna.

»Ja«, bestätigte der Captain. »Sobald sich das bewerkstelligen ließ.« Janeways Blick glitt zu Tolga. »Zum Glück konnten wir den Transfer einleiten, bevor eins der beiden kleinen Schiffe sein Kamikaze-Manöver beendete.«

»Das erheblichen Schaden anrichtete, wie ich hörte«, kommentierte Tolga und sah bei diesen Worten zu B'Elanna.

Torres konnte es noch immer kaum fassen, aber sie lächelte jetzt. »Stimmt«, bestätigte sie. »Der Kreuzer verlor sein gesamtes offensives und defensives Potential.«

»Gut«, brummte der Nograkh, und Genugtuung blitzte in seinen silbergrauen Augen.

Ganz offensichtlich war er mit seiner Leistung zufrieden. Daß er auch noch überlebt hatte, schien nebensächlich zu sein.

Eine Stimme drang aus den Interkom-Lautsprechern. »Captain Janeway?«

»Ja, Commander Chakotay?« meldete sich die Kommandantin.

»Wir haben alle an Bord. Aber die Transferierten befinden sich nicht in einem guten Zustand.«

Janeway nickte kurz. »Der Doktor weiß Bescheid. Bringen Sie die Leute zur Krankenstation, Commander.«

»Aye, Captain«, antwortete Chakotay. »Wie geht es Lieutenant Torres und Fähnrich Kim?«

Janeway lächelte. »Eigentlich nicht schlecht, wenn man die Umstände berücksichtigt.«

B'Elanna legte Tolga die Hand auf den Arm, blickte zu ihm auf und sah ihr Spiegelbild in seinen silbergrauen Augen.

»Ich dachte, ich würde Sie nie wiedersehen«, sagte sie.

Er senkte den Kopf ein wenig. »Mir ging es genauso«, erwiderte er.

Dann trafen einige Sicherheitswächter ein und führten sie zur Krankenstation.

21

Pacria wußte, daß an Bord etwas vor sich ging – der Verkehr in den Korridoren nahm zu. Ständig eilten Besatzungsmitglieder in unterschiedlichen Uniformen hin und her.

Sie aktivierte den Insignienkommunikator, den sie erhalten hatte, und setzte sich mit Captain Janeway in Verbindung. »Ist etwas passiert?« fragte sie.

Die Kommandantin konnte ihr keine Auskunft erteilen, zumindest nicht sofort. Zu viele Dinge erforderten derzeit ihre Aufmerksamkeit. Offenbar ging es dabei um etwas Dringendes – darauf deuteten die im Hintergrund erklingenden Geräusche hin.

Pacria beschloß, den Speisesaal aufzusuchen, in der Hoffnung, dort etwas zu erfahren. Doch zur großen Überraschung der Emmonac traf sie dort niemanden an, nicht einmal Neelix.

Das bedeutete: Es gab nur noch einen anderen Ort an Bord, wo man sie kannte und willkommen heißen würde.

Die Krankenstation.

Als Pacria eintrat, sah sie Kes im Büro des Doktors. Der Holo-Arzt war ebenfalls anwesend, und auch Neelix.

Sie drehten sich um, als die Emmonac hereinkam. Der Talaxianer hob grüßend die Arme. »Wir haben sie gefunden!« rief er. »Wir haben Torres und Kim gefunden!«

Pacria lächelte. »Wirklich?«

»Ja«, bestätigte Kes und winkte. »Kommen Sie.«

Als sich die Emmonac näherte, wichen die anderen ein wenig zurück, damit sie einen Blick auf den Tischmonitor des Doktors werfen konnte. Er zeigte eine Art Raumschiff, grau und schlicht.

»Dort befinden sie sich?« fragte sie.

»So hat es den Anschein«, erwiderte der Doktor. »Wir wissen noch nicht, wie sie dorthin gelangten, aber sie haben auf die Kom-Signale des Captains reagiert. Es ist nur noch eine Frage der Zeit, bis sie wieder an Bord sind.«

Pacria blieb bei den anderen im Büro des Doktors. Sie war zugegen, als Captain Janeway den holographischen Arzt auf die Ankunft von Torres, Kim und ihren neuen Freunden hinwies. Und sie beobachtete, wie sie die Krankenstation betraten, um sich behandeln zu lassen.

Die Emmonac hätte es dem Doktor und Kes überlassen können, sich um die Patienten zu kümmern, aber statt dessen half sie. Warum auch nicht? Immerhin war sie schon einmal da. Außerdem brachte sie den Kranken in diesem Fall besonderes Mitgefühl entgegen, denn sie hatte selbst an den Folgen starker Strahlung gelitten.

Sie bekam sogar Gelegenheit, Lieutenant Torres und Fähnrich Kim kennenzulernen. Die beiden Offiziere unterschieden sich von ihren entsprechenden Vorstellungsbildern – Torres war hübscher, als sie erwartet hatte, und Kim stiller.

Neelix wies auf Pacrias Rolle bei der Rettung hin, und daraufhin bedankten sich nicht nur Torres und Kim bei ihr, sondern auch der Nograkh. Wenn die *Voyager* nicht die beiden Vermißten gefunden hätte, wäre sie kaum in der Lage gewesen, den übrigen Gefangenen zu helfen. Und bestimmt hätte es nicht lange gedauert, bis ein weiterer Kreuzer eingetroffen wäre, um das zweite von den Ausgebrochenen erbeutete Transportschiff zu vernichten.

Pacria fühlte sich gut, als sie den Dank entgegennahm. Sie gewann dadurch den Eindruck, etwas geleistet zu haben, und daran lag ihr gerade deshalb viel, weil ihr nur noch wenig Zeit blieb.

Dann setzte sich die Kommandantin mit ihr in Verbindung. Angesichts der jüngsten Ereignisse schien Janeway fast vergessen zu haben, daß sie mit Pacria sprechen wollte. Sie wies darauf hin, die Bemühungen der Emmonac seien nicht umsonst gewesen. Anschließend erwähnte sie die Rettung von Torres und Kim.

Pacria lächelte. »Ja, ich weiß. Ich bin bei ihnen in der Krankenstation.« Unter den gegebenen Umständen fiel es ihr nicht schwer, Janeway ihren kleinen Fehler zu verzeihen.

Der Captain unterbrach die Kom-Verbindung, und Pacria sah sich in der Krankenstation um. Zwar waren viele Patienten zugegen, aber der Doktor schien alles unter Kontrolle zu haben. Pacria wurde nicht mehr gebraucht und schritt zum Ausgang.

Jemand rief ihren Namen. »Pacria?«

Die Ocampa schloß zu ihr auf. »Darf ich Sie um einen Gefallen bitten?« fragte sie.

»Natürlich«, erwiderte die Emmonac.

»Ich schlage einen gemeinsamen Besuch des Holodecks vor«, sagte Kes. »Wir treffen uns dort in einer halben Stunde. Dann sollte ich hier fertig sein.«

Es war ein ungewöhnliches Anliegen. Pacria wußte inzwischen von den besonderen Funktionen des Holodecks, und sie vermutete, daß Kes ein Programm für sie vorbereitet hatte, als eine Art Geschenk. Vielleicht wollte sie damit ihrer Dankbarkeit Ausdruck verleihen. Oder es mochte ein Versuch sein, sie vom nahen Tod abzulenken.

Pacria hielt so etwas in jedem Fall für unnötig und wies auch darauf hin.

»Für mich ist es wichtig«, beharrte Kes.

Die Emmonac seufzte und erklärte sich bereit, das Holodeck mit der Ocampa zu besuchen.

Kes aktivierte das Programm und öffnete die Tür des Holodecks. Dunkelheit erwartete sie – so sah es der Plan vor.

Pacria zögerte. »Ich halte nicht viel von Überraschungen«, teilte sie der Ocampa mit.

Kes ging nicht darauf ein und forderte ihre Begleiterin auf, den Projektionsraum zu betreten. Schließlich setzte sich Pacria in Bewegung und trat durch die Tür. Als sie sich beide auf dem Holodeck befanden, schaltete Kes mit einer knappen Anweisung das Licht ein.

Sofort wurde es hell, und Pacria blinzelte geblendet. Dann ließ sie ihren Blick durch die simulierte Umgebung schweifen.

Sie befanden sich in einem schlichten, farblosen Zimmer, in dem leere Metallbetten standen. Die Emmonac wirkte verwirrt und nervös.

»Was hat das zu bedeuten?« fragte sie.

»Ich glaube, Sie wissen Bescheid«, erwiderte Kes sanft. »Dies ist die Klinik eines zendak'aanischen Umsiedlungslagers. Die Daten aus dem Bordcomputer Ihres Schiffes ermöglichten mir die ambientale Programmierung.«

Pacria musterte sie verständnislos. »Aber warum? Was sollte Ihnen daran gelegen sein, etwas so Schreckliches zu simulieren?«

Kes biß sich auf die Lippe, als sie den Schmerz in Pacrias Gesicht sah. Doch jetzt gab es kein Zurück mehr – sie hatte sich selbst geschworen, die Sache bis zum Ende durchzustehen.

»Ich möchte Ihnen zeigen, was es mit Ihrer Entscheidung auf sich hat«, erklärte die Ocampa.

»Sie zeigen mir einen jener Orte, an dem die Zendak'aa wehrlose Emmonac quälten. Wo sie unsere Körper zerschnitten und verstümmelten, alles im Namen der Wissenschaft.«

Kes seufzte tief. Die Wahrheit in Pacrias Worten ließ sich nicht leugnen, aber sie beschrieben nicht die *ganze* Wahrheit.

Pacria setzte einen Fuß vor den anderen, und das Geräusch ihrer Schritte hallte von den Wänden wider, wie in einer Grabkammer. Entsetzen und Abscheu glänzten in ihren Augen.

Sie wandte sich der Ocampa zu, und ihr Gesicht wirkte plötzlich hohlwangig. »Soll mich dies veranlassen, meine Meinung zu ändern? Es dürfte mich wohl eher in meiner Überzeugung bestärken, richtig zu handeln.«

Kes gab keine Antwort und blickte zur Decke. »Computer, füge dem Programm Doktor Arnic Varrus hinzu.«

Ein Zendak'aa, gekleidet in einen weißen Kittel, erschien im Raum. Er war größer und dünner als Pacria. Im Gegensatz zu Pacrias purpurnen Schuppen hatte Varrus eine glatte, hellgelbe Haut. An der Stirn und auf den Händen zeigten sich schwarze Streifen.

Die Augen stellten das auffallendste Merkmal dar. Sie waren groß und schwarz, und ein sonderbares Licht glitzerte in ihnen. Es wies darauf hin, daß dieser Mann felsenfest von seinen überragenden Fähigkeiten überzeugt war.

Varrus stand stumm dar und rührte sich nicht von der Stelle. Damit entsprach er der Programmierung – er sollte nur antworten. Allerdings kam allein seine Selbstsicherheit einer Botschaft gleich.

Die Emmonac musterte den Zendak'aa. Nach einigen Sekunden rannen ihr Tränen über die Wangen.

»Daß Sie mir etwas so Abscheuliches zeigen...«, brachte sie hervor, ohne Kes anzusehen. »Wie sehr müssen Sie mich hassen.«

Die Ocampa schluckte. Ein Teil von ihr wollte Pacria dieses Elend ersparen, doch ein anderer erinnerte sie daran, daß es notwendig war, wenn sie ihr Ziel erreichen wollte.

»Es tut mir leid«, erwiderte sie. »Ich möchte Ihnen kein Leid bescheren. Bitte... haben Sie ein wenig Geduld.«

Die Emmonac holte tief Luft und ließ den Atem zischend entweichen. »Was erwarten Sie jetzt von mir?«

Kes deutete auf den Zendak'aa. »Sprechen Sie mit ihm. Fragen Sie ihn nach seiner Arbeit.«

»Warum?« entgegnete Pacria. »Damit er mich darauf hinweisen kann, wie sehr er bemüht war, seine Artgenossen zu heilen? Soll ich ihm seine Verbrechen vielleicht verzeihen – und anschließend aus ihren Ergebnissen Nutzen ziehen?«

Kes nahm ihre ganze innere Kraft zusammen. »Fragen Sie ihn«, sagte sie leise.

Mit offensichtlichem Widerstreben wandte sich die Emmonac an Doktor Varrus. »Erzählen Sie mir von Ihren Forschungen.«

Der Zendak'aa erwärmte sich sofort für dieses Thema. »Meine Forschungen betrafen bestimmte Krankheiten, insbesondere Aaniatethis. Da es bei den Emmonac ein ähnliches Virus gab, benutzte ich viele von ihnen als Untersuchungsobjekte.«

»Wie viele?« fragte Pacria mit emotionsloser Stimme.

Varrus zuckte mit den Schultern. »Ich weiß nicht. Tausend vielleicht. Oder noch mehr. Ich müßte in meinen Aufzeichnungen nachsehen, um Ihnen die genaue Anzahl zu nennen.«

Pacria schnitt eine Grimasse. »Natürlich. Es gab keinen Grund mitzuzählen. Immerhin waren es nur Emmonac.«

»Genau«, bestätigte der Zendak'aa.

»Und was haben Sie mit den... Untersuchungsobjekten angestellt?« fragte Pacria.

Varrus lächelte. »Ich infizierte sie, und zwar mit der gefährlichsten Art, die am schnellsten wirkte und den größten Schaden anrichtete.«

Pacria wandte sich an Kes. »Wie lange muß ich dieses Grauen noch ertragen?«

»Nur noch *ein wenig* länger«, versicherte ihr die Ocampa.

Die Emmonac schluckte und richtete ihren Blick wieder auf Varrus. »Was geschah, als Sie die Untersuchungsobjekte dem Virus aussetzten?«

Der Zendak'aa antwortete nicht sofort. Er schien nachzudenken, sich voller Nostalgie an etwas zu erinnern.

In Kes verkrampfte sich etwas, als sie ihn beobachtete. Für Pacria mußte alles noch viel schlimmer sein.

»Es gab mehrere Gruppen«, sagte Varrus schließlich. »Bei jeder erhielt das Virus Gelegenheit, sich im ganzen Organismus auszubreiten, bevor ich ein Antigen verabreichte. In den meisten Fällen wirkte es nicht, und die betreffenden Untersuchungsobjekte starben innerhalb kurzer Zeit. Bei anderen Individuen kam es zu einer positiven Reaktion, die jedoch nicht lange andauerte – die Testobjekte hielten nur ein wenig länger durch, bevor sie ebenfalls starben.«

»Sie hielten etwas länger durch«, wiederholte Pacria. Empörung und Zorn vibrierten in ihrer Stimme.

Varrus schien davon überhaupt nichts zu bemerken. »Ja«, sagte er. »Ihre Existenz dauerte etwas länger und wurde von starken Schmerzen begleitet, da ich möglichst viel über die Krankheit erfahren wollte. Und das wäre nicht möglich gewesen, wenn ich schmerzstillende Mittel verabreicht hätte.«

Pacria preßte die Lippen zusammen, und erneut quollen ihr Tränen in die Augen. »Ich verstehe.«

»Aber nicht alle starben«, fügte Varrus rasch hinzu. »Einige Untersuchungsobjekte überstanden die Infektion, obgleich die Krankheit Knochen und Muskelgewebe schädigte. Jene Gruppe ermöglichte mir schließlich die Identifizierung eines Antigens.«

Pacrias Lippen zitterten nun, aber sie hielt sich unter Kontrolle und wandte sich an Kes. »Dies ist sinnlos.«

»Nein«, widersprach die Ocampa. »Obwohl es auf Sie einen solchen Eindruck machen muß.«

Die Emmonac hob hilflos die Hände. »Was könnte ich dieses Monstrum sonst noch fragen?«

Varrus sah sie an. »Monstrum?« wiederholte er ironisch. »Wohl kaum. Immerhin habe ich eine Möglichkeit gefunden, Aaniatethis zu behandeln. Tausenden von ehrenwerten Zendak'aa konnte dadurch das Leben gerettet werden, und Millionen anderen blieben schwere körperliche Beeinträchtigungen erspart. In den Augen meines Volkes bin ich ein Held.«

Die Emmonac richtete einen vernichtenden Blick auf den Zendak'aa. »Sie sind ein Teufel, die Personifizierung des Bösen. Ich würde mich nicht einmal dann mit Ihrem Heilmittel behandeln lassen, wenn es um meine Seele ginge.«

Pacria hatte ganz offensichtlich genug. Sie wischte sich Tränen von der Wange und schritt zum Ausgang.

Varrus sah ihr nach und lachte leise. »Gut«, erwiderte er.

Pacria blieb stehen und blickte über die Schulter zu ihm zurück. »Was haben Sie gesagt?« brachte sie hervor, und Zorn glühte in ihren Augen.

»Gut«, wiederholte Varrus und ließ sich von Pacrias Empörung nicht beeindrucken. »Nur die Zendak'aa sollten von meinen Forschungen profitieren. Allein für mein Volk habe ich von früh morgens bis spät abends gearbeitet und Blutproben untersucht, bis mir die Augen zufielen. Allein für *mein* Volk.«

Er bewegte die Hand so, als ginge es darum, ein lästiges Insekt zu verscheuchen – die Geste galt Pacria. »Die Emmonac, mit denen ich meine Experimente durchführte, waren nichts weiter als Versuchskaninchen für mich. Die Vorstellung, daß untergeordnete Geschöpfe mir die Ergebnisse meiner Arbeit stehlen...« Er lachte erneut. »Ich kann mir nur wenige Dinge vorstellen, die widerlicher sind.«

Pacria starrte den Zendak'aa so an, als sähe sie ihn jetzt zum erstenmal. »So etwas würde Ihnen nicht gefallen?« fragte sie.

»Genausogut könnte mir jemand ein Messer in den Bauch stoßen und es langsam drehen«, erwiderte Varrus. »Zu wissen, einen Emmonac am Leben erhalten zu haben, um weitere Emmonac hervorzubringen...« Er schauderte. »Zum Glück wird so etwas nie geschehen, solange das Zendak'aanische Reich existiert.«

Pacria lächelte. »Das Zendak'aanische Reich wurde vernichtet.«

Varrus kniff die Augen zusammen. »Unmöglich!«

»Es wurde vernichtet«, bekräftigte Pacria. »Die Reste Ihres Volkes sind zwischen den Sternen verstreut. Und was die sogenannte ›Arbeit‹ betrifft, die Sie leisteten, die wissenschaftlichen Errungenschaften der hochmütigen Zendak'aa... Sie stehen nun den ach so unwürdigen Emmonac zur Verfügung.«

Varrus riß die Augen auf, und Wut verfärbte sein Gesicht. Voller Nachdruck schüttelte er den Kopf. »Nein! Das ist ausgeschlossen!«

»Da irren Sie sich. Wir besitzen all das, was einst Größe für Sie bedeutete.«

»Sie lügen!« brachte Varrus zwischen zusammengebissenen Zähnen hervor. »Mein Volk war die Krone der Schöpfung. Und die Emmonac bedeuteten überhaupt nichts – sie kamen *Tieren* gleich!«

»Aber sie überlebten«, entgegnete Pacria. »Und sie warteten. Als die Zendak'aa träge und sorglos wurden, als sie nicht mehr aufpaßten … Da nutzten die Emmonac und andere Völker die Chance, um es ihnen heimzuzahlen.«

»Nein!« heulte Varrus und richtete einen dürren Finger auf Pacria. »Sie versuchen nur, mich zu verunsichern. Sie haben es auf meine Forschungsdaten abgesehen, nicht wahr? Aber Sie bekommen sie nicht. Weil sie ausschließlich für mein Volk bestimmt sind. Niemand sonst darf sie verwenden! *Niemand* sonst!«

Die Emmonac lachte, aber es klang nicht amüsiert, sondern triumphierend. »Ich schätze, da muß ich Ihnen eine Enttäuschung bereiten«, sagte sie mit einem Hauch Sarkasmus.

Kes lächelte. »Programmausführung unterbrechen.«

Einige Sekunden lang herrschte Stille auf dem Holodeck. Pacrias Blick blieb auf den in einen weißen Kittel gekleideten Zendak'aa gerichtet, in dessen Augen Wut gleißte – er konnte sich nicht damit abfinden, daß sein schlimmster Alptraum Realität geworden war.

»Ich schätze, Sie haben sich für sehr klug gehalten«, sagte die Emmonac zu Kes.

»Nein, eigentlich nicht«, erwiderte die Ocampa. »Um ganz ehrlich zu sein: Ich habe mich an einen Strohhalm geklammert.« Sie zögerte kurz. »War es der richtige Strohhalm?«

Pacria ließ sich Zeit mit der Antwort. »Ja«, sagte sie schließlich. »Ich denke schon.«

Kes nickte erleichtert. »Ich glaube, dann brauchen wir diesen Ort nicht mehr.« Sie hob den Kopf und wies den Computer an, das Programm zu beenden. Sofort verschwanden Varrus und seine Klinik, wichen dem schwarzgelben Holo-Gitter.

Die Emmonac sah sich um und schüttelte den Kopf. »Alles wirkte so echt. *Er* schien wirklich zu existieren.«

»In gewisser Weise existierte er tatsächlich«, meinte Kes. »Er verhielt sich genau so, wie sich der echte Varrus verhalten hätte – wenn er noch am Leben wäre.«

Pacria dachte noch ein wenig länger über ihr jüngstes Erlebnis nach, wandte sich dann an die Ocampa und lächelte.

»Kommen Sie«, sagte sie. »Ich habe einen Termin in der Krankenstation.« Und damit strebte sie dem Ausgang des Holodecks entgegen.

22

CAPTAINS LOGBUCH, STERNZEIT 49588,4:

Auf Lieutenant Torres Bitte hin habe ich ihren Freund Tolga und die anderen Nograkh zu einer Welt ihrer Wahl gebracht. Offenbar dient jener Planet als Hauptquartier für die Rebellion, die sie bereits unterstützt haben.

Die übrigen ehemaligen Gefangenen baten darum, ebenfalls auf jener Welt abgesetzt zu werden. In der Erzstation entstand offenbar ein Band aus gegenseitigem Respekt zwischen ihnen, das sie nicht zerreißen möchten.

Unter normalen Umständen wären die Koordinaten des Planeten natürlich streng geheim. Aber Tolga vertraut Lieutenant Torres und Fähnrich Kim so sehr, daß er auch uns vertraut. Natürlich werde ich die entsprechenden Daten löschen, sobald wir die Umlaufbahn verlassen. Falls die *Voyager* von Tolgas Feinden aufgebracht wird, soll es nichts geben, das ihn verraten könnte.

Ich rechne natürlich nicht mit so etwas, aber immerhin sind wir hier im Delta-Quadranten. Wir wissen nicht, wem oder was wir demnächst begegnen könnten.

Was Pacria Ertinia betrifft, die Emmonac, die wir an Bord nahmen... Die Dinge scheinen sich gut zu entwickeln. Ich weiß noch

immer nicht, wie es Kes gelang, sie doch noch dazu zu überreden, sich vom Doktor behandeln zu lassen. Wie dem auch sei: Ich habe ihr versprochen, sie im Raumgebiet der Emmonac abzusetzen, das zum Glückt nicht sehr weit entfernt ist.

Ich glaube, im großen und ganzen hätten die Ereignisse der letzten Tage schlimmer ausgehen können. Ende des Logbucheintrags.

Janeway lehnte sich im Kommandosessel zurück und sah zum Hauptschirm. Er zeigte Tolgas Welt, einen Planeten der Klasse M, der sich langsam unter dem Raumschiff drehte und nichts von den Absichten der Rebellen ahnte.

Im Gegensatz zu dem Planeten, auf dem Torres und Kim in die Gewalt der Kazon geraten waren, weckte diese Welt in Janeway keine Erinnerungen an die Erde. Bei den Kontinenten herrschten orangefarbene Tönungen vor, und hinzu kamen eine zu dichte Wolkendecke und zu wenig Wasser. Aber der Planet besaß einen großen Vorteil: Auf ihm gab es brauchbare Nahrung in Hülle und Fülle.

»Captain Janeway?« tönte es aus dem kleinen Lautsprecher des Insignienkommunikators.

Sie erkannte die Stimme sofort. »Lieutenant Tuvok. Welche Fortschritte erzielen wir?«

»Beträchtliche«, berichtete der Vulkanier. »Wir beamen jetzt die letzte Auswahl von Kräutern und Knollen an Bord. Mr. Neelix ist recht ...« Er zögerte kurz und suchte nach dem richtigen Wort. »Aufgeregt.«

»Alles andere hätte mich sehr überrascht«, erwiderte Janeway. »Für ihn gibt es jetzt eine ganz neue Welt an Geschmacksrichtungen zu erforschen.«

Und anschließend wird er das alles der Crew aufbürden,

dachte Janeway, obwohl sie es nie gewagt hätte, diesen Gedanken laut auszusprechen.

»Ich sollte darauf hinweisen, daß Tolgas Leute sehr hilfreich waren und uns die vielversprechendsten Orte zeigten«, sagte Tuvok. »Zwar können die Nograkh untereinander sehr gewalttätig sein, aber sie sind auch großzügig.«

Der Captain lächelte. »Dann hat sich unser kleiner Umweg gelohnt. Wir haben nicht nur neue Vorräte bekommen, sondern auch Freunde gewonnen.«

Fähnrich Kim nickte – er hatte sich inzwischen vollständig erholt und saß wieder an seinem üblichen Platz. »Ich glaube, in dieser Hinsicht brauchen Sie von Lieutenant Torres keinen Widerspruch zu erwarten«, sagte er. »Und von mir auch nicht.«

Janeway sah erst zu Kim und dann zu Lieutenant Paris, der die Navigationskontrollen bediente. Wenn es in ihrer Beziehung Spannungen gegeben hatte, so waren sie inzwischen verschwunden. Eigentlich kein Wunder: Man wußte seine Freunde noch besser zu schätzen, wenn man einmal geglaubt hat, sie verloren zu haben.

Harry Kim unterdrückte ein Gähnen.

Zwar empfand er den Aufenthalt im Kontrollraum der *Voyager* als recht angenehm, aber diesmal konnte er es gar nicht abwarten, daß seine Dienstschicht endete. Zwar litt er inzwischen nicht mehr an der schwächenden Strahlenkrankheit, doch er fühlte sich noch immer ein wenig müde und erholungsbedürftig. Der holographische Arzt meinte, daß dieser Zustand noch einige Tage lang anhalten würde.

Um sich die Zeit zu vertreiben, startete er mehrere Diagnoseprogramme, überprüfte das strukturelle Integritätsfeld und die Waffensysteme. Anschließend nahm er sich die Triebwerke und Sensoren vor.

Er hätte auch den Transporter kontrolliert, aber der war noch immer in Betrieb. Tolgas Versteck erwies sich als eine wahre Fundgrube für die *Voyager* – während der nächsten Wochen stand ihnen massenhaft Proviant zur Verfügung.

Schließlich wurde es Zeit, aufzustehen und die Konsole jemand anders zu überlassen: DuChamps löste den Fähnrich ab – er hatte ihn während seiner Abwesenheit vertreten.

Die beiden Männer nickten sich zu. »Ich habe die Bordsysteme überprüft«, sagte Kim. »Sie finden die Ergebnisse auf dem Schirm.«

»In Ordnung«, erwiderte DuChamps. »Und Kim … Es freut mich, daß Sie zurück sind.«

»Danke.« Der Fähnrich klopfte ihm auf die Schulter.

Er sah zu Paris und stellte fest, daß sich der Pilot ebenfalls ablösen ließ. Kim wartete am Turbolift auf ihn, und gemeinsam betraten sie die Transportkapsel. Hinter ihnen schloß sich die Tür.

Um sich gleich darauf wieder zu öffnen. »Gibt es hier noch Platz für eine zusätzliche Person?« fragte Chakotay.

Paris lächelte. »Warum nicht?«

»Holodeck«, wies der Erste Offizier den Computer des Turbolifts an. Die Tür schloß sich erneut, und fast unmerklich setzte sich die Transportkapsel in Bewegung.

»Das ist eigentlich gar keine schlechte Idee, Commander«, sagte Kim. »Ich glaube, ich buche ebenfalls ein wenig Holodeck-Zeit – im Chez Sandrine.« Das Chez Sandrine war ein holographisches Bistro, das Paris während seiner Akademiezeit besucht hatte. »Den einen oder anderen Schluck Wein trinken. Sich bei einer Partie Billard entspannen.« Er zwinkerte

Paris zu. »Oder ich nehme irgendwo Platz und beobachte, wie *Tom* Billard spielt.«

»Einverstanden«, erwiderte Paris.

»Kommt nicht in Frage«, sagte Chakotay.

Kim musterte ihn erstaunt. »Wie bitte?«

Die Tür öffnete sich wieder; der Eingang des Holodecks war nur weniger Meter entfernt.

Der Erste Offizier winkte. »Nach Ihnen, Mr. Kim.«

Der Fähnrich schüttelte den Kopf, als er die Transportkapsel verließ. »Ich verstehe nicht ganz …«

Chakotay bot keine Erklärung an, zumindest noch nicht. Statt dessen wandte er sich an Paris.

»Wir sehen uns später, Lieutenant.«

Das Gesicht des Piloten zeigte Verwirrung, als sich die Tür zwischen ihm und Kim schloß. Chakotay legte dem Fähnrich die Hand auf die Schulter und führte ihn durch den Korridor.

Als sie das Holodeck erreichten, gab der Commander die Codesequenz eines Programms ein. Eine Sekunde später öffnete sich die Tür, und Kim sah das Innere eines Starfleet-Shuttles.

Er richtete einen verblüfften Blick auf Chakotay. »Was …?«

»Sie haben im Asteroidengürtel keine schlechte Arbeit geleistet«, sagte der Erste Offizier. »Aber Sie hätten auch wesentlich besser fliegen können. Wir üben jetzt, bis Sie es richtig hinbekommen.«

Einige Sekunden lang starrte Kim den Commander groß an, und dann lachte er. »In Ordnung«, erwiderte er.

B'Elanna betrat den Turbolift und begegnet dort einem recht verwirrt wirkenden Paris.

»Stimmt was nicht?« fragte sie, als die Tür hinter ihr zuglitt.

Er überlegte kurz. »Ich weiß nicht genau.« Er schien

wie aus einer Trance zu erwachen. »He, Sie sind zurück.«

»Ja, das bin ich«, bestätigte B'Elanna.

Paris lächelte. »Haben Sie sich von allen verabschiedet?«

»Ich habe ihnen Glück gewünscht, Tolga und den anderen. Ich weiß, was es bedeutet, sein Leben dem Kampf für die Freiheit zu widmen.«

»Klingt aufregend«, brummte der Pilot. »Erzählen Sie mir irgendwann davon.«

B'Elannas Lippen deuteten ein Lächeln an, und ihre Wangen röteten sich ein wenig. »Entschuldigung. Ich habe ganz vergessen, daß Sie ebenfalls zum Maquis gehörten.«

»Schon gut. Mir kam es dabei vor allem auf die Herausforderung an. Die Sache mit der Freiheit spielte eine untergeordnete Rolle.

»Hm«, murmelte B'Elanna und musterte ihn kurz. »Wie Sie meinen.«

Paris wechselte das Thema. »Derzeit werden Vorräte an Bord gebeamt. Und sobald sich der *Captain* verabschiedet hat, sind wir wieder unterwegs.« Er sah B'Elanna an. »Wie wär's, wenn wir uns später treffen? Sobald Sie dienstfrei haben.«

»Ich bin gar nicht im Dienst«, erwiderte die Chefingenieurin. »Ich habe eine Art Sonderurlaub beantragt.«

Paris wirkte zunächst überrascht, doch dann nickte er. »Nach all dem, was Sie in den letzten Tagen durchmachen mußten ... Ich schätze, Sie haben sich zusätzliche Freizeit verdient.«

»Chakotay gab mir soviel wie möglich«, sagte B'Elanna. »Mit anderen Worten: sechs Stunden. Er meinte, der Maschinenraum könnte mein ...« Sie räusperte sich demonstrativ. »... kritisches Auge gebrauchen. Das ist ein Zitat.«

Paris nickte erneut. »Da hat er bestimmt recht. Während Ihrer Abwesenheit liefen die Dinge nicht so wie sonst.«

B'Elanna nahm das Kompliment entgegen. »Nun, sechs Stunden sind mir durchaus recht. Sie genügen bestimmt für das, was ich vorhabe.«

Der Pilot kniff die Augen zusammen. »Jetzt bin ich neugierig geworden. Was *haben* Sie vor, wenn ich fragen darf?«

B'Elanna lachte leise. »Ich möchte mich auf einen Feiertag besinnen, der seit vielen Jahren Aufmerksamkeit verlangt.«

Paris runzelte die Stirn. »Meinen Sie vielleicht den Tag der Ehre?«

»Ja«, bestätigte B'Elanna.

»Aber ich dachte, Sie *verabscheuen* den Tag der Ehre.«

»Ich habe ihn gehaßt«, sagte die Chefingenieurin. »Aber jetzt nicht mehr.«

»Und was hat Ihre Meinung geändert?« fragte Paris.

B'Elanna überlegte, bevor sie antwortete. »Ich habe den Tag der Ehre gehaßt, weil ich einen Teil von mir selbst haßte. Jenen Teil, der mich von anderen unterscheidet. Ich wollte mich nicht auf die gleiche Weise sehen wie alle anderen.«

»Und jetzt?«

»Andere Personen sehen mich noch immer aus der gleichen Perspektive wie vorher«, fuhr B'Elanna fort. »Aber ich selbst sehe mich jetzt aus einem neuen Blickwinkel. Ich *weiß,* daß ich anders bin, und ich weiß auch, daß ich mich deshalb nicht schämen muß. Unter gewissen Umständen kann meine Andersartigkeit sogar ein Vorteil sein.«

B'Elanna seufzte. »Um ganz ehrlich zu sein: Ich bin von der klingonischen Hälfte meines Selbst noch immer nicht begeistert. Es gefällt mir nicht, meine Emotionen dauernd unter Kontrolle halten zu müssen. Es gefällt mir nicht, daß meine erste Reaktion immer darin besteht, die Fäuste zu heben und auf jeden einzuschlagen, der mir im Weg steht.

Aber mir ist jetzt klar, daß sich nicht nur Klingonen auf diese Weise verhalten. Tolgas Volk kann sehr gewalttätig sein, sogar brutal. Doch es hat auch andere, sehr ehrenvolle Merkmale. Die Nograkh sind auch sehr mutig und bereit, sich für andere zu opfern.«

Paris verstand. Sein Gesichtsausdruck wies deutlich darauf hin.

»Sie waren bereit zu sterben, um Fremde zu retten«, sagte er. »So wie James Kirk vor mehr als hundert Jahren bereit war, *sein* Leben zu geben.«

B'Elanna verschränkte die Arme. »Seltsam, nicht wahr? Von Leuten, die wir gerade erst kennengelernt haben, erwarten wir nicht, daß sie tapfer, engagiert und zur Selbstaufopferung bereit sind. Doch wenn Tolga – und auch Pacria – sich nicht durch solche Eigenschaften ausgezeichnet hätten, so wären Kim und ich jetzt tot.«

»Vielleicht haben wir sie ebenfalls überrascht«, spekulierte Paris. »Solche Dinge betreffen nicht nur eine Seite.« Er strich sich übers Kinn. »Sie haben also beschlossen, den Feiertag zu zelebrieren.«

B'Elanna dachte an Tolga und seine Entscheidung, eine Kollision mit dem Kampfkreuzer herbeizuführen. Anschließend sah sie vor ihrem inneren Auge, wie Kim durch den Asteroidengürtel flog.

Sie hob und senkte die Schultern.

»Wissen Sie, bisher hatte ich am Tag der Ehre immer Pech. Aber vielleicht hat sich das geändert.«

Der Pilot lächelte offen. »Das hoffe ich sehr.«

Der Turbolift hielt an, und die Tür öffnete sich

auf dem Deck mit Paris' Quartier. Er trat in den Korridor.

»Wir sehen uns später«, sagte er. »Und, äh…« Er zuckte mit den Achseln. »Ich wünsche Ihnen einen guten Tag der Ehre.«

Zum erstenmal in ihrem Leben freute sich B'Elanna über diesen Gruß. »Danke«, erwiderte sie. »Verbringen auch Sie einen schönen Tag der Ehre, Tom.«

STAR TREK™

in der Reihe
HEYNE SCIENCE FICTION & FANTASY

STAR TREK: CLASSIC SERIE

Vonda N. McIntyre, Star Trek II: Der Zorn des Khan · 06/3971
Vonda N. McIntyre, Der Entropie-Effekt · 06/3988
Robert E. Vardeman, Das Klingonen-Gambit · 06/4035
Lee Correy, Hort des Lebens · 06/4083
Vonda N. McIntyre, Star Trek III: Auf der Suche nach Mr. Spock · 06/4181
S. M. Murdock, Das Netz der Romulaner · 06/4209
Sonni Cooper, Schwarzes Feuer · 06/4270
Robert E. Vardeman, Meuterei auf der Enterprise · 06/4285
Howard Weinstein, Die Macht der Krone · 06/4342
Sondra Marshak & Myrna Culbreath, Das Prometheus-Projekt · 06/4379
Sondra Marshak & Myrna Culbreath, Tödliches Dreieck · 06/4411
A. C. Crispin, Sohn der Vergangenheit · 06/4431
Diane Duane, Der verwundete Himmel · 06/4458
David Dvorkin, Die Trellisane-Konfrontation · 06/4474
Vonda N. McIntyre, Star Trek IV: Zurück in die Gegenwart · 06/4486
Greg Bear, Corona · 06/4499
John M. Ford, Der letzte Schachzug · 06/4528
Diane Duane, Der Feind – mein Verbündeter · 06/4535
Melinda Snodgrass, Die Tränen der Sänger · 06/4551
Jean Lorrah, Mord an der Vulkan Akademie · 06/4568
Janet Kagan, Uhuras Lied · 06/4605
Laurence Yep, Herr der Schatten · 06/4627
Barbara Hambly, Ishmael · 06/4662
J. M. Dillard, Star Trek V: Am Rande des Universums · 06/4682
Della van Hise, Zeit zu töten · 06/4698
Margaret Wander Bonanno, Geiseln für den Frieden · 06/4724
Majliss Larson, Das Faustpfand der Klingonen · 06/4741
J. M. Dillard, Bewußtseinsschatten · 06/4762
Brad Ferguson, Krise auf Centaurus · 06/4776
Diane Carey, Das Schlachtschiff · 06/4804
J. M. Dillard, Dämonen · 06/4819
Diane Duane, Spocks Welt · 06/4830
Diane Carey, Der Verräter · 06/4848
Gene DeWeese, Zwischen den Fronten · 06/4862
J. M. Dillard, Die verlorenen Jahre · 06/4869
Howard Weinstein, Akkalla · 06/4879
Carmen Carter, McCoys Träume · 06/4898

STAR TREK™

Diane Duane & Peter Norwood, Die Romulaner · 06/4907
John M. Ford, Was kostet dieser Planet? · 06/4922
J. M. Dillard, Blutdurst · 06/4929
Gene Roddenberry, Star Trek I: Der Film · 06/4942
J. M. Dillard, Star Trek VI: Das unentdeckte Land · 06/4943
Jean Lorrah, Die UMUK-Seuche · 06/4949
A. C. Crispin, Zeit für gestern · 06/4969
David Dvorkin, Die Zeitfalle · 06/4996
Barbara Paul, Das Drei-Minuten-Universum · 06/5005
Judith & Garfield Reeves-Stevens, Das Zentralgehirn · 06/5015
Gene DeWeese, Nexus · 06/5019
D. C. Fontana, Vulkans Ruhm · 06/5043
Judith & Garfield Reeves-Stevens, Die erste Direktive · 06/5051
Michael Jan Friedman, Das Doppelgänger-Komplott · 06/5067
Judy Klass, Der Boaco-Zwischenfall · 06/5086
Julia Ecklar, Kobayashi Maru · 06/5103
Peter Norwood, Angriff auf Dekkanar · 06/5147
Carolyn Clowes, Das Pandora-Prinzip · 06/5167
Michael Jan Friedman, Schatten auf der Sonne · 06/5179
Diana Duane, Die Befehle des Doktors · 06/5247
V. E. Mitchell, Der unsichtbare Gegner · 06/5248
Dana Kramer-Rolls, Der Prüfstein ihrer Vergangenheit · 06/5273
Barbara Hambly, Der Kampf ums nackte Überleben · 06/5334
Brad Ferguson, Eine Flagge voller Sterne · 06/5349
J. M. Dillard, Star Trek VII: Generationen · 06/5360
Gene DeWeese, Die Kolonie der Abtrünnigen · 06/5375
Michael Jan Friedman, Späte Rache · 06/5412
Peter David, Der Riß im Kontinuum · 06/5464
Michael Jan Friedman, Gesichter aus Feuer · 06/5465
Peter David/Michael Jan Friedman/Robert Greenberger, Die Enterbten · 06/5466
L. A. Graf, Die Eisfalle · 06/5467
John Vornholt, Zuflucht · 06/5468
L. A. Graf, Der Saboteur · 06/5469
Melissa Crandall, Die Geisterstation · 06/5470
Mel Gilden, Die Raumschiff-Falle · 06/5471
V. E. Mitchell, Tore auf einer toten Welt · 06/5472
Victor Milan, Aus Okeanos Tiefen · 06/5473
Diane Carey, Das große Raumschiff-Rennen · 06/5474
Diane Carey, Kirks Bestimmung · 06/5476
L. A. Graf, Feuersturm · 06/5477
A. C. Crispin, Sarek · 06/5478
Simon Hawke, Die Terroristen von Patria · 06/5479

STAR TREK™

Barbara Hambly, Kreuzwege · 06/5681
L. A. Graf, Ein Sumpf von Intrigen · 06/5682
Howard Weinstein, McCoys Tochter · 06/5683
J. M. Dillard, Sabotage · 06/5685
Diane Carey/Dr. James I. Kirkland, Keine Spur von Menschen · 06/5687
Peter David, Die Tochter des Captain · 06/5691
Dean Wesley Smith/Kristine Kathryn Rusch, Die Ringe von Tautee · 06/5693
Diane Carey, Invasion – 1: Der Erstschlag · 06/5694

STAR TREK: THE NEXT GENERATION
David Gerrold, Mission Farpoint · 06/4589
Gene DeWeese, Die Friedenswächter · 06/4646
Carmen Carter, Die Kinder von Hamlin · 06/4685
Jean Lorrah, Überlebende · 06/4705
Peter David, Planet der Waffen · 06/4733
Diane Carey, Gespensterschiff · 06/4757
Howard Weinstein, Macht Hunger · 06/4771
John Vornholt, Masken · 06/4787
David & Daniel Dvorkin, Die Ehre des Captain · 06/4793
Michael Jan Friedman, Ein Ruf in die Dunkelheit · 06/4814
Peter David, Eine Hölle namens Paradies · 06/4837
Jean Lorrah, Metamorphose · 06/4856
Keith Sharee, Gullivers Flüchtlinge · 06/4889
Carmen Carter u. a., Planet des Untergangs · 06/4899
A. C. Crispin, Die Augen der Betrachter · 06/4914
Howard Weinstein, Im Exil · 06/4937
Michael Jan Friedman, Das verschwundene Juwel · 06/4958
John Vornholt, Kontamination · 06/4986
Mel Gilden, Baldwins Entdeckungen · 06/5024
Peter David, Vendetta · 06/5057
Peter David, Eine Lektion in Liebe · 06/5077
Howard Weinstein, Die Macht der Former · 06/5096
Michael Jan Friedman, Wieder vereint · 06/5142
T. L. Mancour, Spartacus · 06/5158
Bill McCay/Eloise Flood, Ketten der Gewalt · 06/5242
V. E. Mitchell, Die Jarada · 06/5279
John Vornholt, Kriegstrommeln · 06/5312
David Bischoff, Die Epidemie · 06/5356
Peter David, Imzadi · 06/5357
Laurell K. Hamilton, Nacht über Oriana · 06/5342
Simon Hawke, Die Beute der Romulaner · 06/5413
Rebecca Neason, Der Kronprinz · 06/5414

STAR TREK™

John Peel, Drachenjäger · 06/5415
Diane Carey, Abstieg · 06/5416
Diane Duane, Dunkler Spiegel · 06/5417
Jeri Taylor, Die Zusammenkunft · 06/5418
Michael Jan Friedman, Relikte · 06/5419
Susan Wright, Der Mörder des Sli · 06/5438
W. R. Thomson, Planet der Schuldner · 06/5439
Michael Jan Friedman & Kevin Ryan, Requiem · 06/5442
Dafydd ab Hugh, Gleichgewicht der Kräfte · 06/5443
Michael Jan Friedman, Die Verurteilung · 06/5444
Peter David, Q^2 · 06/5445
Simon Hawke, Die Rückkehr der Despoten · 06/5446
Robert Greenberger, Die Strategie der Romulaner · 06/5447
Gene DeWeese, Im Staubnebel verschwunden · 06/5448
Brad Ferguson, Das letzte Aufgebot · 06/5449
Kij Johnson/Greg Cox, Die Ehre des Drachen · 06/5751
J. M. Dillard/Kathleen O'Malley, Wahnsinn · 06/5753
Dean Wesley Smith/Kristine Kathryn Rusch, Invasion – 2: Soldaten des Schreckens · 06/5754
J. M. Dillard, Star Trek VIII: Der erste Kontakt · 06/5757
Diane Carey, Tag der Ehre – 1: Altes Blut · 06/5763
J. M. Dillard, Star Trek IX: Der Aufstand · 06/5770

STAR TREK: DIE ANFÄNGE
Vonda N. McIntyre, Die erste Mission · 06/4619
Margaret Wander Bonanno, Fremde vom Himmel · 06/4669
Diane Carey, Die letzte Grenze · 06/4714

STAR TREK: DEEP SPACE NINE
J. M. Dillard, Botschafter · 06/5115
Peter David, Die Belagerung · 06/5129
K. W. Jeter, Die Station der Cardassianer · 06/5130
Sandy Schofield, Das große Spiel · 06/5187
Dafydd ab Hugh, Gefallene Helden · 06/5322
Lois Tilton, Verrat · 06/5323
Esther Friesner, Kriegskind · 06/5430
John Vornholt, Antimaterie · 06/5431
Diane Carey, Die Suche · 06/5432
Melissa Scott, Der Pirat · 06/5434
Nathan Archer, Walhalla · 06/5512
Greg Cox/John Gregory Betancourt, Der Teufel im Himmel · 06/5513
Robert Sheckley, Das Spiel der Laertianer · 06/5514
Diane Carey, Der Weg des Kriegers · 06/5515

STAR TREK™

Diane Carey, Die Katakombe · 06/5516
Dean Wesley Smith/Kristine Kathryn Rusch, Die lange Nacht · 06/5517
L. A. Graf, Invasion – 3: Der Feind der Zeit · 06/5519
L. A. Graf, Tag der Ehre – 2: Der Himmel von Armageddon · 06/5725

STAR TREK: STARFLEET KADETTEN
John Vornholt, Generationen · 06/6501
Peter David, Worfs erstes Abenteuer · 06/6502
Peter David, Mission auf Dantar · 06/6503
Peter David, Überleben · 06/6504
Brad Strickland, Das Sternengespenst · 06/6505
Brad Strickland, In den Wüsten von Bajor · 06/6506
John Peel, Freiheitskämpfer · 06/6507
Mel Gilden & Ted Pedersen, Das Schoßtierchen · 06/6508
John Vornholt, Erobert die Flagge! · 06/6509
V. E. Mitchell, Die Atlantis Station · 06/6510
Michael Jan Friedman, Die verschwundene Besatzung · 06/6511
Michael Jan Friedman, Das Echsenvolk · 06/6512
Diane G. Gallagher, Arcade · 06/6513
John Peel, Ein Trip durch das Wurmloch · 06/6514
Brad & Barbara Strickland, Kadett Jean-Luc Picard · 06/6515
Brad & Barbara Strickland, Picards erstes Kommando · 06/6516
Ted Pedersen, Zigeunerwelt · 06/6517
Patricia Barnes-Svarney, Loyalitäten · 06/6518

STAR TREK: VOYAGER
L. A. Graf, Der Beschützer · 06/5401
Dean Wesley Smith/Kristine Kathryn Rusch, Die Flucht · 06/5402
Nathan Archer, Ragnarök · 06/5403
Susan Wright, Verletzungen · 06/5404
John Betancourt, Der Arbuk-Zwischenfall · 06/5405
Christie Golden, Die ermordete Sonne · 06/5406
Mark A. Garland/Charles G. McGraw, Geisterhafte Visionen · 06/5407
S. N. Lewitt, Cybersong · 06/5408
Dafydd ab Hugh, Invasion – 4: Die Raserei des Endes · 06/5409
Karen Haber, Segnet die Tiere · 06/5410
Jeri Taylor, Mosaik · 06/5811
Melissa Scott, Der Garten · 06/5812
David Niall Wilson, Puppen · 06/5813
Greg Cox, Das schwarze Ufer · 06/5814
Michael Jan Friedman, Tag der Ehre – 3: Ihre klingonische Seele · 06/5815

STAR TREK™

DAS STAR TREK-UNIVERSUM, 2 Bde.,
von *Ralph Sander* · 06/5150
DAS STAR TREK-UNIVERSUM, 1. Ergänzungsband
von *Ralph Sander* · 06/5151
DAS STAR TREK-UNIVERSUM, 2. Ergänzungsband
von *Ralph Sander* · 06/5270

Ralph Sander, Star Trek Timer 1996 · 06/1996
Ralph Sander, Star Trek Timer 1997 · 06/1997
Ralph Sander, Star Trek Timer 1998 · 06/1998
Ralph Sander, Star Trek Timer 1999 · 06/1999

William Shatner/Chris Kreski, Star Trek Erinnerungen · 06/5188
William Shatner/Chris Kreski, Star Trek Erinnerungen: Die Filme · 06/5450

Phil Farrand, Cap'n Beckmessers Führer durch STAR TREK – DIE CLASSIC SERIE · 06/5451
Phil Farrand, Cap'n Beckmessers Führer durch STAR TREK – DIE NÄCHSTE GENERATION · 06/5199
Phil Farrand, Cap'n Beckmessers Führer durch STAR TREK – DIE NÄCHSTE GENERATION – Teil 2 · 06/6457

David Alexander, Gene Roddenberry – Die autorisierte Biographie · 06/5544
Judith & Garfield Reeves-Stevens, Star Trek Design · 06/5545
Nichelle Nichols, Nicht nur Uhura · 06/5547
Leonard Nimoy, Ich bin Spock · 06/5548
Lawrence M. Krauss, Die Physik von Star Trek · 06/5549
Judith & Garfield Reeves-Stevens, Star Trek – Deep Space Nine: Die Realisierung einer Idee · 06/5550
Herbert F. Solow & Yvonne Fern Solow, Star Trek: Das Skizzenbuch – Die Classic-Serie · 06/6469
Judith & Garfield Reeves-Stevens, Star Trek – Phase II: Die verlorene Generation · 06/6470
Herbert F. Solow/Robert H. Justman, Star Trek – Die wahre Geschichte · 06/6499
J. M. Dillard, Star Trek: Wo bisher noch niemand gewesen ist · 06/6500

Diese Liste ist eine Bibliographie erschienener Titel,
KEIN VERZEICHNIS LIEFERBARER BÜCHER!

Mission Mars Direct

Robert Zubrin & Richard Wagner

Unternehmen Mars

Der Plan, den Roten Planeten zu besiedeln

448 Seiten. Gebunden

ISBN 3-453-12608-4

Wo alle anderen Sachbücher über den Mars aufhören, beginnt dieses Buch.

Es schildert

1. Eine realistische, kostengünstige bemannte Mars-Expedition direkt von der Erdoberfläche aus, analog zum Apollo-Programm.
2. Die Errichtung einer ständig bemannten Marsbasis, die von den Ressourcen vor Ort existieren kann und ohne Hilfe von der Erde auskommt.
3. Die ersten Schritte zur Terraformung und Besiedelung unseres Nachbarplaneten.

HEYNE